새엄마가 데려온 딸이 전 여친이었다
6
그때 하지 못했던 여섯 가지 말

카와나미 코구레
Kogure Kawanami
미즈토와 유메의 관계를 지켜보는 자칭 『연애 ROM 전문』.
"문화제 중에, 헌팅 당할지도 몰라~."
"어, 어떤가요. 이상하지 않나요……?"
"당할지도 모르지. 로리콤이 온다면 말이야."
미나미 아카츠키
Akatsuki Minami
카와나미의 소꿉친구이자 전 여친. 카와나미에게 연애 알레르기가 발생할락 말락 놀리는 게 요즘 취미.

"빨리 갈아입고 싶거든?"
이리도 미즈토
Mizuto Irido
유메의 전 남친이자 의붓 남매. 절친이라 그런지 이사나에게는 물러터진 편.
'미즈토한테 너무 잘 어울려……! 표정 관리를 못 하겠어……!'
히가시라 이사나
Isana Higashira
보통 외톨이로 지내는 라노벨 오타쿠 소녀. 미즈토에게 차였지만, 세간에는 미즈토의 여친으로 알려진 강자.
이리도 유메
Yume Irido
미소녀 우등생이자 고교 데뷔에 성공한, 미즈토의 전 여친이자 의붓남매.

"시간이 됐다. 앉도록."
하바 죠지
Jouji Haba
고등학교 2학년이며, 학생회 회계. 아무래도 스즈리의 마음에 든 것 같은데……?
쿠레나이 스즈리
Suzuri Kurenai
학생회 부회장이자 문화제 실행위원장. 고등학교 2학년. 학교 사상 최고의 천재 소녀.
소녀의 목소리는 방울처럼 맑았지만,
실내에 울려 퍼지는 그 당당한 목소리는
서 있던 학생들을 군인처럼 재빨리 앉게 했다.
그러자 그녀는 학생들이 대견하다는 듯이
미소 지었다.

새엄마가 데려온 딸이 전 여친이었다 6

「그때 하지 못했던 여섯 가지 말」

카미시로 쿄스케 지음

타카야Ki 일러스트

이승원 옮김

목차 Contents

"너는, 대단한 녀석이야."

—저기, 이리도! 나, 반 친구가 생겼어!

이렇게 추악한 나를, 나는 알지 못한다.

하지만 이것은 내 안에 분명히 존재하는, 내 역사다.

—점심시간에 책을 읽는 애가 있지 뭐야. 그래서 용기를 내서 말을 걸어봤어……!

응, 응, 하며 나는 고개를 끄덕였다.

미소마저 머금으며, 그녀의 성장을 축하했다.

거짓말이 아니다.

진짜로, 거짓말이 아니다.

왜냐하면— 네가, 이렇게 기뻐하며, 웃고 있으니 말이다.

하지만, 어째서일까.

다음 날. 네 교실 앞을 지나치다, 친구와 즐겁게 이야기를 나누는 네 모습을 우연히 본 순간, 이런 생각이 내 머릿속을 스쳤다.

아아— 너도, 그쪽으로 가버렸구나.

그때부터다. 그녀와 나 사이에 벽이 생긴 것은…….

유일하게 이쪽에 속해있던 그녀를, 저쪽으로 밀어내버린 것은…….

—미안해, 이리도……! 오늘은 친구와 약속이 있어서…….

알고 있다. 분명, 내가 말했어야만 했다.

추악한 소외감을 받아들이며, 그녀에게 고했어야만 하는 것이다.

—……됐어.

—어?

말끝에 담긴 가시를 숨기지 않으며.

작별 인사도 하지 않고 돌아서는 게 아니라.

가식 없이 솔직하게.

그녀와 똑바로 마주하면서—.

……이상(理想)을 늘어놓는 건 참 간단한걸.

이루지 못한 이상이 쌓여서 만들어진 것이, 현실인 건 아닐까.

◆ 이리도 미즈토 ◆

"으음…… 오늘 학급 회의에서는 문화제 실행위원을 정하겠다~."

담임 교사가 졸린 듯한 목소리로 그렇게 말했다. 1학년 중에서도 성적이 우수한 학생이 모인 반을 맡았으면서도, 이 담임에게서는 항상 기력이 느껴지지 않았다. 뭐, 개인적으로는 괜한 간섭을 받지 않아서 좋지만 말이다. 덕분에 이렇게 딴짓에 힘쓸 수 있다.

"실행위원은 주로 반의 의견을 조율하거나, 운영위원회와 연락을—."

나는 설명을 대충 흘려들으면서, 여러 장의 종이를 쳐다봤다.

지금 나에게 가장 중요한 것은 문화제 따위가 아니다. 히가시라에게 보여줄 예정인 이 단편 소설이다.

이것을 한시라도 빨리 완성해서, 그 녀석에게 알려줘야만 한다. 내가 특별한 인간이라는 건, 과대평가에 지나지 않다는 사실을 말이다.

집필에 익숙하지 않은 탓에 요 며칠 동안 고전했지만, 드디어 끝이 보이기 시작했다. 가슴속의 조바심을 쏟아붓듯 글자를 쓰는 사이, 학급 회의는 물 흐르듯 진행됐다.

"저기~! 유메를 추천할게요~!"

"뭐?! 잠깐만, 아카츠키 양……?!"

"성실하고 상냥하니까, 적임일 거예요~!"

"좋은 생각이야~!", "찬성!"

"어어어엇……?"

음…… 여기서는 『있다』가 좋을까? 아니면 『였다』가 좋을까……?

"그럼 이리도 말고 한 명 더— 가능하면 남자가 좋겠는걸."

"저요, 저요, 저요!", "제가! 제가 할게요!"

"우와, 되게 노골적이네.", "저런 남자애들은 진짜 별로라니깐~.", "아까까지 안 맡으려고 쥐 죽은 듯이 있었잖아."

이 부분은 리듬이 미묘한걸……. 한 네 글자 정도 추가하고 싶은데…… 으음…….

"그냥 이리도가 하면 되지 않아?"

"어? 동생 쪽 말이야?"

"그래. 이리도라면 흑심도 없을 거잖아? 가족인걸~."

"괜찮네. 좋은 생각이야!", "이리도가 맡는 거구나~.", "괜찮네! 머리도 좋잖아~.", "여친도 있으니까, 괜찮지 않겠어?"

"그럼 남자 실행위원은 이리도로 정하겠다! 이리도, 괜찮지?"

"네. ……어?"

반사적으로 대답한 후, 나는 그제야 고개를 들었다.

그때는 이미 내 이름이 칠판에 적혀 있었다.

"어어?"

이의를 제기할 여지도 없이, 사태는 계속 진행됐다.

"유메, 실행위원 취임 축하해~!"

"고, 고마, 뭐……? 왠지 억지로 떠맡게 된 느낌이 드는데……. 괜찮을까……."

"이리도의 말이라면 다들 순순히 들을 거데이."

“맞아~! 특히 남자애들을 턱짓으로 부려 먹을 수 있을 거야. 턱짓으로!”

어어어??

“힘내라고, 이리도~.”, “분하지만, 이리도 양에게 괜히 벌레가 들러붙을 바에야……!”

어어어어어???

“그럼, 다음은 우리 반이 어떤 점포를 할지 정하도록 할까. 이리도 남매! 앞으로 나와서 진행을 맡도록.”

어어어어어어어~?????

얼이 나간 사이, 교단에 서게 됐다.

유메와 함께, 서른 명 남짓한 클래스메이트와 마주했다.

그 안에는 카와나미 코구레도 있었다.

그 녀석은 히죽거리면서, 엄지를 치켜들고 있었다.

……저 자식……!

“(……저기, 어떻게 할래……? 누가 말할까?)”

유메가 낮은 목소리로 그렇게 말했다. 그런 건 뻔했다.

“(잘 부탁해.)”

“(뭐엇?!)”

나는 한 걸음 물러서며, 유메에게 회의 진행을 맡겼다.

나는 서기나 맡자. 이 반 녀석들도 그걸 바랄 것이다.

내가 분필을 쥐자, 유메는 원망 섞인 눈길로 나를 힐끔 노려본 후…….

"어…… 으, 음…… 그럼, 저기, 의견이 있다면……."

"어~? 어떻게 할까? 어떻게 할까?", "귀신의 집 같은 게 왕도적일 거야~.", "으으, 준비하는 게 고생일 것 같아~.", "보통은 어떤 걸 하는 기고?", "다른 반과 겹치는 건 싫어."

"아…… 으음, 저기……."

고교 데뷔에 성공했다고는 하지만, 그렇다고 갑자기 목소리가 커지지는 않는다. 유메의 가녀린 목소리는, 시끄럽게 떠들어대는 클래스메이트에게 전해지지 않았다.

나는 앞날이 걱정된다고 생각하면서, 칠판에 『점포 후보』라고 적었다.

"저기, 다들―."

미나미 양일까. 난처해하는 유메를 보다 못한 그녀가 말을 이으려던, 바로 그 순간―.

―똑똑, 하고 나는 칠판을 가볍게 두드렸다.

그 소리에, 반사적으로 클래스메이트가 칠판 쪽을 주목했다. 예상대로 교실 안의 소란이 잠시 잦아들며 틈이 생기자, 나는 유메에게 눈짓을 보냈다.

"의…… 의견이 있는 사람은, 손을 들어주세요!"

덕분에 유메의 목소리가 클래스메이트에게 전해지자, 칠판 두드리는 소리에 쏠렸던 관심이 그대로 그녀에게 옮겨갔다.

참 손이 많이 가는 우등생님인걸, 하아.

몰래 한숨을 내쉬는 나를 본 카와나미는 작게 휘파람을

불었고, 미나미 양은『꽤, 꽤 하네……』하고 말하는 듯한 표정을 지었다. 칭찬 고마워.

"저요! 코스프레 카페!"

어떤 가게를 할지 의견을 내게 되자, 미나미 양이 재빨리 손을 들며 그렇게 선언했다.

카와나미는 어이없다는 표정을 지었다.

"인마……. 보통 그런 건 남자애들이 내놓을 의견이거든?"

"그렇지만 유메의 코스프레가 보고 싶은걸!"

보고 싶어~! 하고 외치는 이들은 대부분 여자애였다. 남자가 그런 말을 하면 성희롱이 될 테니, 의외로 얌전히 입 다물고 있었다.

코스프레 카페라……. 왕도적인걸.

"으, 으음…… 괘, 괜찮을까?"

벌써 유메가 눈빛으로 도움을 요청해왔다. 힘 좀 더 내봐, 하고 생각하면서도 나는 교단 옆에서 지켜보고 있는 담임에게 말을 걸었다.

"선생님. 작년까지의 문화제 점포 실적에 관한 자료가 있나요?"

"그래, 있어."

그 말을 기다렸다는 듯이, 담임은 옆구리에 끼고 있던 파일에서 자료 여러 장을 꺼냈다. 준비해왔다면 빨리 주면 좋을 텐데— 하고 생각했지만, 이 학교는 원래부터 이런 면이 있다. 학생이 요청하지 않는 한 아무것도 주지 않는다고나 할까— 학생이 자주적으로 행동하는 것을 권장하는 느낌이다.

나는 자료를 넘겨보며 확인한 후…….

"……작년에도 코스프레 카페를 한 반이 있으니까, 안 된다고는 하지 않을 거야."

"그럼 괜찮은 거네?"

"그렇긴 한데, 그것만으로는 다른 반과 겹칠 가능성이 있어. 겹칠 때는 어떻게 처리되는지 모르지만……."

담임 쪽을 힐끔 쳐다보자, 교사는 무거운 입을 뗐다.

"같은 점포는 할 수 있는 숫자가 정해져 있지. 규정 숫자를 넘을 경우, 프레젠테이션으로 정한다."

"프레젠테이션의 평가 기준은 뭔가요?"

"점포를 적절하게 운영할 준비가 갖춰져 있는가. 학교 풍기를 어지럽히지 않는가. 그리고 점포의 매력도 평가 대상이지. 최종적으로는 운영위원회— 즉, 학생회와 학부모회의 마음에 드느냐로 정해질 거다."

마치 게임의 NPC처럼 필요한 정보만 알려준 후 입을 다물었다.

나는 잠시 생각에 잠긴 후…….

"그럼 복장을 조달 가능한지가 가장 큰 문제겠네. 그 부분을 해결하지 못하면 프레젠테이션에서 질 거야."

"프, 프레젠테이션……. 그건 실행위원이 해야 하는 거지……?"

"선생님, 프레젠테이션의 발표자에 규정 같은 게 있나요?"

"해당 반의 학생이 하면 돼. 실행위원이 꼭 해야 한다는 규정은 없지."

바로 답해줬다. 이런 건 솔직하게 물어보는 편이 낫다니깐.

"그렇다면 말을 꺼낸 사람이 책임지게 할까. 왠지 그런 걸 잘할 것 같은 건의자에게 시키자."

"그런 걸 잘할 것 같은, 건의자…… 아."

나는 자료를 덮은 후, 뒷일을 유메에게 맡기기로 했다.

유메는 다시 동급생들을 돌아보더니…….

"으음…… 의상을 준비할 수 있다면 가능해요."

"좋았어~!"

"하지만…… 아카츠키 양."

"응?"

"만약 프레젠테이션을 하게 되면, 그때는 발표자를 맡아줘. 네가 내놓은 의견이잖아."

미나미 양은 씨익 웃었다.

"그래? 좋아. ……그·대·신~."

"응?"

"그때는 유메가 모델을 맡아줘. 프레젠테이션이면, 샘플이 필요할 거잖아?"

"어……."

오~! 하고 교실 안이 환성으로 가득 찼다.

유메는 난처한 눈길을 보내왔지만, 이번에는 무시했다. 선정적인 코스프레는 애초부터 막을 테니, 딱히 문제가 될 것은 없다.

"……아, 알았어. 어디까지나 프레젠테이션을 하게 된다면 말이야."

나는 칠판에 『코스프레 카페』라고 쓴 후, 『※의상이 준비될 경우』라고 덧붙여 적었다. 소극적인 결론이지만, 결국 그 후에도 코스프레 카페보다 호평인 의견은 나오지 않았다.

학급 회의가 끝난 후, 자리에 돌아온 유메의 주위에 미나미 양을 비롯한 친구들이 모여들었다.

"하아~, 긴장됐어~."

"멋있어~, 유메!"

"멋있었데이. 당당했다 아이가."

"맞아! 자신감을 가져, 자신감을~!"

"다들, 고마워……."

유메는 기쁜지 미소 지었다. ……참 속물적인 녀석이다. 그렇게 곤란해했으면서, 칭찬을 받으니 저렇게 좋아한다. 생각해 보니, 신입생 대표 때도 당당했다. 의외로 이런 일이

적성에 맞는 걸지도 모른다. 그저 내가 질색한다고 착각했을 뿐일지도…….

"여어, 이리도! 수고했어!"

내가 자리로 돌아오자, 카와나미가 경박한 어조로 말을 걸어왔다.

"이리도 양을 능숙하게 서포트해주던걸? 역시 요령이 좋다니깐. 남과 얽히기 싫어하면서도 말이지. 다른 녀석들도 감탄하더라니깐."

"그래."

"그게 다냐. 좀 기뻐하라고."

"……."

"왜 그래?"

"……아무것도 아냐."

전혀 기쁘지 않다.

귀찮은 일이 늘어났을 뿐일지도 모른다며, 마음 한편으로 질색할 정도다.

그런 자기 자신을 발견한 나는…….

"……역시 나는 다르다고…… 그렇게 생각했을 뿐이야."

"하하! 그건 또 무슨 소리야. 중2병에 걸리기에는 너무 늦었거든?"

카와나미에게 작별 인사를 한 후, 교실을 나섰다.

아직 도서실에 갈 수 없다.

같은 집으로 돌아가야 하는 유메 또한, 당연히 따라나서지 않았다.

"다…… 다 됐어……."

나는 성취감을 느끼며 그렇게 중얼거렸다.

책상 위에는 글자가 가득 적힌 종이가 있었다. 히가시라에게 보여줄 예정인 소설이 드디어 완성된 것이다.

완성도는…… 상업 작품에 비할 수는 없겠지만, 풋내기 고등학생이 쓴 것 치고는 괜찮은 편 아닐까. 처음에는 졸작을 쓸 생각이었지만, 너무 정성을 들인 것 같다. 하지만 제대로 읽을 수도 없는 글을 보여줄 수도 없으니, 이 정도면 됐다 싶었다.

자, 그럼 내일 학교에서 히가시라에게 이걸— 보여주기 전에…….

"……일단, 약속했으니까 말이야."

잊지는 않았다.

서로의 자작 소설을 보여주기로, 유메와 약속했던 것이다.

딱히 지킬 의무는 없지만, 나중에 괜히 트집 잡혀도 성가실 테고…… 오탈자 체크 정도는 될 것이다. 상대방이 약속을 잊지 않았다면 말이다.

나는 그 종이를 들고 방을 나섰다. 옆방에서 기척이 느껴지지 않았기에 1층으로 내려갔다.

거실에는 유메 말고도 아버지와 유니 씨가 있었다. 유메는 소파에 앉아서 스마트폰으로 누군가와 이야기를 나누고 있었다.

"응. 응. ……뭐?! 대단해! 응. 아~, 하지만, 우리끼리 결정할 수는 없으니까, 일단 보류해뒀으면 좋겠네……."

말투로 보아하니 뭔가 중요한 이야기를 나누고 있는 것 같았다.

"응. 그래. 다음 학급 회의 시간에 결정— 아."

거실에 온 나를 본 유메는 스마트폰에서 귀를 뗐다.

"마침 잘 됐어. 미즈토— 씨."

유메는 근처에 있는 부모님을 보더니, 호칭을 바꿨다.

"아카츠키 양한테서 연락이 왔는데, 의상을 준비할 수 있을 것 같대."

"……그래."

"대여하는 거니까 예산이 좀 필요할 것 같다는데…… 다음 학급 회의에서 구체적으로 어떤 코스프레 카페를 할지 정하자고 하네."

"맞아……. 테마를 정해두는 편이 내부 장식도 하기 쉬울 거야."

"그렇지? 뭐가 좋을 것 같아?"

"학급 회의에서 정할 거잖아?"

“미리 얼추 정해서 사전 교섭을 해두면, 괜히 시간 들이지 않고 정할 수 있을 거라고 아카츠키 양이…….”

“사전 교섭…… 걔, 진짜로 고등학교 1학년 맞아?”

하는 짓이 꼭 정치가 같다.

나는 손에 든 종이를 언뜻 쳐다본 후, 일단 생각을 바꿨다.

“……조건을 세우자면, 우선 선정적인 코스프레는 절대 안 돼. 바로 탈락할 거야.”

“맞아……. 하지만 선정적이라는 건 어느 정도 선까지를 말하는 거야?”

“자료를 보니, 미니스커트는 위험하다고 봐야 해. 만약 메이드 카페를 할 거면, 메이드복은 빅토리안 스타일로 가야 할 거야.”

“빅토리……? 잘은 모르겠지만, 꽤 엄격하네…….”

“그리고 방금 메이드 카페 이야기를 했는데, 여자애만 코스프레를 하면 클레임이 들어올 가능성이 커. 남자도 코스프레를 하는 편이 무난하겠지. 참고로 남자애한테 여장을 시키는 문화제 특유의 악질적인 행동을 할 거라면, 나는 단호히 저항하겠어.”

“뭐, 그렇게 말할 줄 알았어. 아카츠키 양 말로는, 너무 튀는 게 아니라 왕도적으로 하고 싶다는 게 여자애들 사이의 다수파 의견 같아. 다들 꽤 진심이네.”

“왕도……. 남녀 가리지 않고 코스프레가 가능하고, 일반 손님과 학부모회 측으로부터 호평을 받을 만한 코스프레는 바로 생각나지 않는걸."

"메이드와 집사라면 조건에 맞긴 하지만, 다른 반과 겹칠 거야."

"그래. 겹치지 않으면서 특색을 살리려면, 예산도 많이 들지 않을까?"

"맞아……."

으음~, 하며 유메가 고민하고 있을 때였다.

"혹시 문화제에 관한 이야기니?"

식탁에 앉아있던 아버지가 이야기에 끼어들었다.

이어서 맞은편에 앉아있던 유니 씨가 과자 봉지를 뜯으면서 말했다.

"문화제에서 코스프레 카페를 한대. 청춘이네~."

"뭐, 아직 그걸로 결정된 건 아냐. 의상도 준비해야 하고……."

유메가 당황한 듯이 손을 내젓자, 아버지는 「그래」 하고 중얼거렸다.

"그럼 마도카와 상의해보는 건 어떨까?"

"어? 마도카 씨 말이에요?"

"응. 마도카는 대학에서 연극 서클에 들어갔다고 들었단다."

"그런가요?"

유메는 그렇게 되물은 후, 나를 쳐다봤다. 처음 듣는 이야기다. 우리의 육촌 친척인 타네사토 마도카 씨는 문화제 활동에 적극적일 것 같은 느낌이긴 했다.

그런 생각을 하고 있을 때, 유니 씨가 고개를 갸웃거렸다.

"어? 미술 서클 아니었어?"

"응? 그랬나?"

"으음…… 테니스 서클이라고 들었던 것도 같은데……?"

참 알쏭달쏭하네. 혹시 그 모든 서클에 다 속해있는 걸까.

"하하하! 일단 발이 넓은 건 틀림없겠지. 옛날부터 붙임성이 좋은 애였거든. 의상을 부탁할 연줄이 있지 않으려나? 문화제 실행위원을 맡은 적 있다는 이야기를 들었던 기억도 있으니까, 조언을 받을 수 있을지도 모르지."

"그러고 보니 마도카 양은 교토에 있는 대학을 다니지? 아직 여름 방학이라 한가할 테니까, 협력해주지 않을까?"

정보의 확실성은 떨어지지만, 일단 말을 해보는 편이 나을까.

"그럼 그렇게 하자……. 아카츠키 양? 듣고 있었어? 응. 우리 친척 중에 발이 넓은 대학생이 있— 뭐? 응. 여자— 가슴? 으, 으음…… 묻지 않는 편이……."

……『우리 친척』인가. 이 가정환경에 익숙해졌다고 생각했지만, 옛날부터 알고 지낸 마도카 씨를 유메가 그렇게 부르는 현실은 아직 위화감이 느껴졌다.

아무튼, 이야기는 정리된 것 같았다. 나는 이제 없어도 될 것이다.

하지만…… 내 볼일은, 아직 끝나지 않았다.

나는 종이를 쥔 손에, 약간 힘을 줬다.

"—어?"

바로 그때, 유메가 다시 나를 쳐다봤다.

"그러고 보니, 나한테 무슨 볼일 있어?"

그 순간, 나는 무심코 종이를 등 뒤로 숨기고 말았다.

어째서일까?

보여달라고 말한 사람은 유메다. 나는 그 약속을 성실히 지키려고 하는 것뿐이다. 움츠러들 필요 없다. 그런데…….

……아니, 이 자리에는 부모님이 있다. 유메도…… 지금은 익숙하지 않은 실행위원 업무 때문에 정신이 없어 보였다.

"아…… 별일 아냐."

꼭 지금 보여줄 필요는 없을 것이다.

히가시라에게 보여준 후, 이 녀석한테 보여주면 된다…… 그래, 그렇게 하자.

쓸쓸한 건 아니다. 소외감도 느끼지 않는다.

잘 썼든 못 썼든 간에 소설 한 편을 다 썼는데, 적절한 말이 생각나지 않았다.

그저 짜증스러울 정도의 혐오감이 샘솟았다. 이게 아니다. 이게 아니다. 이게 아니다. 어리광을 부리는 어린애처럼, 나는 칭얼거리고 있었다.

이미 헤어졌다. 작별의 말을 건네며, 그 감정은 중학생 시절에 두고 왔다.

이런 자기 자신을, 나는 인정할 수 없다.

만약 이런 내가 주인공인 소설이 존재한다면, 나는 그것을 읽을 마음이 전혀 들지 않을 것이다.

……그래. 이런 마음에 사로잡힌 적이 전에도 있다.

질투를 하는 나 자신이 싫었다. 말끝마다 가시가 돋쳐 있는 나 자신이 싫었다. 그래서, 그런 자신을 부정하기 위해. 내가 이런 인간이 아니라고 주장하기 위해. 나는— 그녀에게 고개를 숙였다.

그러자, 너는—.

—가장 싫어하는 나는, 바로 그때의 나다.

왜냐하면, 나는.

사과한 나에게, 바람을 피웠지 않느냐면서 투정을 부리는 너를 보며.

마음 한편으로…… 안심했다.

"……히가시라에게 무슨 말할 자격이 없네."

다들 자신 같기를 바라는 건, 모든 인간의 마음속 깊은 곳에 뿌리내려 있는 욕구일지도 모른다…….

침대에서 몸을 일으켰다. 이대로는 잠들 것 같다. 기왕 잘 거면 목욕을 한 후에 제대로 잠을 청하자.

그렇게 생각하며 방 밖으로 나갔다.

하지만 그 직후, 나는 걸음을 멈췄다.

마침 유메가 계단을 올라오고 있었다.

"……목욕하러 가는 거야?"

그 간단한 질문에, 나는 바로 답하지 못했다.

"……응."

"그렇구나."

별것 아닌 대화였다.

그렇게 몇 마디 주고받은 후, 나는 유메의 옆을 지나 계단을 내려가려 했다.

"저기."

하지만 등 뒤에서 들려온 목소리에, 뒤를 돌아봤다.

"오늘……."

유메는 내가 아니라, 바닥을 내려다보며…….

"……고마웠어."

유메가 가녀린 목소리로 그렇게 말하자, 나는 미간을 아주 약간 찌푸렸다.

"……뭐가?"

"그게…… 문화제에서 할 점포를 정할 때……."

"……본의는 아니지만, 나도 실행위원이잖아. 자기 일을 했을 뿐이야."

"그래도…… 네가 없었으면, 그렇게 잘 풀리지 않았을 거야. 그러니까, 고마워."

……고마워, 라.

나는 계단을 몇 칸 내려간 후, 유메의 얼굴을 올려다보았다.

"……너는 언제부터, 그런 게 가능한 인간이 된 거야?"

"뭐?"

"내가 아는 넌, 그런 기특한 말을 하는 녀석이 아니었다는 소리야……."

말을 한 후, 그게 괜한 소리라는 것을 눈치챘다.

겸연쩍은 듯이 고개를 돌렸다. ……이제 됐다. 이대로 사라지자. 그렇게 생각하며 계단을 한 칸 내려갔을 때였다.

"역시, 옛날의 내가 좋은 거야?"

"뭐?"

또, 뒤를 돌아보았다.

유메는 어딘가 화난 듯한, 굳은 표정으로 나를 내려다보고 있었다.

"연약하고 믿음직하지 못한, 옛날의 내가 네 취향이냐고 묻는 거야."

나는 잠시 침묵한 후, 대꾸했다.

"……그럴지도 몰라. 그럼 어쩔 건데?"

"추억에 빠져 죽어버려. 단—."

유메는 슬며시 웃으며 말을 이었다.

"—지금의 나는, 네 고민을 들어줄 수 있거든?"

"……고민?"

"너, 자신 없는 표정을 짓고 있어. 마치 너한테 러브레터를 건네줬을 때의 나 같아."

그때의 너는…… 확실히, 비에 젖은 강아지처럼 연약해 보였다.

"……과장하지 마. 그 정도는 아냐. 고민도 없거든?"

"그럼 뭔데?"

"그저……."

"그저?"

"……어느 깜빡깜빡하는 여자애가, 자기가 말한 약속을 기억하고 있는지 좀 불안할 뿐이야."

"뭐?"

유메는 눈을 껌뻑였다. 그거 봐, 역시 기억 못—.

"혹시, 보여줄 거야?"

"뭐?"

"소설! 빨리 말해! 내 건 찾아뒀단 말이야!"

"……기억하고 있었어?"

"당연하잖아! 기억력이 좋은 편이라는 건 너도 알잖아?"

잠시 동안 머릿속이 새하얗게 변했다. 그것을 메우듯, 나는 입을 열었다.

"……확실히, 괜한 걸 잘 기억하는 편이긴 해."

"뭐가 괜한 건데!"

"뭔가에 영향을 받은 건지 대뜸 이상한 1인칭을 쓴다거나—."

"아~ 아~ 아~! 생각 안 나, 생각 안 나, 생각 안 나!"

귀를 막으면서 그렇게 고함을 지르더니…….

"……그러는 너야말로 괜한 것만 기억하잖아."

"……맞는 말이야."

괜한 것. 확실히, 괜한 것이다.

풋내나고, 단순하며, 무차별적이던 시절의 기억은 말이다.

"그럼…… 목욕하고 나서 내 방으로 와."

"밤에는 출입 금지 아니었어?"

"특별히 허락해줄게."

유메는 계단 아래편을 쳐다보며, 낮은 목소리로 말했다.

"(부모님에게 들키지 않게, 몰래 들어와.)"

……젠장.

심장이 벌렁거렸다. ―너란 애는, 툭하면 괜한 짓을 한다니깐.

그 후, 유메가 옛날에 쓴 소설을 읽었다.

사이카와 소헤이와 판박이인 탐정이, 함축적인 것 같으면서 전혀 그렇지 않은 대사를 늘어놓으면서, 얼토당토않은 밀실 트릭을 가지고 어처구니없는 추리를 해댔다.

"어이없네."

"정색하며 말하지 마!"

"너, 전에는 크리스티의 작품을 베낀 것 같은 소설이라고 말하지 않았어? 하지만 이건 누가 봐도 모리 히로시 스타일이잖아."

"……그, 그건……."

"그건?"

"주, ……중학생 때, 쓴 거야……. 초등학생 때 쓴 건, 찾지 못했어……."

"흐음. ……혹시 이 똑똑한 척 넋두리를 늘어놓고 있는, 사이카와 소헤이를 100분의 1 정도로 희석한 것 같은 탐정 캐릭터는……."

당시에 사귀던 남친을 모델로 삼은 건 아니겠지?

"……."

이봐, 고개 돌리지 마.

"……되, 되게 우쭐대는데 말이야! 네가 쓴 것도 장난 아니거든?!"

"뭐? 농담하지 마. 이것보다는 훨씬 낫다고."

"독백이 너무 길어서 무슨 이야기를 하는 건지 모르겠고, 비유도 제대로 들지 못해서 거꾸로 이해가 안 돼. 『너무 익힌 카레 같은』이 무슨 의미인데? 눌어붙어서 쓰다는 거야?"

"되게 독해력이 없는 녀석이네! 그건—."

나는 세세하게 해설해줬지만, 유메는 결국 이해하지 못했다. 그건 충격이었다. 자기 문장이 이렇게 남이 이해하기 어려운 수준일 거라고는 생각도 못 했다…….

한참 동안 서로의 작품을 헐뜯은 후, 공허한 침묵이 찾아왔다.

몸에 난 상처를 들여다보고 있는 듯한 그 시간 동안, 마음이 서서히 진정됐다. 그리고 자기 소설과 유메의 소설을 다시 읽어본 나는 무언가를 깨달았다.

"……히가시라는, 의외로 대단한 녀석이구나."

"뭐? 히가시라 양? ……소설을 쓰는 거야?"

"소설을 쓰는 것 같은데, 내가 본 건 일러스트였어. 단순히 똑같이 베껴 그린 게 아니라, 직접 구도까지 잡은 거야. 게다가 얼굴에도, 몸에도, 손발에도, 이상해 보이는 부분이 없던데— 남이 봐서 『제대로 그렸다』고 여겨지는 걸 만들 수 있다는 건, 그것만으로도 대단한 재능 아닐까? 이걸 보니 그런 생각이 들어."

"맞아……. 그렇게 생각하면, 네 증조할아버지의 자서전도 참 잘 쓰신 작품이었어."

"동감이야. 문장이 이해되니까 말이지."

"맞아……."

우리는 풀이 죽었다.

충격을 받기는 했지만, 어떤 의미에서는 자신감이 생겼다. 이 정도면 히가시라의 비굴한 면을 치료해줄 수 있을지도 모른다.

긴장이 풀려 이완된 분위기 속에서, 유메는 멍한 목소리로 말했다.

"……저기. 작가가 되고 싶어?"

"아니. 그런 시기가 있었을지도 모르지만 말이야."

내 마음속에는 글로 쓰고 싶은 것이 없다.

욕구도, 사명감도 샘솟지 않는다.

그저 자신은 이렇지 않다는 생각이 있을 뿐, 되고 싶은 자신이 존재하지 않는다.

빈껍데기다.

소설을 써보며, 그것을 실감했다…….

"……이제까지, 거의 이야기하지 않았지만 말이야."

"응?"

"사실 우리 아빠는 크리에이터였어."

나는 천천히 유메를 쳐다봤다.

유메는 침대 측면에 기대더니, 끌어안은 무릎에 턱을 올려놓았다.

"아빠라면, 친아버지…… 유니 씨의 전남편을 말하는 거지? 작가였어?"

"소설가는 아니지만…… 뭔가를 만드는 일을 했나 봐. 집 안에 결과물을 놔두지 않아서, 어떤 걸 만들었던 건지는 모르지만……."

"혹시, 네 취미는……."

"응. 맞아. 아빠의 책장이 계기였어."

무릎 위에 턱을 올린 채, 유메는 이야기를 이어갔다.

"아빠에 관해 내가 어렴풋이 기억하는 건, 침대 위에서 들었던 목소리……. 침대에서 꾸벅꾸벅 졸고 있으면 말이지? 『다녀왔어』라는 낮은 목소리가 들려와. 빛이 새어 나오는 거실 쪽에서……. 그리고 『어서 와』 하고 말하는 엄마의 목소리가 들려와. 이어서 『밥은?』 하고 엄마가 말하면, 아빠가 낮은 목소리로 『사왔어』 하고 말해."

"……『먹고 왔어』가 아니라?"

"응. 『사왔어』. 그 후, 비닐봉지가 부스럭거리는 소리가 들려. 그 소리에 섞여서 엄마가 『그래……』 하고 아쉬운 듯이 말해. ……그게, 아빠에 관한 기억의 대부분이야. 다음 날 아침에 일어나보면, 어느새 아빠는 집에 없어. 그래서 이제는 얼굴도 잘 기억 안 나. 만나도 알아보지 못할 거야."

"그건, 뭐랄까……."

바쁜 사람인 것 같다, 란 상상은 할 수 있었다.

……하지만, 그 이상으로…… 가정이라는 것을 거부하고 있는 것처럼, 나는 느껴졌다. 가족과 동거하고 있는데도 마치 혼자 사는 듯한 행동…… 거기서는 명확한 거절의 뜻—혹은, 단절. 집 안을 칸막이로 나눠둔 듯한, 그런 의도가 느껴졌다.

"너한테는 처음부터 엄마가 없었던 것처럼, 나한테도 그게 당연했었어. 그런데도 운동회에는 얼굴을 비췄거든. …… 지금 와서 생각해 보면, 엄마가 억지로 아빠를 데려온 것 같아."

최대한, 노력해봤을 것이다.

유니 씨도, 분명 저항했으리라. 하지만, 결국 남편을 『가정』 안으로 데려오지는 못했다. 그래서, 결단을 내릴 수밖에 없었다. 자신을 위해, 딸을 위해, 혹은— 남편 본인을 위해…….

"엄마는 고생했겠지만, 나는 아빠를 딱히 싫어하지 않아."

"그건…… 만난 적이 거의 없어서, 그런 걸지도 몰라."

"그게 아니라…… 집 안에 온갖 물건이 잔뜩 있고 아무도 없는 방이 있다면, 애들은 가슴이 뛰지 않겠어? 뒤져보고 싶은 게 당연하잖아?"

"그래……."

그 마음은 나도 이해한다.

증조할아버지의 서재를 처음 발견했을 때 느꼈던 가슴속의 뜨거운 열기를, 나는 지금도 똑똑히 기억하고 있다.

"어린애는 재미있는 걸 주는 사람을 금방 좋아하게 되잖아? 그래서 나는 이렇게 즐거운 방을 준 아빠에게 고마움을 느꼈어."

정말…… 누구나 비슷한 경험을 한 번쯤 하기 마련인 것 같다.

"……으음, 무슨 이야기를 하고 있었더라?"

"우리에게는 재능이 없단 이야기야."

"아, 맞아. 이야기가 옆으로 샜는데, 내가 하고 싶은 말이 뭐냐면…… 크리에이터가 되는 사람은, 남들과 다른 것을 보는 듯한 느낌이 들어. 그렇게 생각하면, 히가시라 양은 딱 그런 타입인 것 같지 않아?"

"……응……."

확실히 그렇다. 그 녀석은 남과 다른 것을 보고 있다.

나와는 더할 나위 없이 마음이 잘 맞지만…… 문뜩 느낄 때가 있다. 어딘가, 무언가를 바라보는 시점이 다른 듯한 느낌을 말이다.

"그건 대체 뭘까. ……이번에도 나는 히가시라가 뭘 보고 있는 건지, 근본적으로는 모르겠어."

"좀 알아주는 게 어때? 그게 가능한 건, 분명 너뿐일 거야."

"너도, 모르는 거야?"

"글쎄. ……생각해 보면, 나도 쭉 그것을 추구해온 듯한 느낌이 들어."

『그것』.

……설명을 듣지 않았지만, 그 말이 무엇을 가리키는 건지 알 것만 같았다.

기분 탓일지도 모른다. ……아니, 분명 그럴 것이다. 내 착각이리라.

확인해야 한다고 생각했다. 그래야 옳다고, 내 안에 존재하는 내가 말했다. 하지만, ……지금의 나는 어떻게 확인해야 할지 알 수 없었다.

"……나는, 히가시라와 같은 걸 볼 수는, 없을지도 몰라."

하지만.

"그 녀석이 본 것을 들어주는 정도라면, ……아마, 할 수 있을 거야."

"아마, 가 아니라 분명, 이라고 말하지 그래?"

유메는 겁 많은 동생을 놀리듯, 가볍게 웃었다.

"어때? 자신감이 좀 생겼어?"

"응. 내가 범골에 지나지 않는다는 자신감 말이야."

"네가 범골이라면, 나는 뭐가 되는데?"

그 순간, 입술 사이에서 그 말이 자연스럽게 흘러나왔다.

1년도 더 전에, 친구가 생긴 너에게 내가 해줬어야 하는 말이…….

"너는, 대단한 녀석이야."

"……뭐?"

그렇다. 우선 인정하는 것부터 시작하자.

너는 이제, 캔 주스의 뚜껑마저 나한테 열어달라고 하던, 연약한 인간이 아니라는 사실을…….

내가 할 수 없는 일을 해내는, 대단한 녀석이라는 것을—.

"어? 뭐? 저, 저기, 그게 어떤 의미야? 대단하다는 게 어떤 의미인데?! 내 어디가 대단하다는 거야?! 자세하게 말해줘!"

"……대단하다 싶을 정도로 글재주가 없다는 의미라고!"

"뭐어~?!"

뭐…… 응.

단번에 해내는 건 어려울 테니, 서서히 해나가자.

내가 탈고한 소설은 바라던 대로 엄청난 혹평을 받았고, 히가시라— 아니, 이사나의 멘탈 치료에 지대한 공헌을 했다.

하지만 그 일의 여파로 이런 모임이 결성될 거란 사실을, 나는 예상조차 하지 못했다—.

『때마침 우리 학교는 문화제 기간에 돌입해.』

전화기 너머에서 카와나미 코구레가 이렇게 말했다.

『게다가 얼마 전, 너와 이리도 양을 실행위원으로 만들었지! 집에서는 물론이고, 학교에서도 행동을 함께 할 기회가 늘어날 거야! 나이스, 과거의 나!』

『뭐라고 지껄이는 거예요.』

어느새 완전히 원상 복구가 된 히가시라 이사나가 차가운 어조로 태클을 날렸다.

『사전 협의도 없이 그런 짓을 하다니, 완전 질리겠거든요? Vtuber에게 컬래버를 강요하는 참견쟁이 같다고요.』

『시끄러워~! 나한테는 이게 인생 사업이라고!』

민폐 그 자체인 인생 사업이다. 그런 건 2차 창작에서나 해.

『아무튼! 문화제! 이것만큼 청춘 그 자체인 이벤트는 흔하지 않아. 고백을 하라는 건 아니지만, 좋은 분위기 정도는 만들어봐! 어쩌면 상대방이 너한테 고백을 할지도 모른다고!』

『문화제에서 좋은 분위기가 되는 건 라이트노벨이나 만화에서 흔하지만, 현실에서도 그런 일이 있나요? 게다가 우리 학교는 알아주는 진학고잖아요.』

『멍청아, 진학고니까 이벤트 때 더 야단법석이라고. 교토 대학의 축제를 떠올려봐.』

『으윽…… 발상이 겹쳐요…….』

교토 대학에 괴짜가 많다는 이유로 진학고에 들어온 듯한 이사나는 대미지를 입었다. 뭐, 나는 모리미 토미히코 작가의 작품을 통해서만 교토 대학을 알지만 말이다.

『너희들, 잘 들어.』

수학여행 때 주의 사항을 알려주는 인솔 교사 같은 느낌으로, 카와나미가 말했다.

『우리가 다니는 라쿠로 고교의 문화제에서는 매년 후야제 때 캠프파이어를 해. 히가시라도 알지? 커다란 불을 피워놓고 그 주위에서 춤추는 거야.』

『알거든요?! 제가 얼마나 세상 물정에 어둡다고 생각하는 거예요?!』

『거기서 같이 춤춘다면 영원히 맺어질 것 같은 느낌이 들지 않아?』

『그저 인상일 뿐이잖아요! 그런 전설이 있는 것도 아니잖아요!』

『만화에서나 나올 법한 전설이 있을 리가 없잖아. 있더라도 러브 코미디 작품을 베낀 걸 거야.』

"……그래서? 춤추라는 거야? 내가? 유메와?"

만담을 끊으며 단도직입적으로 묻자, 카와나미는 『그래』 하고 힘차게 답했다.

『뭐, 실제로는 춤추는 게 아니라 불 주위에 둘러앉아 꽁냥거릴 뿐이지만 말이지. 참고로 교내에서 만연한 히가시라 여친설을 불식시킬 수도 있을 테니 일석이조야!』

『그렇게 되면 제가 초스피드로 차인 게 되지 않아요?』

『안심해. 너는 무모하게도 이리도 남매 사이에 끼어들려고 하다가 박살이 나고 만 불쌍한 여자가 될 뿐이야.』

『그게 더 안 좋거든요?!』

왜 내가 그런 짓을 해야 하는 건지…….

하아, 하고 내가 한숨을 내쉬었을 때였다.

『이리도 양의 진의를 확인하고 싶지 않아?』

카와나미는 진지한 어조로 날카로운 한 마디를 날렸다.

『만약 이리도 양에게 그런 마음이 있다면, 시추에이션이 갖춰진 순간에 어떤 식으로든 행동을 보일 거야. 그런 마음이 없다면, 네가 뭘 하든 호박에 침주기지. 마음 놓고 남매로 지내면 돼. 어찌 됐든 간에, 지금의 아무것도 모르는 어정쩡한 상태에서는 벗어날 수 있어. 너는 손해 볼 게 없다고. 있다고 하면, 그건—.』

"카와나미."

이번에는 내가 날카로운 어조로 그의 이름을 불렀다.

"선을 넘었어— 나도, 화낼 줄 알아."

『……그래, 미안해. 좀 지나쳤네.』

너는 항상 선을 넘는다고.

방금 감돈 긴장감에 숨을 삼킨 듯한 이사나가 휴우 하고 한숨을 내쉬었다.

『뭐, 간단히 말해 손해 볼 게 없다는 이야기야. 너한테는 말이지. 안 그래?』

"……만약 그 녀석한테 그런 마음이 있다면 어쩔 건데?"

『사귀면 되잖아.』

『사귀면 되잖아요.』

"되게 간단히 말하네……."

외부인이니까 저렇게 말할 수 있는 것이다. 한집에서 사는 사람끼리 사귄다는 게 어떤 건지, 이 녀석들은 알지 못한다.

『정 싫다면 차버리면 되잖아. 가지고 논다면 비난받아 마땅하지만— 어찌 됐든 간에 결판을 내기는 해야 하잖아? 평범한 동급생이라면 졸업할 때까지 모르는 척하면 되겠지만, 너희는 남매라고.』

……밉살스럽게 느껴질 만큼 빈틈없는 논리다. 확실히 유

메에게 그럴 작정이라면, 계속 모르는 척할 수는 없다. 빨리 대처할 필요가 있다.

괜한 착각이었다면, 그걸로 됐다. 나는 마음 놓고, 그 여자를 남매로 대하면 될 테니까—.

"……알았어……."

『어?』

나는 오만상을 다 찡그리면서, 말을 이었다.

"상식적인 범주를 벗어나지 않는다면, 시키는 대로 하겠어. 너무 노골적이면, 내가 그 여자에게 반했다는 오해를 살 수도 있거든."

『오케이, 오케이~. 알았다고!』

『만약 차이더라도 저로 갈아타면 되니까, 과감하게 나가보세요~!』

『야, 인마! 여자로서 부끄럽지 않은 거냐?!』

『눈곱만큼도 안 부끄러운데요?』

이리하여 나는 유메의 진의를 알기 위해, 그 녀석을 꼬시는 듯한 짓을 할 수밖에 없게 됐다.

어쩔 수 없이.

……어쩔 수 없이.

"귀여웠어."

그 데이트는, 분명 기회라고 생각했다.

여름 방학이 되기 직전, 아야이와 함께 휴일에 외출했다.

아직, 대화는 무난하게 나눌 수 있던 시기다. 진심이 어리지 않은 화해를 한 후, 어떻게 예전 같은 사이로 되돌아갈지 생각하던 시기다.

그게 최후이자 최선의 기회였다는 것을, 지금은 안다.

아야이는 예쁘게 꾸미고 나왔다. 멋을 부린 그 모습을 통해, 나와 예전 같은 사이로 되돌아가고 싶다 주장하고 있었다.

간단한 일이었다.

내가 해야 할 일은, 지극히 간단했다.

하지만, 어째서일까. 그 말이 입에서 나오지 않았다. 예전에는 아무렇지 않게 하던 말이다. 이제 와서 부끄러워할 일이 아니다. 그런데…… 뭔가가, 입을 막았다. 내 안의 무언가가, 그 한 마디를 입 밖으로 내뱉지 못 하게 했다.

귀여워.

그 한 마디를, 입에 담기만 하면 되는데…….

◆ 이리도 유메 ◆

"다녀오겠습니다~!"

"그래, 다녀오렴~."

엄마에게 배웅을 받으며, 나는 미즈토와 함께 현관을 나섰다.

현관 앞에서 기다리고 있던 미즈토는 내가 문을 잠그는 것을 보더니, 성큼성큼 걸음을 옮겼다. 나를 배려해줄 생각은 전혀 없는 것 같았다. 하아, 정말. 뭐, 나도 이럴 것 같아서 오늘은 비교적 걷기 쉬운 신발을 신었다.

미즈토는 파카에 치노 팬츠 차림이며, 평소와 마찬가지로 편안함만을 극도로 추구했다. 그리고 나 또한, 데이트 옷차림이라고 할 만큼 복장에 신경을 쓰지 않았다. 평소 입는 블라우스에 평범한 롱스커트 차림이며, 가을에 접어들려는 건지 조금 쌀쌀한 느낌이 들어서 어깨에 숄을 걸쳤다.

둘 다 사복 차림으로 함께 외출하니, 데이트하는 것처럼 보일지도 모른다. 하지만 오늘은 부모님에게 비밀로 할 필요가 없다.

왜냐하면 오늘은 문화제용 의상 관련으로 마도카 씨가 다니는 대학에 가는 것이기 때문이다.

나는 미즈토의 옆에 나란히 서면서 말을 걸었다.

"마도카 씨의 대학은 멀어?"

"거리 자체는 꽤 멀지만, 전철로 가면 그렇게 시간이 걸리지 않을 거야."

"전철……."

"교통비라면 문화제 예산으로 처리하면 돼."

"돈 걱정을 하는 게 아냐!"

내가 떠올린 것은 어머니날 선물을 사러 가던 길에 만원 전철 안에서 미즈토와 몸을 밀착시켰던 일이다……. 그리고 가을이 되면 교토는 관광객으로 북적이는 만큼, 오늘도 전철이 만원일 게 틀림없다…….

이건 데이트가 아니다.

데이트는 아니지만— 나는 아카츠키 양한테서, 어떤 지령을 받았다.

—잘 들어, 유메. 문화제는 절호의 기회야! 준비 기간에 함께 작업을 하며 친밀도를 높여두면, 당일에 데이트할 구실이 돼! 즉……!

—즉?

—이리도에게 꼬리치는 애가, 폭발적으로 늘어날 거야!

—윽!

—뭐, 히가시라 양의 소문이 아이러니하게도 방파제 역할을 해주겠지만, 그런 걸 신경 안 쓰는 애도 있을 거야.

—하…… 하지만……! 그 남자가, 불쑥 튀어나온 여자애들에게 넘어갈 리가……!

—여보세요~. 불쑥 튀어나온 히가시라 양이 지금 어떤 상태인지, 기억하고 계시나요~?

—으으으…….

—그러니까, 유메도 적극적으로 꼬리를 치는 거야! 실행위원이 된 덕분에, 히가시라 양의 소문 같은 건 개의치 않으며 데이트를 할 수 있는 상황이 갖춰졌잖아!

—아, 아니, 대체 어떻게 꼬리를 치면 되는데……? 그것보다 꼬리를 친다는 게 어떤 의미야……? 걔한테는 꼬리가 없거든……?

—후후후. 내가 가르쳐줄게. 연애 대상에게 꼬리를 친다는 건!

—꼬리를 친다는 건……?

—바로—『이 녀석, 나를 좋아하는 거 아냐?』야~!

—……이미 키스까지 했는데, 대체 뭘 더 하라는 거야……?

—그건, 뭐, 아…… 파이팅!

마지막에는 대충 넘어가는 느낌이었지만, 일단 아카츠키 양은 일련의 방법을 나에게 전수해졌다.

예를 들자면, 평소보다 반걸음 다가가서 걸을 것.

예를 들자면, 가끔 은근슬쩍 어깨나 손을 만질 것.

예를 들자면, 대화를 나눌 때 상대방의 눈을 응시할 것.

확실히 그런 행동을 연애 대상인 이성이 취한다면, 자기한테 마음이 있는 게 아닐까 하고 의심할 것 같기는 한데…….

—……저기, 아카츠키 양? 물어볼 게 있는데 말이야.

—뭔데~?

—그런 걸…… 너는 해본 적 있어?

—…….

—아카츠키 양? 저기, 아카츠키 양?!

요즘 들어, 서서히 눈치챘다.

문제가 발생할 때마다 이런저런 조언을 해주며 자기 일처럼 도와주는 아카츠키 양이 참 고맙기는 하지만…… 연애에 관해서는 이웃사촌 소꿉친구라는 축복받은 환경의 이성하고만 해본 탓에, 기술적으로는 아마추어나 다름없지 않을까…….

아니, 그렇잖아? 남성 경험이 전혀 없는 것보다는 신용할 수 있거든? 하지만 소꿉친구 상대로 보디 터치를 해서 거리를 좁혀? 실제로 해본 적 없을 거란 느낌이 들지 않아? 안 그래?

뭐, 경험으로 말하자면 나도 남 말 할 자격은 없다. 중학생 때 성공한 것은 그저 굴러온 호박이나 다름없었으니까— 지금 생각해봐도 어째서 사귀게 됐던 건지 수수께끼 그 자체다. 그런 기적적인 성공을 뛰어넘어야만 하는 만큼, 시험해볼 수 있는 건 전부 시험해봐야 한다.

일단, 은근슬쩍 반걸음 정도 다가가 봤다.

"……."

"……."

슬쩍 옆을 쳐다보니, 딱히 나를 신경 쓰는 것 같지는 않았다.

건전한 남자라면, 어깨가 닿을락 말락 하는 거리에 여자애가 있는 것만으로도 반응을 보일 것이다! —하고, 아카츠키 양은 말했지만…….

잘 생각해 보니, 이 정도 거리는 아무것도 아니었다.

그것도 그럴 것이, 우리는 한 지붕 아래에서 살고 있으니까— 어깨가 닿을 정도로 붙어서 걷는 것 정도는 아무것도 아니라고 해도 과언이 아니다.

실은 나도 — 그다지 — 가슴이 뛰지는 않았다.

거리가 너무 가까운 것도 생각해 볼 일이다…….

"하아……."

"왜 그래?"

"아…… 사람에 좀 취했나 봐."

앞날이 너무 걱정됐다.

지하철로 교토역에 가서 나라 방면으로 가는 전철로 갈아탄 후, 토후쿠지에서 케이한 전철로 환승했다. 준급행열차로 역 몇 곳을 이동하자, 마도카 씨가 다니는 대학 근처의 역에 도착했다.

길은 헤매지 않았다. 그도 그럴 것이, 역을 나서서 모퉁이 하나만 돌면 캠퍼스의 입구가 보이기 때문이다.

9월 중순이지만, 대학은 아직 여름 방학인 것 같았다. 그래서 그런지, 오가는 사람이 적었다. 역 근처에 있는 초등학교의 담을 따라 걸었다.

"대학 바로 옆에 초등학교가 있구나……. 대학의 부속 초등학교는 아니지?"

"아닐 거야. 아마 아무런 관련도 없을걸?"

"학교를 이렇게 인접하게 짓기도 하는구나……."

"그러고 보니 캠퍼스의 바로 옆에는 경찰학교도 있을 거야."

"뭐?! 학교가 더 있어?!"

교토에 학교가 많다는 이야기는 들었지만, 아무리 그래도 이건 너무 많은 게 아닐까.

문은 활짝 열려 있었다. 나는 주위를 두리번거리며, 태어나서 처음으로 대학 안으로 들어갔다. 우와, 대학에 처음 들어가 봐.

"너, 되게 수상해. 아무 짓도 안 했는데 잡혀갈 수준이야."

"하, 하지만 대학에 들어가 볼 기회가 없었는걸!"

"호들갑이 심하네. 입학하는 것도 아닌데……."

뭐야! 감동을 공유하면 덧나기라도 해?!

미즈토는 캠퍼스맵을 발견하더니, 아무렇지 않게 그쪽으로 걸어갔다. 그 태연한 태도를 본 나는 풀이 죽는 게 아니라 발끈했다. 데이트 중은 아니지만, 그래도 배려심이 너무 없잖아!

나는 보란 듯이 허탈(오용)한 태도를 취하며, 미즈토와 함께 그 지도를 봤다. 마도카 씨와 만나기로 한 장소는—.

"으음…… 현, 진관? 맞지?"

"왜 건물에 이렇게 어려운 이름을 붙인 거야……."

겉보기에는 그런 느낌이 들지 않지만, 이 학교는 불교 계통이라 건물에도 불교에서 유래된 그럴 듯한 이름을 붙인다고 한다. 이런 점만 봐도 중학교나 고등학교와 차이 났다.

둘이서 캠퍼스맵을 보며 골치를 썩이고 있을 때였다.

"아~! 저기 있네!"

갑자기 귀에 익은 목소리가 뒤편에서 들려오더니…….

"두 사람 다 어서 와~!"

누군가가 등을 두드렸다.

놀라서 돌아보니, 멋진 안경을 쓴 언니가 「히히히」 하고 장난스레 웃고 있었다.

담백한 색상의 블라우스와 품이 낙낙한 롱스커트 차림의 여성이다. 청초한 인상의 언니 같은 외모와 블라우스를 압박하고 있는 풍만한 가슴을 볼 때, 한 달 전에 시골에서 만났던 그 사람이 틀림없다.

타네사토 마도카 씨.

미즈토의— 그리고 나의 육촌 친척이다.

"한 달 만이네~! 잘 지냈어~?"

"네. 마도카 씨도 잘 지내셨죠……?"

"응. 유메 양은 변함 없…… 복장 코디가 완전히 겹쳤네!"

"아."

다시 보니, 나와 마도카 씨는 일부러 맞춘 것처럼 보일 만큼 복장이 비슷했다.

"죄, 죄송해요. 신경을 못 썼어요……."

"뭐, 괜찮아~. 어차피 갈아입을 거잖아! 히히히!"

마도카 씨는 여전히 패션의 인상과 정반대로 인싸 그 자체였다. 미즈토는 한마디도 하지 않았지만, 나도 중학생 때였다면 같은 반응을 보였을 것이다.

"미즈토도 오래간만! 시골 말고 다른 데서 만나는 게 얼마 만이더라?"

"……글쎄요. 장례식 같은 데서 봤으려나요."

"아~, 그렇구나. 아무튼, 많이 컸네!"

마도카 씨는 미즈토의 매몰찬 대응을 전혀 개의치 않으며 아줌마 같은 말을 입에 담았다. 한 달 만에 만나는 거니, 키는 그다지 달라지지 않았을 것 같은데 말이다.

"그럼 가자~! 의상은 부실에 있어!"

마도카 씨는 자연스럽게 내 곁으로 다가오더니, 당연한 듯이 팔짱을 꼈다. 팔이 풍만한 가슴에 쏙 감싸이자, 같은 여자인데도 마음속으로 우햐~ 하고 비명을 질렀다.

브래지어의 단단한 감촉마저도 가슴을 뛰게 했다. 이게 F컵의 파워……. 그렇다면, 히가시라 양의 G컵과 툭하면 밀착 상태가 되는 미즈토는 어떤 심정일까. 어째서 그렇게 태연한 표정을 지을 수 있는 거야? 성욕이 없어?

떨쳐낼 수도 없기에, 그대로 인적이 드문 캠퍼스 안을 걸었다. 무대와 카페가 있는 광장을 가로지르면서, 마도카 씨는 나를 향해 슬쩍 얼굴을 내밀었다.

"(유메 양, 유메 양. 그 이야기는 어떻게 됐어?)"

"(그 이야기라니…….)"

"(히가시라 양이란 애가 미즈토의 여친이 됐다는 이야기 말이야! 다른 친척들은 믿는 것 같던데, 그건 오해 맞지?)"

"(그렇……긴, 한데, 말이죠…….)"

"(와우~. 깊은 내막이 있는 것 같네.)"

나는 아무 말 없이 뒤따라오는 미즈토를 신경 쓰면서, 최근에 있었던 일을 짤막하게 이야기했다. 미즈토와 히가시라 양이 사귄다는 이야기가 친척뿐만 아니라 학교에도 퍼지면서, 거의 공인 커플 상태가 됐다는 것을…….

"(으음, 그건, 뭐랄까…… 골치 아픈 이야기네.)"

"(맞아요…….)"

골치 아프다는 말 말고는 입에서 나오지 않았다.

"(그럼 유메 양은 문화제 준비를 빙자해 역전을 노리는 거야? 꽤 하잖아~♪)"

"(그, 그게…… 친구가 꾸민 일이지만요.)"

"(호오~. 꽤 머리가 잘 돌아가는 친구가 있나 보네. 나와 마음이 맞을 것 같아.)"

확실히 아카츠키 양은 인싸니까 마음이 잘 맞을 것 같지만, 마도카 씨는 이런저런 수작을 꾸미는 게 엄청 어설프다. 그런데 왜 이렇게 베테랑 느낌을 마구 풍기는 걸까.

올려다봐야 할 만큼 커다란 정문을 지나서, 일단 밖으로 나갔다.

부실이 있는 건물은 캠퍼스 밖에 있다고 한다. 건널목을 지난 후, 현대적인 디자인의 깨끗한 건물에 들어갔다.

"마도카 씨는 연극 서클 소속이에요? 엄마도 정확하게는 모르는 것 같아서요."

"나, 정식으로는 아무 데도 들어가지 않았어~. 하지만 남친이 연극 서클 소속이거든. 그래서 나도 도우미 삼아 들어갔어. 인턴 부원 같은 거랄까?"

"어? 그런데 의상을 빌려도 되는 거예요?"

"괜찮아, 괜찮아~. 이미 이야기를 다 해뒀어. 서클 멤버는 모두 다 내 친구거든. 나중에 돌려주기만 하면 공짜로 빌려줘도 된대~."

우와. 『모두 다 내 친구거든』. 진정한 인싸만이 입에 담을 수 있는 대사다.

"아, 하지만……."

마도카 씨는 갑자기 「히히히」 하고 웃더니, 귓속말을 했다.

"(엉큼한 짓에 쓰면 안 돼. 의상이 더러워지거든!)"

"(그, 그 말을 듣기 전까지 생각도 안 했어요……!)"

그런 짓, 어떻게 해! ……코스프레를 한다고 넘어올 상대라면, 옛날 옛적에…… 으으…….

마도카 씨의 뒤를 따르며, 우리는 계단을 올라갔다.

복도를 걷다 보니, 줄지어 있는 문 너머에서 이야기 소리와 웃음소리가 들려왔다. 나는 신기하다고 느꼈지만, 마도카 씨는 전혀 신경 쓰지 않으면서 연극 서클의 부실 — 이라고 하면 될까? 서클실……? — 에, 우리를 들였다.

어수선한 방이었으며, 만화 잡지나 빈 페트병 같은 게 책상에 굴러다녔다. 그리고 벽에는 수많은 종이상자가 쌓여 있었다.

오오…… 부실 같아!

"의상은 저 상자 안에 있어. 적당히 열어보며 뒤져보자."

"네……? 이런 식으로 보관해도 괜찮나요?"

"괜찮지는 않지만, 옷장을 빌리는데도 돈이 들거든."

그렇게 말한 마도카 씨는 『의상』이라고 매직으로 대충 적혀 있는 종이상자를 거침없이 열어보기 시작했다.

상자 안을 보니, 연극에 쓰일 법한 옷이 잔뜩 들어 있었다. 연극용이니까 연극에 쓰일 법한 옷인 게 당연하겠지만 말이다.

"으음…… 정리가 되어 있을 줄 알았는데, 대충 욱여넣어 놨네. 유메 양, 미즈토, 흩어져서 찾아보자."

“네!”

나는 힘차게 대답했지만, 미즈토는 아무 말 없이 종이상자를 열어보기 시작했다. 이 남자는 친척한테도 붙임성 있는 태도를 보이지 못하는 걸까.

필요한 것은 코스프레 카페에서 입을 의상이다. 그러니 손님의 시선을 끌 수 있도록, 일정한 콘셉트를 가지는 편이 바람직하다. 그러니 그냥 특이하기만 한 옷은 안 된다. 한눈에 어떤 옷인지 알아볼 수 있고, 동시에 매력도 지닌 것이어야…….

“아! ……히히. 유메 양, 유메 양. 이건 어때?”

마도카 씨가 히죽거리며 펼쳐서 보여준 옷을 본 순간, 나는『아, 귀여워』하고 순진하게 생각했다.

웨이트리스가 걸칠 듯한 앞치마와 반소매 블라우스를 조합해서 만든, 유럽 느낌의 옷이다.

하지만…… 유심히 보니…….

“으음…… 그거…… 가, 가슴팍이 너무 드러나지 않나요……?”

가슴 쪽 옷깃이 어마어마하게 깊이 파였다. 가슴의 윗부분이 훤히 보일 것 같은데…….

“유메 양. 이 옷은 말이지? 던들이라고 하는 건데, 독일의 전통적인 민족의상이야.”

“그, 그런가요…….”

“응. 지금도 독일 축제에서 사람들이 입어. 즉, 기모노 같은 거지. 그러니 야한 옷이 아냐. 수영복 빰치게 가슴 계곡이 드러나지만, 하나도 야하지 않아."

"너무 잡아떼니까, 마도카 씨도 야하다고 생각하는 것 같거든요?!"

"입어보자. 응? 문화제잖아? 이 기회에 독일 문화를 배워보는 게 어때?"

마도카 씨가 가라앉은 눈길로 던들이란 옷을 쑥 내밀었다. 입을 생각 없거든?! 눈빛이 엉큼 그 자체거든?!

"안 돼요."

약간 딱딱한 목소리가 들려오더니, 미즈토가 나와 마도카 씨 사이로 팔을 내밀었다.

"전통적이든, 민족의상이든, 복장의 노출도가 심해선 운영위원회를 통과할 수 없어요. 그러니까, 그 옷은, 안 돼요."

미즈토가 말을 딱딱 끊어가며 단호한 어조로 그렇게 말하자, 마도카 씨는 눈을 끔뻑였다.

"……흐음~?"

그리고 의미심장한 미소를 지으면서 던들을 치웠다.

"오케이, 오케이. 그럼 관둘게. 확실히 이런 복장을 한 유메 양을 불특정 다수에게 보여주고 싶지는 않아."

"……미풍양속에 저촉되지 않는 의상으로 부탁해요."

그렇게 말한 미즈토는 다시 상자 개봉 작업을 이어갔다.

방금…… 약간, 화냈나?

내가 노출이 심한 옷을 입는 걸…… 싫어했어?

우와. 얼굴이 히죽거리려고 해……! 혹시, 노출이 심한 의상은 안 된다고 딱 잘라 말했던 건, 그런 의도였던 거야? 나를 지켜주려고? 우와. 우와~!

"히히히. 그럼 미즈토가 화내지 않을 만한 옷을 찾아보자, 유메."

"아, 네. ……아. 저기, 잠깐만요."

나는 던들을 다시 집어넣으려고 하는 마도카 씨를 말렸다.

그리고 그 옷의 디자인을 뚫어지게 쳐다봤다.

"왜 그래? 역시 입어보고 싶은 거야?"

"아니…… 제가 아니라……."

이거, 히가시라 양한테 어울릴 것 같다. 참 잘 어울릴 것 같다.

"……혹시나 해서 묻는 건데요."

"응?"

"개인적으로 빌려도 될까요?"

마도카 씨는 고개를 갸웃거렸다.

"야한 짓에 쓰면 안 돼."

"아…… 안 써요!"

히가시라 양에게 이렇게 가슴 쪽이 깊이 파인 옷을 입히는 건, 야한 짓이 아닐 거야! 아마도!

나는 블라우스의 단추를 풀었다.

오늘 처음 와본 방에서 옷을 벗으려니 가슴이 진정되지 않았다. 옆방에 미즈토가 있다고 생각하니, 가슴이 더욱 떨렸다.

"유메 양은 여전히 군살이 눈곱만큼도 없네~. 피부도 매끈해. 이게 여고생인가……."

평론가처럼 나를 살펴보던 마도카 씨는 이미 속옷 차림이었다. 청초한 패션과 달리, 브래지어와 팬티는 레이스가 달린 빨간색이었다. 이 어마어마한 녀석은 어른의 속옷을 뛰어넘어서, 그야말로 승부 속옷이라고 하는 녀석처럼 보였다…….

"……마도카 씨는 평소에도 그런 걸 입어요……?"

내가 머뭇거리며 묻자, 마도카 씨는 깔깔 웃었다.

"그럴 리가 없잖아! 평소에는 위아래 속옷의 색깔이 다를 때도 많아. ……하지만 오늘은 보여줄 사람이 있어서 신경 좀 썼거든."

"그 말은……."

지금 이 순간을 말하는 걸까? ……아니면, 다른 약속이 있는 걸까……?

마도카 씨는 의미심장하게 웃었다.

"글쎄? 어느 쪽일까~?"

마도카 씨는 주저 없이 브래지어의 앞쪽에 달린 훅을 풀었다.

현재 우리는 고른 의상을 입어보려는 참이다.

내 독단으로 정할 수도 없는 만큼, 일단 입고 사진을 찍은 후에 그것을 가지고 클래스메이트와 의논해서 결정하기로 했다.

나는 여자애들의 샘플이며, 미즈토는 남자애들의 샘플이다.

부실 옆에는 방이 하나 더 있었기에 나와 마도카 씨는 그곳으로 이동했고, 미즈토는 부실에서 자기 의상으로 갈아입고 있었다.

그럼 왜 마도카 씨까지 갈아입는 거냐면, 「나도 입어보고 싶어~!」 하고 말했기에 어쩔 수가 없다.

게다가 마도카 씨가 손에 든 것은 나와 미즈토가 안 된다고 말한 과다 노출 의상이다. 천 면적이 너무 작아서 브래지어도 걸칠 수가 없다.

"으음……."

일단 내가 입어본 것은 왕도적인 메이드복이다.

만화나 애니메이션에 나오는 것보다 치맛자락이 길며, 발목 근처까지 가렸다.

덕분에 나도 그렇게 부끄럽지 않았지만, 이 하늘거리는 카추샤는 역시 좀…….

"괜찮네! 정말 귀여워! 미즈토와 합사하고 와!"

"합사가 뭔데요— 꺄앗?!"

마도카 씨에게 등을 떠밀려서, 미즈토와 합류했다.

미즈토는 집사복을 입고 있었다. 선이 가늘고 날씬한 그의 몸매에는 꽉 조이는 인상인 검은색이 참 잘 어울렸다.

“오오~! 좋아! 끝내줘!”

마도카 씨는 흥분했는지, 스마트폰으로 사진을 찍기 시작했다.

그 사이, 나는 미즈토 쪽을 힐끔힐끔 쳐다봤다. 귀찮다는 듯이 인상을 쓰고 있지만, 잘 어울렸다. 이제 머리카락만 좀 정돈하면—.

—헉?!

이건…… 꼬리칠 기회 아닐까? 이 타이밍에 칭찬을 하면, 나를 의식하게 될지도 몰라!

조, 좋아……!

“저, 저기…….”

“응?”

“자…… 잘 어울……려.”

말했어!

좀 더듬거리기는 했지만, 어찌어찌 말했어! 나치고는 잘한 편이야!

미즈토는 내 말을 살펴보듯 잠시 뜸을 들이더니…….

“고마워.”

그게 다야?!

사람이 용기를 쥐어짜 내서 칭찬을 했는데, 그게 다야?!

나를 칭찬하란 말이야! 너도 잘 어울려, 같은 빈말이라도 해주면 어디 덧나?!

으그극…… 오타쿠 주제에, 메이드복에도 반응하지 않다니……!

"마도카 씨! 다른 옷으로 갈아입죠!"

"오! 유메 양, 의욕 났어?"

"차고 넘칠 정도로요!"

다음에 입은 건 차이나드레스였다.

하반신 쪽에 슬릿이 있으므로 다리 노출이 엄청나지만 『피부와 같은 색깔의 타이츠를 신으면 괜찮지 않을까?』라는 마도카 씨의 의견에 따라 일단 입어보기로 했다.

하지만…….

지금은 살색 타이츠가 없으므로, 발을 훤히 드러낼 수밖에 없었다.

이건 어때! 하고 생각하며, 수상한 중국 주술사 같은 복장을 하고 미즈토의 앞에 나서봤지만…….

"흐음."

그게 다야?!

이 인간은! 정말! 평소에는 맨발을 드러내는 게 부끄러워서 교복 입을 때도 타이츠를 신는 내가, 이렇게 발을 드러내고 있는데! 흐음, 이 다야?!

그 후에도 베트남 전통 의상이나 마법사 복장 같은 것도 입어봤지만, 미즈토의 반응은 『흐음』이나 『헤에』나 『하아』가 전부였다.

"이야~, 전부 귀여웠어~!"

가장 만족한 사람은 마도카 씨였다.

마도카 씨는 수영복 같은 옷(옷?)에 베일 같은 천을 걸친, 무희 같은 복장을 하고 있었다.

마도카 씨처럼 나올 곳이 심하게 나온 사람이 저런 복장을 하니 이 방 밖으로 한 걸음만 나서도 바로 범죄로 이어질 듯한 느낌마저 들었지만, 역시 미즈토는 별다른 리액션을 보이지 않았다.

마도카 씨도 아무렇지 않게 새하얀 허벅지를 훤히 드러내며 다리를 꼬더니, 스마트폰으로 찍은 사진을 살펴봤다.

"의상하니까 생각났는데, 여름 축제 때 입었던 유카타도 귀여웠어~. 역시 흑발 롱헤어와 일본 전통 의상 조합은 진리 그 자체라니깐!"

"지, 진리인지 아닌지는 제쳐두고…… 전통 의상은 괜찮을지도 몰라요. 노출도 심하지 않고요."

"맞아~. 학부모회의 반응도 괜찮을 거야. 전통 의상이라~. 무녀복 같은 게 있었나 모르겠네……."

마도카 씨는 바닥을 기는 듯한 자세로 종이상자를 뒤졌다. 어, 엉덩이! 엉덩이를 조심해! 지금 훤히 드러났단 말이야!

"아."

내가 은근슬쩍 미즈토의 시선을 가리고 있을 때, 마도카 씨가 뭔가를 상자에서 꺼냈다.

"참, 이게 있었네! 저기, 이런 건 어때?"

"이건……."

기모노…… 같지만, 상의뿐이다. 기모노처럼 보이는 셔츠 같은 것이랄까. 마도카 씨는 그것과 함께, 전통 바지 같은 것을 꺼내서 보여줬다.

"그러니까, 이건~. 아, 맞다. 작년 축제 때 사진이 있을 거야."

마도카 씨는 스마트폰을 조작해서 「이거야, 이거!」 하며 화면을 보여줬다.

화면에 나온 것은 무대 위에 선 여성의 사진이었다. 위에는 화려한 빨간색 기모노를 입었고, 아래는 갈색 바지— 그리고 신발은, 부츠?

"귀여워……!"

"그렇지? 근대풍이라고나 할까? 나도 좋아해!"

동서양 절충식이며, 귀여움과 멋짐이 공존했다. 노출은 심하지 않지만, 임팩트가 있어서 눈길을 확 끌었다.

이제까지의 옷 중에서 가장 나을지도……. 운영위원회 측에서도 제지하지 않을 것이며, 코스프레를 한 느낌도 났다. 콘셉트도 확실하며…… 무엇보다 다른 반에서는 이런 의상을 준비하지 못할 것이다.

"하지만 남자들은 어떻게 하죠?"

"남자는 이거야."

마도카 씨가 화면을 넘겨서 새로운 사진을 보여줬다. 그 사진에 담긴 것은—.

"서생!"

기모노와 바지, 그리고 학생모와 외투! 그야말로 근대 서생의 모습……!

"괜찮지?"

"괜찮네요!"

나는 힘차게 고개를 끄덕였다. 지성을 몸에 두른 듯한 그 복장은 아까 본 집사복 이상으로 내 감성을 자극하고 있었다. 좋아! 정말 좋아!

……하지만, 문제는 또 한 명의 실행위원이 오케이를 해줄지…….

나는 슬그머니 미즈토를 돌아보며, 머뭇머뭇 물었다.

"……어때?"

"글쎄……. 확실히, 조건에 맞기는 해……."

어? 이제까지 보인 것 중에서 가장 호의적인 반응이다. 단언은 안 했지만, 정답을 찾은 듯한 느낌을 미즈토 또한 받은 걸지도 모른다.

"뭐, 일단 입어보자! 미즈토도 입어!"

뭐?!

그…… 그래……. 샘플 사진을 찍어야 하잖아……. 이, 이,

시원한 느낌의, 서생 스타일 의상을, 미, 미즈토가…….

나는 갑자기 긴장하면서 옆방에서 옷을 갈아입었다. 기모노 같아 보이지만 기모노는 아니라서, 입는 게 어렵지 않았다. 사이즈도 꽤 여유 있었다.

발끝을 톡톡 두드리면서 부츠의 감촉을 확인하고 있을 때였다.

"머리카락, 살짝 손봐줄게."

마도카 씨는 내 머리카락 일부를 뒤통수 쪽으로 모아 올리더니, 장신구인 비녀를 꽂아서 고정시켰다. 마도카 씨와 마찬가지로 하프 업 헤어스타일이다. 그러자, 거울에 비친 나에게는 근대화 시기의 숙녀 같은 분위기가 감돌았다.

"괜찮네~! 옛날 서양풍 멋쟁이 느낌이 물씬 나!"

마도카 씨가 그렇게 말해주자, 나도 기분이 좋아졌다.

몸을 좌우로 흔들면서 머리카락과 소매, 바짓자락을 살며시 흔들어봤다. 그에 따라 생겨난 실루엣이 비현실적인 것처럼 느껴져서, 마치 인형을 귀여워하고 있는 기분이 들었다.

이제까지 입어본 의상처럼 부끄럽지도 않고, 연극용이라 그런지 겉보기만큼 움직이기 어렵지도 않았다. 게다가…… 무엇보다, 귀엽다.

"……마도카 씨. 이 옷, 몇 벌 있나요?"

"마음에 들었어?"

"아, 네. 뭐……."

"아마 네다섯 벌 정도 있을 거야. 남자 것까지 합치면, 서빙을 맡을 스태프 전원이 입을 수 있을걸?"

그럼 남자 복장만 괜찮다면……. 아니, 나는 이미 확신하고 있었다. 이 반년 동안 이 세상 누구보다도 그 남자의 모습을 봐왔다. 뭐가 어울리고 뭐가 어울리지 않을지, 실제로 안 봐도 얼추 상상이 됐다—.

노크를 한 후, 미즈토가 옷을 갈아입고 있는 방으로 들어가 보니—.

"윽—."

"끄아앗~!"

내가 환성을 지를 뻔한 순간, 마도카 씨의 배틀 만화에서 튀어나온 사람 같은 목소리가 내 목소리를 가려줬다.

시큰둥한 표정으로 미즈토가 돌아보자, 마도카 씨는 눈을 반짝이며 다가갔다.

"미, 즈토…… 미즈토! 어?! 미즈토 맞아?! 그 쪼끄마하고 귀여운 미즈토?!"

"몇 년 전의 인식이 굳어 있는 거냐고요……."

어처구니없다는 투로 그렇게 말한 미즈토는 아까 사진에서 본, 기모노와 전통 바지 차림에 학생모를 쓴 서생 차림을 하고 있었다.

좋아…….

정말, 좋아…….

내 예상은 빗나가지 않았다. 그 의상은 미즈토의 선이 가는 외모와 지적인 분위기에 완전히 맞물리면서…… 뭐랄까, 뭐랄까, 정말, 정말……!

"채, 책! 미즈토, 옆구리에 책을 껴봐! 옛날식으로 제본된 책! 소도구함에 있을 거야! ……그래, 그래, 그래! 그거야, 그거야, 그거야! ……으음, 하지만 뭔가 부족해……."

"아, 안경이에요……! 마도카 씨, 안경을……!"

"그거야아아앗~!!"

우리가 함께 소도구인 도수 없는 안경을 찾아서 미즈토에게 씌워주자, 마도카 씨가 또 「끄아앗~!!」 하고 비명을 질렀다. 나는 비명을 지르지 않았지만, 마음속으로 같은 심정이었다.

마도카 씨는 양손으로 입을 막더니, 부들부들 떨었다.

"귀, 귀여워……. 멋져……. 귀여…… 멋져……. 친척 중에 이런 엄청난 인재가 있었다니, 이 누나는 동요를 감출 수가 없어, 미즈토……."

"호들갑이 심하네요……. 이 정도는 흔하잖아요."

"아~! 존댓말을 쓰는 것도 좋아!"

좋아! 나는 마음속으로 격렬하게 동의했다.

일전의 미남 가정교사 스타일도 좋았지만, 이쪽도, 좋아……! 너무, 너무 잘 어울려……! 아아, 어휘가……! 어휘가 부족해!

"자, 잠깐만, 두 사람이 나란히 서봐! 자, 빨리!"

"어……!"

마도카 씨는 내 어깨를 밀면서 미즈토의 옆에 세웠다. 아, 잠깐…… 미, 밀지 마! 죽어! 죽는단 말이야!

"오오오, 이거 끝내주네……. 이거야말로 근대풍 그 자체! 자, 더 붙어서 서봐!"

매우 흥분한 마도카 씨가 사진을 찰칵찰칵 찍어댔다.

나는 딱딱하게 굳은 채, 어깨가 닿을 거리에 있는 미즈토를 힐끔 쳐다봤다. 학생모의 챙이 약간 앳된 얼굴에 그림자를 드리우면서, 미즈토에게 우수 어린 분위기를 안겨줬다…….

히이익~!! 표, 표정……! 표정 관리를 못 하겠어……!

"이야~, 이걸로 결정된 거나 다름없네! 라쿠로의 문화제는 일반인 입장도 가능하지? 갈게! 나, 꼭 갈 거야!"

마도카 씨의 촬영회가 끝나자, 나는 그제야 미즈토의 옆에서 쪼르르 도망쳤다. 시, 심장이 멎는 줄 알았어…….

하아~, 하고 한숨을 내쉬며 가슴을 쓸어내리고 있을 때, 마도카 씨가 나에게 손짓을 했다. 왜 저러지? 하며 다가가보니…….

"봐, 이게 베스트샷이야."

방금 찍은 사진을 보여줬다.

화면에 표시된 것은 얼굴을 붉힌 채 옆에 있는 서생을 몰래 훔쳐보고 있는 근대풍 복장의 처녀— 티, 티를 너무 냈잖아, 나……!

자신의 낮은 방어력에 정신이 팔린 나는 마도카 씨가 「여기, 여기」 하며 손가락으로 가리킬 때까지 눈치채지 못했다.

나만이 아니라— 미즈토도, 나를 몰래 훔쳐보고 있다는 것을 말이다.

“히히히. 말은 안 하지만, 호평인 것 같지 않아?”

나는 기모노 소매로 입가를 가렸다.

더는…… 참을 수 없다. 이래서야…… 입가를 씰룩이지 말라는 게 무리다.

“저기…… 이 사진…….”

“아니까 걱정하지 마. 나중에 보내줄게~.”

나는 작은 목소리로 고맙다고 말했다.

그 후, 시치미를 떼고 있는 미즈토를 쳐다보았다.

노출이 심한 옷은 안 된다고 말한 것도 그렇고, 방금도 그렇고…….

혹시…… 이 남자, 나를 좋아하는 걸까?

원래 옷으로 갈아입고 부실 정리를 마치자, 마도카 씨는 「이참에 대학 구경할래?」 하고 말했다.

이런 기회는 흔치 않을 테니, 나는 그 말에 따르기로 했다. 미즈토도 입으로는 빨리 돌아가고 싶다는 듯한 말을 했

지만, 결국은 따라왔다.

체육관과 식당, 강의에 쓰이는 연습실, 그리고 도서관을 돌아본 후에 중앙 광장에 있는 카페에서 쉬기로 했다. 카페에 가본 적이 거의 없지만, 대학의 카페라 더 신기하게 느껴졌다. 자리로 안내받고 마도카 씨의 맞은편에 앉을 때까지, 나는 시골에서 막 올라온 촌뜨기처럼 행동했다.

"안쪽으로 좀 들어가."

하지만 미즈토가 내 옆에 앉은 순간, 내 의식은 그쪽으로 쏠렸다.

이, 일부러 내 옆에! 마도카 씨의 옆자리도 비어 있는데……!

아, 아냐. 진정해. 이제는 친척인 마도카 씨보다, 의붓남매인 내가 더 익숙한 것뿐이야. 틀림없어. ……아아~! 그래도 신경 쓰여~!

마도카 씨가 메뉴를 들면서 말했다.

"뭘 시킬래~? 케이크도 있어. 게다가 양심적인 가격! 사양하지 말고 시켜~."

으음…… 어떻게 할까. 저녁도 먹어야 하니, 가벼운 음식이 좋을 것 같은데…….

"케이크도, 파르페도 맛있어 보여……."

"나는 커피만 시켜야겠네. 미즈토는 어쩔래?"

"저는 홍차—와, 이 케이크로 할게요."

"어?"

미즈토가 가리킨 것은 파르페와 함께 나를 양자택일의 갈림길에 서게 한 초콜릿케이크였다.

미즈토는 태연한 표정으로 말했다.

"내가 이걸 시킬 테니까, 너는 파르페를 시켜. 그리고 나눠 먹으면, 둘 다 맛볼 수 있잖아."

"아…… 으, 응. 그래……."

너무 상냥해! 어, 뭐야? 남친? 우리, 혹시 사귀는 거야?!

"호오~?"

미즈토의 행동을 본 마도카 씨도 의미심장하게 눈을 반짝였다. 그렇죠?! 제 착각이 아니죠?! 호의가! 호의가 느껴진다고요!

……아냐, 진정해. 이 남자가 음식에 집착하지 않는 것뿐일지도 몰라. 아니, 맞아. 틀림없어. ……그렇지?

곧 내 앞에는 파르페가 놓였고, 미즈토 앞에는 케이크가 놓였다. 파르페는 작은 편이라 간식으로 먹기 딱 좋았다. 꼭대기에 놓인 아이스크림은 과하게 달지 않았고, 약간의 산미가 느껴졌다. 으음…… 나는 좀 더 단 게 좋은데 말이야.

"케이크는 맛이 어때?"

무표정한 얼굴로 초콜릿케이크를 우걱우걱 먹던 미즈토는 아무 말이 케이크 접시를 나에게 밀었다. 나도 파르페를 미즈토 쪽으로 밀었다.

"어~? 아~는 안 하는 거야~?"

마도카 씨는 보란 듯이 능글맞은 미소를 지으며 그렇게 말했다.

……확실히 음식을 나눠 먹는다고 하면…… 그럴 것이다. 그래도 이 남자가 그런 경박한 행동을, 남 앞에서, 그것도 친척 앞에서 할 리가 없다. ……하지만, 오늘 태도를 보아하니, 혹시, 어쩌면—.

"싫어요."

미즈토는 딱 잘라 그렇게 말했다.

……그럴 줄 알았어. 나는 대체 뭘 기대한 거야—.

"남들이 보는 앞에서 할 짓이 아니잖아요."

이어지는 말에 나는 머릿속이 잠시 얼어붙었고, 마도카 씨는 어리둥절한 표정을 지었다.

"……어라~? 그럼 보는 사람이 없으면 할 거란 소리처럼 들리거든?"

"상상에 맡길게요."

어라? 왜, 왜야? 왜 딱 잘라 부정하지 않는 건데? 평소 같으면 짜증 날 정도로 철저하게—.

"유메, 왜 그래. 얼이 나간 것 같네."

"뭐? 아, 그게, 따, 딴생각을 좀……. 그, 그게, 칼로리가 신경 쓰여서 말이야!"

미즈토가 내 얼굴을 들여다보자, 나는 허둥지둥 얼버무렸다.

나, 나를 걱정해줬어……. 역시 평소보다, 상냥—.

"흐음. 너도 신경을 쓰는구나."

"뭐? ……너, 너도라는 게 무슨 의미야?!"

"항상 과자를 입에 달고 사니까, 신경을 안 쓰나 했어."

"머, 먹은 적 없……지는 않지만, 항상 달고 살지는 않았거든?!"

상냥하게 대해주다가, 왜 갑자기 비꼬는 소리를 늘어놓는 건데?! 대체 왜 이러는 거야!

대학 안을 얼추 견학하고 나니, 해가 지려고 했다.

우리도 돌아가야 하고, 마도카 씨도 다른 약속이 있다고 하기에 이쯤에서 해산하기로 했다.

역 근처의 문을 통해 캠퍼스를 나섰다. 마도카 씨는 스마트폰으로 시간을 확인하더니…….

"이제부터 키야마치 거리에서 술자리가 있어~. 남친이 마중 오기로 했는데…… 아, 왔네."

차 한 대가 오더니, 약간 떨어진 곳에 섰다. 그 차의 운전석에 앉은 남자를 향해, 마도카 씨가 손을 흔들었다. 저 사람이 마도카 씨의 남친……. 꽤 떨어져 있어서 잘 보이지 않지만, 왠지 피곤해 보였다…….

"그럼 두 사람 다 잘 가! 문화제, 고대하고 있을게~!"

마도카 씨는 종종걸음으로 차를 향해 뛰어가더니, 운전석

창문을 향해 「고마워~」 하고 말했다. 그 후에 조수석으로 이동해 앉더니, 차 안에서 우리를 향해 손을 흔들었다.

차가 출발하더니, 순식간에 도로 너머로 사라졌다. 남친과 함께 차로 이동한다는 그 광경이 엄청 어른스럽게 느껴졌기에, 나는 차가 사라진 방향을 쳐다보며 감동에 사로잡혔다.

하지만……

미즈토는 의아한 투로 말했다.

"……술자리가 있다고 했지?"

"어? 그렇게 말했잖아."

"그럼, 남친은 술을 못 마시는 거 아냐?"

"……."

못난 남자를 좋아한다는 이야기는 들었지만…… 그건 그렇고, 마도카 씨는 사람을 막 부려 먹는 것 같았다.

아니면…….

내 머릿속에 떠오른 건, 옷을 갈아입으면서 봤던 마도카 씨의 속옷 차림이다.

남친만 술을 못 마시게 해서, 자기를 **보살피게** 하려는 속셈인 건—.

와인레드 빛깔의 비싸 보이는 속옷 차림의 마도카 씨가 침대에 흐트러진 자세로 누워 있는 모습을 상상한 나는 허둥지둥 생각을 바꿨다. 아무리 피가 섞이지 않았다고 해도 친척을 가지고 그런 상상을 하는 건 좀 그래!

남겨진 두 고등학생은 건널목을 건너서 역을 향해 걸어갔다.

우리 사이의 거리는 아까와 같았다. 반걸음 다가갔지만 크게 달라진 건 없으며, 딱히 이야기를 나누지도 않았다.

분명 이대로, 이제까지의 반년과 마찬가지로, 오늘이란 날은 끝날 것이다.

하지만…… 하지만.

이대로 끝내고 싶지 않다고, 나는 생각하고 있었다.

아카츠키 양이 그런 나를 응원해줬다. 그리고 미즈토는 오늘…… 평소와, 아주 조금, 다른 듯한 느낌이 들었다.

그러니까— 그러니까.

괜찮다.

분명— 괜찮을 것이다.

"……저기."

오늘이란 날이 살며시 등을 밀어주자, 내 목에서 목소리가 흘러나왔다.

"나…… 아, 아니, 내가 오늘 입은 옷! ……귀여, 웠어?"

승산은 있다. 마도카 씨가 찍어준 투샷 사진. 그 사진이 포착한 그 시선이, 미즈토의 본심을 알려주고 있었다.

그러니…… 설령, 미즈토가 이 상황에서, 본심을 숨기더라도—.

"……그냥, 평범했어."

그거 봐.

얘는, 절대로 본심을 털어놓지 않는다니깐—.

"평범하게, **귀여웠어**."

—어?

"뭐?"

"……아."

미즈토는 다급히 입을 막더니…….

"자, 잠깐만. 잠깐만 있어 봐. 바, 방금은 말이 잘못 나왔……."

"……말이 잘못 나와? 원래는 뭐라고 할 생각이었는데?"

"그, 그게…… 아아, 정말! 뇌가 버그 걸렸어! ……익숙하지 않은 짓을 하니까……."

미즈토는 투덜거리면서 도망치듯 서둘러 걸음을 옮겼다.

나는 그런 그의 뒤를 쫓으면서, 미소를 머금었다.

기쁘다.

기쁘다.

기쁘다.

무엇보다도— 너에게 칭찬을 받은 것을 솔직하게 기쁘다고 생각할 수 있는 게, 기쁘다.

—저기.

—나, 좋아해.

—너를, 좋아해.

말이 아니라 시선으로, 뒤를 돌아보지 않는 그의 등에 마음을 전했다.

지금은, 전해지지 않지만…….

언젠가, 꼭, ……반드시.

◆ 이리도 미즈토 ◆

—잘 들어, 이리도. 과한 행동을 취할 필요는 없어. 평소와 언동을 조금만 바꾸면 돼.

대학에서 돌아온 후, 나는 카와나미가 한 말을 떠올렸다.

유메의 마음을 확인한다. 그러기 위해, 유메에게 마음이 있는 듯이 행동한다.

오늘 외출은 절호의 기회라고, 카와나미와 이사나도 주장했다.

—조금이야. 조금이면 돼. 평소보다 아주 조금만 상냥하게! 평소보다 아주 조금 남자답게! 그것만으로도, 신경이 쓰이기 마련이거든.

—맞아요! 게다가 미즈토 씨는 평소에 워낙 매몰차게 대했으니까, 조금만 상냥하게 대해줘도 확 차이 날 거예요!

—젠장! 부럽다고, 이 미남아!

그렇다. 전부 그 두 사람의 지시다. 내가 자기 의지로 유메를 상대로 그런 행동을 취한 건 아니다.

내가 그 녀석을 좋아하게 되는 일은, 두 번 다시 없다.

……하지만—.

—간단하잖아? 귀엽다고 말하며 칭찬해주라는 것도 아니잖아.

"……말이 심했어……."

통한의 실수였다.

지시받지 않은 행동을 취했다.

그렇다. —이건 실패다.

이제 와서 그런 소리를 해봤자, 아무런 의미도 없는데…….

◆ 이리도 유메 ◆

""""귀여워~~~~!!""""

다음 날, 샘플 삼아 찍은 근대풍 의상 사진을 같은 반 여자애들에게 보여주자, 하나같이 환성을 질렀다.

특히 아카츠키 양의 반응이 엄청났다.

"귀, 귀여, 귀여, 귀여귀여귀여귀여……!!"

"앗키~가 망가졌어~!!"

"진정하그라. 진정하는 기다. 미나미."

콧김을 뿜어대며 흥분한 아카츠키 양을, 마키 양과 나스카 양이 잡았다. 위험을 감지한 나는 한 걸음 물러났다.

"좋네~! 우와~, 끝내줘~!", "나도 입어보고 싶어! ……하지만 이리도 양만큼 잘 어울릴 자신은 없네…….", "동감~!"

의상이 좋아서 그렇겠지만, 이렇게 절찬을 들으니 나도 꽤 낯간지러웠다.

……게다가, 아직 비장의 카드는 보여주지 않았다.

또 하나의, 또 한 사람의 사진은 아직 보여주지 않은 것이다.

"그런데, 여기에 어울릴 만한 남자애가 우리 반에 있어?", "서생 느낌이지~? 왠지 머리가 좋아야할 것 같네.", "흔하지 않을 거야. 지적이고, 쿨하며, 선이 가는—."

말을 잇는 와중에도, 여자애들의 시선은 서서히 한곳으로 몰렸다.

시선이 향한 곳.

그곳에는 시치미를 떼는 듯한 표정으로 책을 읽고 있는, 선이 가는 외모에, 학년 굴지의 성적을 자랑하는 남자애가 있었다.

입가가 씰룩이는 것을 참지 못한 나는 이 기회에 또 한 장의— 서생 스타일 미즈토의 사진을 보여줬다.

""""끄아아아앗~!!""""

다들 제대로 한 방 먹고 말았다.

나는 영문 모를 우월감에 사로잡혔다.

미즈토는 자기 자리에서 인상을 쓰고 있었다.

이제 결정됐다.

운영위원회에 제출할 자료의 희망 점포 란에는, 『근대풍 카페』라고 기입했다.

“그럴지도 몰라.”

나도 안다.

아야이한테 악의는 없었다. 있는 건, 나의 한심한 고집과 질투뿐이다.

그래도— 견딜 수가 없었다.

네가 그런 식으로 나를 볼지도 모른다고 생각하니, 도저히 용서할 수가 없었다.

—저기, 이리도.

—우리 반에 책을 좋아하는 애가 있거든. 그 애한테 이리도의 이야기를 했더니—.

그만해.

너는 화냈잖아. 내가 다른 여자애와, 피치 못할 사정이 있어서 대화를 나눴을 때…….

그런 네가, 왜 그런 소리를 하는 건데?

나를 불쌍히 여기는 거야? 자기한테 친구가 생기자마자?

너도 나를— 불쌍하다고 여기는 거냐고.

—관둬.

—나는, 네 친구한테는 흥미 없어.

안다. 잘 안다.

말이라는 건 하기 나름이다.

아무리 배신당한 심정일지라도. 너만은 그런 식으로 나를 대하지 않기를 바랐을지라도.

아야이는 나름대로, 생각이 있었을 것이다.

사이가 틀어진 계기가 친구라면, 나도 그 친구 사이에 포함시킨다면, 분명 개선될 거라고 생각했으리라.

안다. 잘 안다.

안단 말이다.

나는, 마음을 숨기며, 대충 얼버무렸어야 했다.

말을 골랐어야만 했다.

그런 건— 머릿속으로는, 알고 있었다.

◆ 이리도 미즈토 ◆

처음 들어선 회의실에는 각반에서 선발된 문화제 실행위원이 학년별로 나뉘어서 줄지어 자리에 앉아있었다.

곳곳에서 떠들썩한 소리가 들려왔다. 반과 학년을 떠나 아는 사이끼리 모여 있는 광경도 눈에 들어왔다. 쉬는 시간의 교실과 분위기는 그다지 다르지 않았다.

나와 유메는 그 이완된 분위기 속에 숨듯 회의실에 들어서고, 화이트보드로 자리를 확인한 후에 1학년 7반 자리에 앉았다.

"(……의외로 느슨한 분위기네.)"

"(뭐, 위원회라고 해봤자 어차피 가위바위보로 진 패배자들의 모임이잖아.)"

"(말이 심하잖아.)"

문화제 실행위원은 나서서 하고 싶어 할 만한 게 아니다. 사기가 낮은 게 당연했다. 특히 지금은 교사도 없었다. 자칫하면 위원회가 시작된 후에도, 이 늘어진 분위기가 이어질지도 모른다—.

—그렇게 생각한 건, **그녀**가 나타날 때까지만이었다.

문이 열렸다.

그리고, 조그마한 체구의 소녀가 앞장을 서며 회의실에 들어왔다.

그 순간이었다. 2학년, 3학년이 즉시 입을 다물었고, 덩달아 1학년들 사이에서도 정적이 흘렀다.

급속도로 긴장감이 감도는 회의실에, 남학생 한 명과 교사 한 명이 들어왔다. 앞장서서 들어온 소녀를 포함한 그 세 사람은 화이트보드 앞에 놓인 벤치 의자에 앉았다.

가운데 자리에 앉은 건 앞장을 서며 들어온 소녀였다.

소녀라고 말한 이유는 그녀가 앳된 외모를 지녔기 때문이다. 키는 유메보다 작고, 미나미 양보다 큰 정도일까. 블레이저 재킷이 아니라 학교 지정 카디건을 입은 점과, 좌우의 머리카락 길이를 다르게 묶은 비대칭 헤어스타일이 인상적이었다.

하지만, 무엇보다…….

그녀의 인상을 결정지은 것은, 조그마한 체격에 어울리지 않는 압도적인 존재감이었다. 만약 눈앞에 다자이 오사무나 알렉상드르 뒤마 같은 엄청난 천재가 있다면, 이런 느낌이 들지도 모른다. —그런 근거 없는 생각이 들 정도로, 엄청난 분위기가 감돌았다.

찰칵.

화이트보드 위에 있는 시계가 실행위원회 개시 시각을 가리켰다. 그 순간, 그녀가 말했다.

"시간이 됐다. 앉도록."

소녀의 목소리는 방울처럼 맑았지만, 실내에 울려 퍼지는 그 당당한 목소리는 서 있던 학생들이 군인처럼 재빨리 앉게 했다.

그러자 그녀는 학생들이 대견하다는 듯이 미소 지었다.

그 후, 얇은 입술이 벌어졌다.

"우선 자기소개부터 할까. 나는 2학년 7반의 쿠레나이 스즈리. 학생회 부회장이다. 이쪽은 회계를 맡고 있는 하바 죠지. 그리고 학생회 고문이신 아라쿠사 선생님이다."

그녀— 쿠레나이 스즈리 부회장의 왼쪽에 앉은 남학생이 작게 고개를 끄덕였고, 오른편에 앉은 아라쿠사 선생님이

「잘 부탁한다」 하고 굵은 목소리로 말했다.

회계로 소개된 남자— 하바 죠지, 였나? 방금 들은 이름을 바로 잊을 뻔했을 정도로, 존재감이 없는 학생이었다. 천연 파마 같은 머리카락과 투박한 안경만이 겨우겨우 눈길을 끌고 있었다. 부회장과는 정반대였다.

"우선 설명부터 하도록 할까. 매년, 문화제는 라쿠로 고교 학생회의 임기 마지막 업무다. 그래서 인수인계 삼아 현 학생회장은 서포트를 맡고, 임원 중에서 지명된 자가 실행위원회를 이끌게 되어 있지. 뭐— 이런 이야기를 하기엔 이르지만, 한 달 후에는 내가 학생회장이 되어 있을 거다. 내 눈에 들어두면 나쁠 게 없을걸?"

차기 학생회장이 농담 투로 그렇게 말했지만, 아무도 반응을 보이지 않았다.

그것보다 일동— 특히 1학년이 놀란 건…….

"……말투…….", "남자 말투?", "말투가 왜 저렇지……."

남자 같은 말투를 쓰는 여자애.

자의식이 탈선했던 유메를 제외하면, 그런 인물과 만나는 건 처음이다.

쿠레나이 스즈리의 얼굴이 1학년 쪽을 향했다. 그것만으로도 술렁거림은 잦아들었지만, 부회장은 빙긋 미소 지어 보이며 말했다.

"내가 여자라고 어려워할 필요 없다. 그런 건 염색체의 차이에 지나지 않거든. 남자도, 여자도, 그 외에도, 마음 편히 말을 걸도록."

당당하기 그지없었다. 콤플렉스를 느끼고 있는 기색이 전혀 없었다. 자신이 여기에 있는 것은 당연하며, 전혀 문제될 것이 없다고 태도를 통해 선언하고 있었다.

범상치 않은 사람이다……. 그렇게 생각한 나에게, 옆에 있는 유메가 귓속말로 말했다.

"(쿠레나이 선배는 2학년 전교 1등이래. 게다가 역대 전교 1등을 통틀어 압도적인 1등이라고 해도 과언이 아닌 성적인가 봐.)"

"(역대…… 우리 학교의 졸업생 중에는 정치가나 유명한 학자도 우글거리지 않아?)"

"(현시점에서 이미 도쿄 대학이나 교토 대학 합격도 따 놓은 당상이라나 봐.)"

맙소사. 농담 같은 소리인걸.

……진정한 천재, 인가.

저 사람을 모셔올 수만 있었다면, 이사나에게 그런 변변찮은 소설 따위를 보여줄 필요가 없었을지도 모르겠는걸.

"자. 자기소개도 끝났으니, 바로 오늘 의제에 들어가도록 할까. 일전에 너희가 제출한 점포 희망에 관해서인데—."

부회장이 이야기를 시작하자, 아까까지의 늘어진 분위기가 흔적 없이 사라졌다.

저 위풍당당한 모습이 나는 멀게만 느껴졌지만…… 옆에서 부회장을 바라보는 유메의 눈에는 동경심이 어려 있는 것처럼 느껴졌다.

"역시 겹쳤네~."

교실로 돌아온 우리는 미나미 양과 위원회 내용을 공유했다.

미나미 양은 점포가 다른 반과 겹쳐서 프레젠테이션을 하게 됐을 때, 발표자를 맡아주기로 되어 있다. ……그렇다. 그녀가 나설 차례가 찾아온 것이다.

코스프레 카페는 총 다섯 반에서 희망했다. 문화제 실행위원장이자 운영위원 중 일원이기도 한 쿠레나이 스즈리 부회장은 프레젠테이션을 통해 두 반으로 줄이겠다고 선언했다.

예상했던 바이기에 딱히 놀라지는 않았다. 하지만 일정이 예상보다 촉박했기에, 서둘러 프레젠테이션 내용을 조율해야만 했다.

"프레젠테이션에서는 내가 원고를 읽기만 하면 되는 거야~?"

"일단, 내용은 우리가 짤까 하는데……. 괜찮지?"

"귀찮지만, 그편이 빠를 거야."

반의 인기를 한 몸에 모으고 있는 누구누구 씨가 조금만 더 믿음직하다면 좋을 텐데 말이다.

"어떤 부분을 강조하면 좋을까~? 유메가 무지무지 귀여워요! 는 어때~?"

"아카츠키 양…… 그건 좀……."

"애초에 당일에는 문화제 실행위원 일 때문에 반에 거의 없을 거잖아. 그러니 허위 광고가 될걸?"

"그럼 어쩌면 되는데!"

"뭐, 평범하게 생각하자면 우선 기획의 임팩트를 강조하는 거야. ……하지만, 그 이상으로 중요한 것은 점포를 제대로 운영할 수 있느냐 없느냐겠지. 운영위원회 측에서 보자면, 우리가 무모한 짓을 벌인 바람에 문제가 발생하는 게 가장 싫지 않을까?"

"그건 그래……. 그럼 메뉴를 간단하게 짜는 걸 어떨까?"

"물론 그럴 필요도 있겠지만, 대충대충인 것처럼 보일 수도 있어. 그러니까, 강조해야 하는 건 철저한 트러블 대책이겠지."

미나미 양은 고개를 갸웃거렸다.

"어떤 트러블?"

"그야 이것저것 있을 거야. 음식점 근무 경험이 없는 우리로서는 예상하는 데도 한계가 있겠지만…… 가장 가능성이 큰 건, 헌팅 아닐까?"

"우와, 진짜로 그럴 것 같아~. 초대 입장 형식이지만, 외부인도 오잖아. ……좋아, 『헌팅하면 죽인다!』라는 종이를 교실 곳곳에 붙여야지."

"그랬다간 가게 안의 분위기가 나빠질 거야. 게다가 『헌팅이 아니라 말을 걸었을 뿐』 하고 변명하면 반박하기도 어려워."

"그런 변명을 늘어놓는 바보한테는 여자애들이 둘러싸고 압박을 가하면……!"

"그렇게 설명할 거야? 학생회와 학부모회분들 앞에서?"

"우와~! 귀찮아~!"

실제로 가게 안은 우리의 홈그라운드다. 수적 우세를 이용해 악질적인 헌팅남을 쫓아내는 것도 가능하리라. 문제는 그런 방식이 운영위원의 마음에 드느냐, 다.

으음, 셋이서 고개를 모으고 고민에 빠졌다. 역시 경험이 없으니 어려운걸…….

"일단 시뮬레이션을 해보는 건 어때?"

갑자기 끼어든 이는 딴 곳에 갔다 돌아온 카와나미 코구레였다.

우리의 이야기를 훔쳐 듣고 있었던 걸까. 뭐, 이제 와서 놀랄 일은 아니지만 말이다.

저 경박한 얼굴을 보며, 나는 말했다.

"시뮬레이션을 해보자는 게 무슨 소리야?"

"실제로 헌팅이 발생하면 어떻게 대처할 것인가. 연기라도 한번 해보면, 좋은 생각이 날지도 모르잖아."

"뭐? 헌팅 연기라니—."

"그거 좋은 생각이야~!"

미나미 양이 그 의견에 찬성했다.

왜 저러지? 카와나미가 의견을 내놓으면 항상 불평불만을 늘어놓았으면서—.

"연습을 해보자는 건 좋은 생각이야! 유메는 헌팅을 당해 본 적 없지? 가족을 상대로 미리 연습해두면, 진짜로 그런 일을 당했을 때도 안심이 될 거야!"

"어? 뭐? 가족이라니……."

"오~, 그래. 가족을 상대로 연습해봐. 그럼 부담이 덜할 거야. 안 그래? 이리도."

카와나미가 그렇게 말하자, 유메가 나를 힐끔 쳐다봤다.

왠지 분위기가 묘하게 흘러갔다.

이 흐름을 막지 못한 사이, 미나미 양이 계속 밀어붙였다.

"자, 이리도! 해봐! 대충해도 돼!"

"대충이라니—."

연기라고 해도, 헌팅 같은 걸 어떻게 하냔 말이야.

내가 당황한 사이, 유메는 헌팅을 당할 준비를 마쳤다. 나와 마주하더니, 무릎 위에 얹은 손을 꼭 말아 쥐었다……. 이익, 쉽게 휘둘리는 녀석이라니깐! 이렇게 되면 나만 거부할 수도 없다.

젠장……. 헌팅? 어떤 식으로 말을 걸면 되지? 만화와 라이트노벨에서의 헌팅남하면 경박하고 무례한 말투를 쓴다는 이미지가 있지만, 실제로 길거리에서 본 헌팅남은 존댓말로 사근사근 말을 거는 것 같던데…….

"……그럼 한다?"

"그, 그래."

괜히 긴장한 나는 머릿속으로 짠 헌팅을 실행에 옮겼다.

"어디서 오셨나요?"

"어, 으음……."

"취미는 뭔가요?"

"그, 그게……."

"오늘 식사는—."

"맞선하냐!!"

미나미 양이 힘차게 끼어들었다.

뭐야. 너희가 원하는 연기를 해줬잖아.

"그런 미묘한 헌팅이 어디 있냐고! 뭐?! 『어디서 오셨나요?』라고?! 면접하냐?!"

"헌팅에선 『어디 살아?』가 기본 아냐?"

"그걸 정중하게 물으면 어쩌자는 건데! 유메도 겨우 그 정도 말에 움찔하면 안 돼!!"

"하, 하지만……! 그럼 아카츠키 양이 어디 한번 해보란 말이야~!!"

"뭐~? 나?"

"그래. 불평을 할 만큼 일가견이 있다면, 직접 시범을 보이는 편이 낫겠지? 카와나미, 안 그래?"

“내가 헌팅남 역할인 거냐…….”

당연했다. 말을 꺼냈으면 책임을 져야 하니 말이다.

“하아……. 어쩔 수 없지. 그럼 시범을 보여줄 테니까 참고하기나 해. 시작해, 카와나미!”

“그래그래…….”

카와나미는 귀찮다는 듯이 대답한 직후, 표정을 싹 바꿨다.

“이봐, 거기 너! 진짜 귀엽네. 괜찮으면 연락처 가르쳐주지 않을래~?”

“으음~, 어떻게 할까. 읽씹은 안 할 거야?”

“안 해, 안 해~. 나, 레알 즉답 전문이거든.”

“뭐~, 즉답? 몇 초 안에?”

“한 2초?”

“2초? 2초랬지? 2초라고 했지? 나, 똑똑히 들었어. 2초 안에 답장해. 식사 중이든 화장실이든 목욕 중이든 간에 2초 이상 걸리면 안 돼.”

“어, 저기…….”

“답장 줄 때까지 계속 보낼 거야. 언제 어느 때나, 언제 어느 때나, 몇 번이고, 몇 번이고, 꼭 답장하란 말이야. 알았지? 거짓말 아니지? 배신 안 할 거지—?”

“—우읍.”

머금고 있던 경박한 미소가 점점 파랗게 질리더니, 결국 카와나미는 손으로 입을 막았다.

"이봐, 괜찮아?"

"……잠시 화장실 좀……."

그리고 헌팅남, 아니, 카와나미 코구레는 그렇게 퇴각했다.

미나미 양은 그의 등을 쳐다보며 입술을 삐죽 내밀더니…….

"상대해줄 마음도 없으면서 헌팅하지 말란 말이야! 이 바보야~!"

"……나, 읽씹은 안 하도록 조심할게……."

"실제로 효과적이긴 한 것 같네……."

그 대신, 다른 콘셉트의 카페가 될 것 같지만 말이다.

"만약 헌팅을 받으면 어떻게 거부할 거야?"

방과 후. 도서실의 평소 자리에서 합류한 이사나(이 호칭, 아직 익숙해지지 않았는걸)에게, 나는 질문을 던졌다.

이사나는 책에서 시선을 떼며 고개를 들더니, 어리둥절하다는 듯이 눈을 동그랗게 떴다.

"어? 헌팅? 그거, 먹는 건가요?"

"평화로운 세상에서 사는 것 같아 안심이야."

"농담은 그만하고— 뭐, 아마 도망칠 거예요."

그러겠지. 말없이 허둥지둥하다가, 쏜살같이 도망치는 모습이 눈앞에 어른거렸다.

"어찌 보면 가장 합리적인 대응이야. 하지만, 접객 중에 도망칠 수는— 아니지……?"

여자애가 성가신 손님을 맡게 되면, 바로 남자애와 교대하는 것도 나쁘지 않은 수다. 어찌 됐든 간에 일단 원만하게 도망칠 필요가 있겠지만……. 최선은 헌팅 자체를 예방하는 것이다.

"라이트노벨과 만화에서는 주인공이 바람처럼 나타나서 구해주지만요~. 공교롭게도 제 인생에는 주인공이 부재중이거든요."

"나는 그런 걸 그다지 좋아하지 않아. 주인공을 돋보이게 하려고 세상을 진부하게 만드는 것 같거든."

"손쉽게 왕자님과 공주님 기분을 맛보게 해주는 적당한 이벤트 아닌가요. 미즈토 씨는 그런 적당주의를 신경 쓰는 타입이긴 하죠."

"스토리를 띄우기 위한 적당주의라면 괜찮지만, 헌팅 이벤트는 하도 많이 접해서 별 감흥이 없어."

"엄격하네요. 러브 코미디 이벤트에서 괜찮은 녀석은 몇 번을 즐겨도 여전히 괜찮은 건데 말이죠. 그럼 미즈토 씨는 어떤 헌팅이 진부하지 않다고 생각하는데요?"

"……이건, 그거야? 내가 실제로 시범을 보여야 하는 분위기야?"

"우헤헤. 만담의 도입부 같네요."

하루에 두 번이나 이런 짓을 하게 될 줄이야.

정중하게 했더니, 맞선을 보냐는 태클을 받았다. 확실히 차분한 타입의 남성이 상대라면 트러블이 되지 않을 것이다. 그러니 이 상황에서 내가 해야 하는 건, 상대방에게 폐를 끼치는 걸 개의치 않으며 밀어붙이는 타입의 헌팅이다.

그렇다면…….

“이봐.”

“아, 네. 시작한 거예요?”

“너, 혼자라 한가해 보이네. 좀 따라와 봐.”

“어…… 딱히 한가하진 않은데요…….”

“내 알 바 아냐. 말대꾸하지 말라고.”

“어…… 설마 오만방자 타입……?”

“내 말을 못 듣겠다는 거냐?”

“그, 그게…… 저, 저기, 사정이 여의치, 않다고나 할까…….”

“뭐가 여의치 않다는 건데? 말해보라고.”

“……앗! 다르네요! 오만방자 타입이 아니라 성희롱 상사 타입이에요!”

싫지는 않은 듯한 기색을 보이던 이사나가 갑자기 원래 태도로 되돌아왔다.

나도 억지로 내던 거친 분위기를 슬그머니 집어넣으며 말했다.

“어려운걸…….”

"아뇨, 미즈토 씨는 재능이 있어요! 이번에는 손목을 탁 잡고 쑥 잡아당겨 보세요! 연애 영화 예고편에 흔히 나오는 것처럼요! 빨리! 빨리!"

"네가 성가신 손님이 되면 어떻게 해."

나는 귀찮게 구는 이사나를 밀어내면서 탄식을 터뜨렸다.

"진짜로 성가신 손님은 더하겠지……."

"성가신 남자가 되지 못하는 게 심성이 곱다는 느낌이라, 저로서는 높은 점수를 주고 싶은데요."

"그거 고마워."

"진짜 헌팅남은 더 성희롱틱한 소리를 하지 않을까요~? 『찌찌 되게 크네. 주물러봐도 돼?』 같은 식으로요."

"그건 네가 나한테 듣고 싶은 말 아냐?"

"괘, 괜찮다면 저희 집에 가서……."

"머릿속으로 이야기를 멋대로 진행시키지 마."

성희롱이라. 확실히 그것도 예상되는 트러블이기는 했다.

"그런데, 왜 헌팅 대책을 생각하는 거예요? 유메 양과 데이트라도 하는 거예요?"

"아냐. 우리 반에서 하는 가게에서의 트러블 대책이야. 가능하면 미리 예방하는 게 좋을 것 같거든."

"흐음~. 참 어려운 고민을 하네요."

"이사나. 너는 이제까지 살아오면서 수많은 일을 요리조리 회피해왔을 거라고 생각하는데……."

"너무 단정 짓는 거 아니에요?! 저에 대해 대체 뭘 아는데요! 뭐, 사실이긴 하지만요!"

"언제 어디서 일어날지 모르는 트러블을 피하고 싶다면, 우선 뭘 할 거야?"

"그야 뻔하잖아요."

"응?"

"공략 위키를 뒤질 거예요."

"……게임 이야기를 하는 게 아니거든?"

"그런 트러블은 게임에서만 겪어봤다고요! 제 인생 경험의 얄팍함을 얕보지 말아 줄래요?!"

물어볼 상대를 잘못 고른 걸까. 공략 위키라면, 유저가 게임의 공략 정보를 모아서 만드는 사이트지? 현실에는 그런 게—.

"……잠깐만……?"

불가능하지는 않으려나……? 문화제라는 한정된 조건에서만이라면…….

"……이사나. 너는 나한테 있어 조력자 캐릭터야."

"그다지 칭찬받는 느낌이 안 들거든요?!"

"답례 삼아 아까 네가 말한 걸 해줄게."

"엥?"

"쑥."

"히익?! 어버버버버버어어……!!"

아이디어는 나왔다. 이제 방비를 철저하게 하기만 하면 된다.

『여어, 이리도. 네가 바라던 물건을 입수했어. 사진으로 찍어서 LINE으로 보내놨다고.』

“고마워. 내일, 실물을 보여줘.”

『그건 괜찮은데, 이런 걸 어디에 쓸 거야?』

나는 카와나미와 통화하면서, 그가 보내준 사진을 체크했다.

사진에 찍힌 것은 작년 문화제에서의 일반 입장자용 초대장과 입장자 명부다.

전자는 작년에 문화제에 입장에 외부인이라면 누구나 가지고 있지만, 후사는 학교에시 관리하고 있을 텐데……. 내가 부탁하긴 했지만, 용케 구했다 싶었다.

“일반 입장자는 입구의 접수처에서 초대장을 보여준 후, 입장자 명부에 이름을 적도록 되어 있어. 카와나미, 내 말 맞지?”

『그래. 혹시나 해서 말해두겠는데, 명부에 기입된 이름을 전부 조사하는 건 무리야. 이 사진도 남은 용지를 우연히 가지고 있는 선배가 있어서 입수한 거라고.』

“아니, 괜찮아.”

중요한 것은 기입된 이름이 아니라, 용지 상부에 기재된 주의 사항이다.

교내에서 일어난 트러블은 자기 책임이며, 학교 홍보 및 적절한 관리 운영을 위한 교내 촬영이 이뤄지고 있다고 적혀 있었다. 이 종이에 이름을 쓰는 건, 이런 사항에 동의한다는 의미다.

초대장에도 같은 내용이 적혀 있었다. 올해 갑자기 이 내용이 바뀌지는 않을 것이다.

"문제없겠는걸……."

『이리도, 뭘 꾸미는 거야?』

"별거 아냐."

나는 읽고 있던 책을 다시 손에 쥐었다.

"귀찮은 작업 중 하나를 정리했을 뿐이거든."

책 한 권을 다 읽고 나니, 어느새 밤이 깊었다.

양치질하고 잘까 싶어서 방을 나섰다. 아버지와 유니 씨, 그리고 유메도 평소 같으면 잠들었을 시간이다. 그래서 소리를 내지 않도록, 조용히 계단을 내려가려고 했는데—.

빛이 새어 나왔다.

옆방인 유메 방의 문이 희미하게 열려 있었고…… 실내의 빛이 복도로 새어 나오고 있었다.

그 빛에 이끌리듯, 나는 문틈 사이로 내부를 쳐다보았다.

유메가 책상 앞에 앉아있었다.

진지한 표정으로 교과서와 소설이 아닌 책을 들여다보며, 노트에 뭔가를 적고 있었다.

……자료를 모으고 있다는 것을 바로 눈치챘다.

내가 트러블 대책을 맡은 것처럼, 유메는 전반적인 기획을 담당했다. 메뉴와 내부 장식이 근대 시기의 요소를 더하면 카페는 더욱 매력적인 기획이 될 거라고 생각해서, 당시의 풍속에 대해 조사하고 있는 것이다.

도서실에서 참고가 될 만한 책을 빌렸다는 건, 알고 있었다.

하지만…… 원치 않게 떠맡은 거나 다름없는 일을 위해, 이렇게 늦은 시간까지 힘쓰고 있는 줄은— 몰랐다.

……언뜻 보기엔 미담 같지만, 그렇지 않다.

수면 시간을 줄여서 결과를 내려는 건 구시대적인 발상이다. 체력 측정 때를 예를 들 것도 없이, 무리했다가 실패한 적이 몇 번이나 있으면서 같은 실수를 또 반복하려 하는 것을 두고 볼 수는 없다.

나는 희미하게 열린 문을 완전히 연 후, 똑똑 하고 노크를 했다.

"—아."

노크 소리를 들은 유메가 문 쪽을 쳐다보며 말했다.

"……안 잤어?"

"내가 할 말이야."

자각을 못 한 듯한 그 반응을 본 나는 마음속으로 어이없어하며 말을 이었다.

"열심히 하는 건 좋지만, 수면 시간을 줄이지는 마. 전에도 그러다 쓰러졌던 걸 잊은 거야?"

최대한 비아냥거리듯 말했지만, 유메는 옅은 미소를 머금으며 대꾸했다.

"걱정해주는 거야?"

"뒤치다꺼리를 누가 하게 될지 모르는 거야?"

"너를 성가시게 할 수 있다면, 확 쓰러지는 것도 괜찮을 것 같네."

자기 몸을 희생해가며 그렇게 남을 괴롭힌다는 게 말이 되는 걸까.

유메는 재미있다는 듯이 웃음을 흘렸다.

"괜찮아. 이제 잘 거야. 적당한 부분까지 마칠 것 같거든."

"그렇구나."

"너는 어때? 트러블 대책은 잘 되고 있어?"

"이미 끝났어."

"뭐?"

놀란 유메가 눈을 껌뻑이며 쳐다보자, 나는 슬며시 시선을 돌렸다.

"재료는 갖춰졌어. 이제 원고만 작성하면 돼."

"시험공부 때도 그렇고…… 너의 그 맺고 끊는 성격이 참 부러워."

"학교 일만 계속 신경 쓸 만큼, 나는 한가하지 않거든."

"보통 그건 반대 아냐?"

"반대 아냐. 나한테는 말이지."

내 생활의 중심은 학교가 아니라, 책을 읽는 시간이다. 너와 다르게 말이다.

"흐음. ……뭐, 일이 빠르면 좋긴 해. 어차피 이상한 아이디어일 거잖아? 운영위원회 사람들이 어떤 리액션을 보여줄까?"

"아무래도 상관없어."

진심이다.

더는 볼일이 없을 거라 생각한 나는 계단을 향해 걸음을 내디뎠다. ……하지만 그 전에 딱 하나, 해줄 말이 있다는 것이 생각났다.

"이봐."

"응? 왜?"

"트러블 대책 말이야. 만약 호평이라면 네가 생각한 걸로 해줘."

"……, 뭐?"

또 놀란 유메는 눈을 깜빡였다.

하지만 이번에는 놀람의 분위기가 다른 것 같은 느낌이 들었다.

의아함— 그리고, 반감.

나는 그것을 눈치챘으면서도, 유메의 방을 나섰다.

"자— 잠깐만 기다려! 그게 무슨 말이야?!"

내가 계단을 두 칸 정도 내려간 후, 뒤를 돌아보며 입술에 검지를 댔다. 1층에서는 부모님이 자고 있는 것이다.

유메는 허둥지둥 입을 다물더니, 낮은 목소리로 말했다.

"(……그게 무슨 소리야? 왜 네 성과를 나한테—.)"

"(귀찮아서야.)"

나는 그렇게 말한 후, 계단을 내려갔다.

잠든 부모님을 배려하는 건지, 유메는 쫓아오지 않았다.

그래서 나는 마음 놓고, 어두운 1층으로 숨어들 수 있었다.

프레젠테이션 당일. 수업을 마친 후, 나와 유메는 마도카 씨를 통해 빌린 의상을 입고 미나미 양과 함께 교실에서 시청각실로 이동했다.

"이야~, 완전 호평이네! 이 정도면 성공한 거나 다름없을 거야!"

"……너무 칭찬을 들어서, 오히려 현실미가 없네……."

"진짜로 귀엽다니깐! 자신감을 가져! 안 가지면 화낼 거야!"

"왜 화내는 건데……."

"뭐, 유메만이 아니라 이리도도 마찬가지야. 뭐, 솔직하게 칭찬하려니 마음이 복잡하긴 해!"

"그래."

너무 떠들지 말아줬으면 좋겠다. 이런 복장으로 교내를 돌아다니는 것만으로도 주목받으니 말이다. 불행 중 다행인 것은 방과 후라 사람이 얼마 안 된다는 점뿐이다.

……나는 몰라도, 유메는 꽤 봐줄 만했다. 객관적으로 봐도, 긴 흑발과 차분한 외모, 날씬한 체격이 근대풍 의상과 조화를 이루고 있다……고 생각한다. 우리 반 여학생 전원이 이만큼 어울리지는 않을 테니 과대광고나 다름없다고 생각하지만, 임팩트만은 합격점이다. 남은 건—.

"(—미나미 양.)"

나는 은근슬쩍 미나미 양에게 귓속말을 했다. 「응?」 하며 미나미 양이 나를 돌아보았다.

"(부탁이 하나 있어.)"

"(어? 뭔데? 신기한 일도 다 있네.)"

"(트러블 대책을 고안한 사람이 누구냐고 묻는다면, 내가 아니라 유메라고 답해줘.)"

"(……뭐어?)"

유메와 같은 반응을 보였다. 미간을 찌푸린 미나미 양에게, 나는 덧붙여 설명했다.

"(반응이 좋았을 때만 그렇게 해줘. 나쁠 때는 나한테 책임을 뒤집어씌워.)"

"(그게 무슨 소리야? 자기가 잘났다는 걸 숨기는 주인공 행세야?)"

"(새삼스레 우쭐대고 싶지 않을 뿐이야. 귀찮은 일도 늘어날 테니 말이야. 유메한테도 이야기를 해뒀어.)"

목소리가 들린 건지, 유메가 우리 쪽을 힐끔 돌아봤다.

뭐, 어디까지나 유메한테는 일방적으로 이야기를 해뒀을 뿐이지만 말이다. 유메는 불만을 느끼는 것 같지만, 나는 눈에 띄는 성과를 남기고 싶지 않다.

"(……뭐, 좋아. 질문을 받으면 그렇게 답하라는 거지?)"

"(응. 부탁해.)"

이걸로 됐다. 방관자로서 마음 편히 프레젠테이션에 임할 수 있을 것 같다.

시청각실에 도착했다.

문을 열자, 어둑어둑한 실내에서는 꽤 기묘한 분위기가 감돌고 있었다.

다른 반도 당일에 쓸 의상을 입고 모여 있었다. 귀신의 집을 희망하는 반은 좀비 화장을 했고, 탈출 게임을 희망하는 반은 뭉크의 절규를 연상케 하는 음산한 가면을 쓰고 있었다. 일단 겉모습으로 임팩트를 주자— 다들 같은 생각을 한 걸까.

코스프레 카페를 희망하는 다른 네 반도 마찬가지였다. 겉모습을 보니, 경쟁 상대가 어떤 기획을 짰는지 알 수 있었다. 네 반 중 두 반은 메이드와 집사 옷차림을 하고 있었다. 예상대로, 저 콘셉트는 겹쳤다. 다른 두 반은, 판타지 애니

메이션 느낌의 복장과…… 다른 한쪽은 뭐지? 드라큘라? 메뉴가 토마토 주스뿐일 것 같은 카페인걸.

예상 밖의 반도 있지만— 문제 될 것은 없다.

화사한 근대풍 의상을 입은 유메가 들어선 순간, 그녀에게 시선이 집중되는 것을 알 수 있었다.

역시, 이 의상은 사람들의 눈길을 끄는 화려함을 지녔다. 남녀 가리지 않고 시선이 모인 것을 보면, 기획 선정 면에서도 만점짜리 답안을 내놨다고 해도 과언이 아닐 것이다.

"(……사람들이 나만 쳐다보는 건 아니지만 말이야…….)"

"(이리도는 자기 자신에 대해서는 참 무관심하네.)"

주목받으면서, 배정된 자리로 이동했다.

얼추 둘러보니, 심사위원인 학생회와 학부모회 멤버는 아직 오지 않은 것 같다. —그렇게 생각한 순간, 입구의 문이 열렸다.

앞장서서 안으로 들어온 인물은, 역시 학생회 부회장인 쿠레나이 스즈리다.

그녀의 압도적인 존재에, 방 안의 공기가 옥죄어들—기만, 한 것은 아니었다.

다들, 숨을 삼켰다.

쿠레나이 스즈리. 겉보기에는 아담한 체구의 소녀에 지나지 않는 그녀에게, 모든 이들의 시선이 쏠렸다.

코스프레다.

쿠레나이 스즈리는 군복 느낌의 코스튬을 입고 나타났다.

군복 재킷을 본 따 디자인한 고스로리 원피스— 그것은, 위풍당당한 카리스마성과 여성적인 매력을 겸비한 그녀에게 너무나도 잘 어울렸다.

"(귀여워…….)"

유메가 무심코 그렇게 중얼거리자, 나는 옆에서 『만만치 않은 사람인걸』 하고 생각했다.

저것의 의미는 뻔했다.

—이 정도도 넘어서지 못하면 곤란해, 제군.

다른 심사위원을 가장 앞자리에 앉힌 후, 쿠레나이 부회장만은 스크린 앞의 연단에 섰다.

"자, 제군."

손에 쥔 지팡이로 연단을 때렸다. 그러니 진짜 군인 같았다.

"문화제는 이 학교가 중요시하는 교육 행사의 일환이다. 그 목적은 너희의 능력을 육성하는 것이지. 그 능력이란 무엇인가? 간단해. 되고 싶은 무언가가 될 기술— 이상(理想)을 향해 손을 뻗을 힘. 그것이야말로, 인간의 능력이라고 나는 생각한다."

그 당당한 연설이 조용한 시청각실에 울려 퍼졌다.

"완벽할 필요는 없다. 너희가 생각하는 이상을 보여주도록. 너희가 갈구하는 것이 얼마나 멋진가. 어떻게 거기에 도달할 생각인가. 너희가 생각하는 이상을 보여주기만 한다면, 우리 학교는 아낌없는 지원을 약속하지."

고등학교 2학년이라는 게 믿기지 않는, 초연한 미소를 머금은 부회장이 선언했다.

"—그럼, 바로 시작하도록 할까."

"이 분야에는 어두운지라, 아마추어적인 질문을 할까 하는데……."

프레젠테이션 첫 번째 조— 메이드 카페를 하려는 반의 프레젠테이션이 끝나자, 부회장은 즉시 마이크를 손에 쥐었다.

"메이드 카페라고 하는데, 구체적으로 어떤 메이드를 지향하는 카페인 거지?"

"네?"

"메이드라고 해도, 클래식한 것부터 아키하바라 스타일까지 다양하지. 가게 내부 장식으로 볼 때 아키하바라 스타일을 이미지한 것 같지만, 의상은 치마가 길고 장식이 적은 빅토리안 스타일이다. 따로 노는 느낌이 드는데 말이야. 학부모회 측에 좋은 인상을 주기 위해 일단 치마를 길게 했다……고 생각해도 될까?"

대뜸 시작된 공격에, 프레젠테이션 담당자는 우물쭈물하며 아무 말도 못 했다.

우와~, 하고 미나미 양은 신음을 흘렸다. 나도, 이런 상황은 예상하지 못했다. 설마 이렇게 깊이 있는 질문은 던질 줄은 몰랐다.

"(저, 저기, 이리도……! 나, 겁나거든?! 괜찮은 거지?! 원고에 적힌 대로 말하기만 하면 되지?!)"

"(……저 정도 질문이라면 괜찮아…….)"

그렇게 대답했지만…… 저 부회장은 상당한 강적이다. 우리의 예상을 간파하고, 일부러 예상 밖의 질문을 던질 가능성도 있다—.

이어서 발표한 두 반도 부회장의 질문 연타에 박살이 난 후, 드디어 우리 차례가 찾아왔다.

"—이와 같이, 카페라는 공간을 통해 현대와 상통하는 근대 시대의 문화를 접하는 것을 콘셉트로 했습니다."

초반에는 순조로웠다.

아까 그렇게 야단법석을 떨었던 미나미는 차분하게 발표를 했고, 빠르지도 늦지도 않은 속도를 유지하며 또렷한 발음으로 이어가는 발표는 프레젠테이션의 본보기 같았다. 대부분의 심사위원은 — 수상한 미소를 머금은 부회장과, 존재감이 없는 회계를 제외하고 — 점잔 빼는 표정으로 메모를 하고 있었다.

나는 유메와 함께 모델로서 나란히 선 채, 성공을 확신했다.

유메가 밤늦게까지 짠 시대 고증은, 기획의 정밀성을 몇 단계나 끌어올렸다. 근대풍 카페가 얼마나 문화제란 행사에 어울리는지를 어필할 강력한 무기가 됐다. 툭하면 부정적으로만 작용하던 이 여자의 세세함이, 웬일로 도움이 됐다고도 할 수 있다.

다른 반의 프레젠테이션과 비교해도, 압도적일 만큼 『제대로 된』 기획이었다. 누가 봐도, 우리 기획이 통과되는 게 올바르다 여겨질 정도다.

아무 문제가 없다면, 심사위원은 우리의 기획을 채용할 것이다.

그렇다. ―아무 문제도 없다면, 말이다.

그 문제를 방지하는 게, 내가 맡은 일이다.

"다음으로― 점포 운영 중에 발생할 수 있는 트러블의 대책에 관해, 이야기할까 합니다."

미나미 양은 그렇게 말하면서 스크린의 슬라이드를 바꾼 순간, 심사위원의 표정이 달라졌다.

트러블 대책.

이제까지의 프레젠테이션에서는 그 부분까지 다뤄지지 않았다.

"당일에는 일반 관람객도 입장하기에, 접객 중인 학생이 과도한 치근덕거림에 시달리는 문제가 발생할 가능성이 있습니다. 기본적으로 이런 입장자에게는 아르바이트를 통해 접객 경험이 있는 스태프에게 대응을 맡길 예정입니다만— 문제는, 이런 입장자를 사전에 파악하는 게 어렵다는 점입니다. 그래서 저희는 이런 시스템을 제안합니다.”

슬라이드가 바뀌었다.

그것을 본 순간, 심사위원뿐만이 아니라 프레젠테이션을 하기 위해 모인 학생들까지 술렁거리기 시작했다.

“문화제 기간 중, 교내에서 문제를 일으킨 입장자의 외모를 클라우드로 실시간 공유해, 다른 반에서 빠르게 대응할 수 있도록 하는 겁니다. 이에 따라 사후 대응이 아니라, 트러블의 발생 자체를 미연에 억지할 수 있을 거라 여겨집니다.”

그야말로, 공략 위키다.

성가신 입장객이 어떻게 생겼고, 어디에 있으며, 어떻게 하면 얌전해지는가. 현대의 IT기술과 이제는 누구나 가지고 있는 스마트폰을 활용하면, 무료로 간단히 그런 데이터베이스를 구축할 수 있다. 개인이 아니라, 반이 아니라, 학교 전체가 협력해서 트러블메이커 개개인에게 대처할 수 있다. — 이것이 이사나에게 얻은 힌트를 통해 내가 생각해낸 트러블 대책이었다.

물론, 하자가 있는 아이디어다.

하지만, 오히려, 그걸로 얼마나 싸워나갈 수 있느냐가 이 프레젠테이션의 성공 여부를 결정할 것이다.

“저희의 발표는 여기까지입니다. 질문 있으신가요?”

미나미 양이 그렇게 말하자— 역시, 바로 움직였다.

학생회 부회장, 쿠레나이 스즈리.

이 학교에서 손꼽히는 천재가 마이크를 쥐더니, 단상에 있는 미나미 양을 향해 입을 열었다.

"트러블메이커를 전교에서 실시간으로 공유해, 트러블 발생을 미연에 방지한다. —확실히 좋은 생각이지만, 운용 면에서 두세 가지 정도 불안한 점이 있다는 생각이 드는군."

"어떤 건가요?"

미나미 양은 바로 대답했다. 괜찮다. 그녀는 원고를 읽기만 하면 된다.

"우선, 접객에 지연이 발생할 거란 불안이다. 입장자가 문제 있는 인물인지 아닌지 체크한 후에 접객할 거지? 업무가 하나 늘어나는 만큼, 현장에서 떠안아야 할 부담이 커지겠지. 안 그래도 숙련도가 떨어지는 문화제 점포에서, 그런 작업까지 요구해도 될지 좀 의문이 드는걸."

"으음……."

미나미 양은 원고를 펄럭펄럭 넘겼다. 내가 짠 질문 대응 리스트에서 답을 찾는 것이다. 옆자리의 유메는 조마조마한 표정으로 그 모습을 지켜보고 있었다.

"……아. 그 점에 관한 대책을 세워뒀어요!"

"뭐지?"

"좌석을 일부러 줄일 거예요. 그러면 스태프의 부담도 줄

겠죠."

"흠. 타당한 대책이지만, 그래서는 입장자가 쇄도했을 경우에 대기열이 길어질 텐데? 그 점에 관해서는 어떻게 할 거지?"

"대기열은, **일부러 만들 거예요**."

"……일부러?"

"대기열을 만들면, 미리 요주의 인물을 체크할 수 있죠. 대기열이 일정 숫자 이상일 경우, 이용 시간에 제한을 두어서, 회전율을 높일 거예요."

"일석이조— 아니, 일석삼조인가. 행렬은 사람을 불러 모을 테니 말이지. 손님을 일부러 기다리게 한다는 부담은 있지만, 꽤 현명한 생각이긴 한걸……."

심사위원이 낮은 탄성을 흘렸다.

하지만, 부회장은 공세를 멈추지 않았다.

"그럼 다음 우려되는 점에 대해 이야기해볼까. 이 대책으로는 최초의 트러블을 막을 수 없지 않을까? 트러블을 일으킨 자를 마크해 경계한다는 방법인 만큼, 누군가는 최초의 희생양이 될 수밖에 없겠지. 그 점에 대해서는 허용한다는 것으로 알면 될까?"

그런 점까지 문제로 삼는 건가. 어쩔 수 없다고 여기며 타협점으로 삼을 수도 있겠지만…….

"……아뇨. 그 점에 관해서도 대책을 세워뒀어요."

"흐음?"

"매년, 일반 입장자는 정문 접수처에서 초대장을 체크한 후에 명부에 이름을 적도록 되어 있어요. 그 접수처에서, 입장 전부터 분위기에 휩쓸려 문제를 일으킬 듯한 사람이나 접수처 담당자에게 거만하게 구는 사람 등을 미리 마크할 거에요."

"흠. 용케 조사했는걸. 확실히 초대장을 체크하는 접수처는 매년 설치하고 있다. 불가능하지는 않을 거라고 생각하지만— 그 기준으로 본다면, 많은 이들이 요주의 대상으로 지정되겠지. 그들 전원의 외모와 특징을 현장에 있는 학생이 기억해야 하는 건가? 데이터베이스에 등록하는데 드는 수고 또한 어마어마할 거라고 보는데 말이지."

"아뇨. 기억할 필요도, 기입할 필요도 없어요."

"뭐?"

"전원의 사진을 찍을 거예요. 문화제에 방문해준 기념으로 말이죠."

"……호오."

부회장의 눈빛이 날카로워지더니, 입가가 슬며시 치켜 올라갔다.

마치, 사냥감을 발견한 것처럼…….

미나미 양은 그것을 눈치채지 못한 건지, 내가 준비한 답변을 계속 읽어나갔다.

"접수처에서 입장자 전원의 사진을 찍은 후, 행실에 문제가 있어 보이는 분은 헤어스타일과 체격 등으로 분류해 데이터베이스화하는 거예요. 이에 따라 신속한 선별이 가능하죠."

"그건 아직 아무 죄도 없는 입장자를 속여서 블랙리스트를 만든다는 의미로 보면 될까?"

"속이는 게 아니에요."

"왜지?"

"원래부터 학교 홍보와 적절한 관리 운영을 목적으로, 문화제 중에는 교내에서 촬영이 이뤄지니까요. 일반 입장자도, 명부에 사인을 해서 그에 동의하죠. 이것은 학교 신문과 홈페이지에 쓰이는 것은 물론이고, 카메라의 존재를 의식하게 해서 트러블 발생을 억제하는 방책 또한 될 거라고 저희는 생각해요. 저희의 제안은, 어디까지나 그 연장선상에 지나지 않아요."

부회장과 회계 이외의 심사위원은 그 대답을 듣고 눈을 동그랗게 떴다.

카와나미를 통해 작년 초대장과 명부를 손에 넣은 건, 이 점을 확인하기 위해서다. 사람의 외모를 공유하는 데 있어 가장 손쉬운 방법은 사진이다. 하지만 함부로 사진을 찍는 건 문제가 되기에, 허가를 받은 것으로 간주할 논리가 필요했다.

홈페이지에는 민낯이 확연하게 드러난 사진이 몇 장이나

있었기에 어떤 식으로 언질을 받는다는 예상은 할 수 있었지만, 그것은 어디까지나 홍보를 위한 사진이다. 풍기 유지에 사진을 이용할 대의명분은 되지 못했다.

그 문제를 해결해주는 것이 입장자 명부의 『적절한 관리 운영』이라는 말이다. ―그것을 본 순간, 나는 이 아이디어가 이론상으로는 성립한다는 확신을 얻었다.

"후후. ……궤변에 가까운 말이군."

하지만, 말이 안 되는 건 아니다.

부회장의 날카로운 시선에 꿰뚫리면서도, 미나미 양은 당당했다. 배짱이 두둑했다. 프레젠테이션을 유메에게 맡기지 않아서 정말 다행이다.

"무슨 이야기인지는 알겠다. 그래, 하자는 해결한 것 같군― 하지만, 이것은 한 반에서 구축할 수 있는 시스템이 아니지. 굳이 따지자면 운영위원회에서 해결할 영역이다. ―학교 측에서 허가할지는 모르겠지만, 어디까지나 제안으로 받아두지."

"감사합니다."

그걸로 충분하다. 실제로 이 시스템이 채용되는지는 중요하지 않다. 중요한 것은 우리가 트러블에 대해 이렇게까지 고려했다는 사실이다.

아무래도, 고비는 넘긴 것 같네…….

나는 작게 한숨을 내쉬었다. 지나칠 정도로 대책을 세워두기 잘했다. 저 기묘한 부회장이라면, 왠지 보통은 걸고넘어지지 않을 부분까지 걸고넘어질 거라는 느낌이 들었거든…….

"마지막으로 물어볼 게 있는데—."

바로 그때, 나는 부회장이 아직 마이크를 쥐고 있다는 사실을 눈치챘다.

"—이 대책을 고안한 건, 누구지?"

"아, 그건—."

미나미 양이 유메를 돌아보았다. 그녀의 이름을 입에 담기 위해서다.

그렇다. 나는 이 질문도 예상했다. 그래서 미리 손을 써둔 것이다.

나는 괜한 주목을 받아봤자, 짜증이 날 뿐이다.

나는 그림자 속에 숨어서 준비했다. 유메에게 큰 빛이 비치면서 생긴, 그림자에 말이다. 그 그림자 속이야말로, 나에게는 안식의 땅이다.

미나미 양이, 유메의 이름을 입에 담기—.

직전에…….

"이리도 미즈토예요!"

유메가 몸을 쑥 내밀며 그렇게 외쳤다.

나는 아연실색하며 옆에 있는 유메를 쳐다봤다. 그런 내 등을, 유메가 살며시 밀었다.

"그가— 생각한 거예요."

대, 대체…… 이 여자는 무슨 생각인 거야!

미나미 양은 『그거 봐』 하고 말하듯이 쓴웃음을 지었다. 이렇게 될 줄 알고 있었던 걸까. 왜……? 왜지? 자기 공적으로 삼을 기회인데—.

부정할 시간은 없었다.

부회장의 눈길이 나를 향했다.

"너인가?"

이렇게 되면…… 포기할 수밖에 없다.

"……문뜩 생각났을 뿐이에요."

"내가 좋아하는 말 중에 이런 게 있지."

부회장이 갑자기 이야기를 시작하자, 나는 미간을 살짝 좁혔다.

"『마리오』의 아버지로 알려져 있는 닌텐도의 미야모토 시게루 씨의 말인데— 『아이디어란 여러 문제를 단숨에 해결하는 것이다』. 실로 명쾌한 정의라고 생각하지 않나?"

……무슨 말이 하고 싶은 거지?

내가 의도를 파악하지 못하자, 부회장은 말을 이어갔다.

"네가 내놓은 대책은 『스태프의 낮은 숙련도』, 『호객 수단』, 『트러블 대책』 이 세 가지 문제를 한꺼번에 해결하지. 유효 여부에 관해서는 검증이 필요하겠지만— 이건, 틀림없는『아이디어』다. ……알고 있나? 영어의『idea』를 형용사인 『ideal』로 만들면,『이상적인』이라는 의미가 돼.”

……이상…….

“고맙군. 네 이상을, 잘 봤다.”

그렇게 말한 부회장이 손뼉을 쳤다.

그러자, 다른 심사위원과 차례를 기다리고 있는 학생들도 손뼉을 치기 시작했다.

다들— 나를 향해 말이다.

유메와 미나미 양은 손을 맞잡고 기뻐했다. 아아, 그래. 프레젠테이션은 성공한 것이나 다름없다. 기뻐하는 게 당연했다.

하지만— 하지만.

나에게는, 전해지지 않았다.

아무리 박수를 받아도, 내 가슴에는 전혀 전해지지 않았다.

이상, 이상— 이상, 인가.

저는 그런 게— 보이지 않아요, 부회장님.

코스프레 카페가 허가된 것은 우리가 속한 1학년 7반, 그리고 우리 다음에 발표를 한 메이드 카페였다.

아무래도 그 반에는 엄청난 메이드 오타쿠가 있었는지, 문화제에서의 메이드란 존재에 대해 막힘없이 이야기하면서

메이드 카페가 얼마나 문화제에 걸맞은 점포인지에 대해 열변을 토했다.

“좋았어~!”, “완전 나이스!”, “상급생을 이긴 거야?!”, “대단하네~!”

교실에 결과를 전해주자, 동급생들이 우리를 칭찬했다.

유메와 미나미 양은 배시시 웃으며 그 칭찬을 받아들이더니, 함께 기뻐했다. 어찌 된 건지 내가 부회장에서 칭찬받았다는 이야기가 전해졌고, 「꽤 하네!」, 「대단해!」 같은 칭찬이 나에게 쏟아졌다.

같은 목적을 위해 단결했고, 성공하면 손을 맞잡고 기뻐하며 공로자를 칭찬한다.

이것이, 흔히 말하는 청춘이란 걸까.

그렇다면—.

칭찬 공세가 얼추 잦아들었을 즈음, 유메가 은근슬쩍 다가왔다.

그리고, 말했다.

비밀을 털어놓듯, 미소지으면서…….

“때로는 이런 것도 괜찮지 않아?”

그때, 나는 과거의 일을 떠올렸다.

우리 사이가 삐걱거릴 때, 먼저 다가오려 했던 너에게 내가 가시 돋친 대꾸를 했던 것을…….

그래서—.

"……**그럴지도 몰라.**"

나는, 마음에도 없는 말을 했다.

그런 소리를 할 수 있을 만큼은 성장한 것이다.

교실에서 탈출한 내가 교문을 향해 터벅터벅 걸어가 보니, 기둥에 기대서 있던 여자애가 등을 떼면서 가슴 옆에 든 손을 가볍게 흔들었다.

히가시라 이사나였다.

약속을 했던 기억은 없는데……? 의아하게 생각하며 다가가 보니, 이사나는 씨익 웃으면서 내 얼굴을 들여다봤다.

"수고하셨어요, 미즈토 씨."

"……오늘은 먼저 돌아가도 된다고 내가 말하지 않았어?"

"그렇긴 한데, 기다렸어요. ……후후후. 여친 느낌 나지 않나요?"

"현재진행형으로 나를 다른 여자애와 이어주려고 하는 녀석이 할 말 같지는 않은걸……."

카와나미의 우려는 어쩌면 틀리지 않은 걸지도 모른다는 생각이 들었다.

그대로 시추에이션을 어떻게 즐길지는 사람마다 자유다.

내가 걸음을 옮기자, 이사나가 내 옆에 섰다. 그야말로 여친 같은 행동이지만, 우리에게는 이게 일상이다. 우리는 익숙한 걸음걸이로 눈에 익은 통학로를 걸었다.

평소 같으면 곧 나올 신간에 관한 이야기를 나눴을 테지만…….

"이야기 들었어요, 미즈토 씨. 프레젠테이션에서 대활약했다면서요?"

이사나가 꺼낸 것은 평소와 다른 화제였다.

그 순간, 나는 마음 한편으로 낙담하는 자기 자신을 발견했다.

이사나는 문화제에 휘둘리지 않을 거라고 여겼다. ……하지만 학교 전체가 그런 분위기여선, 어쩔 수 없는 걸까…….

"그걸 누구한테 들은 거야?"

"유메 양한테서요! 자기 공적을 숨기고 흑막 행세를 하려고 했다죠~?"

"……뭐, 맞아. 실패했지만 말이지."

자조 섞인 어조로 그렇게 말했다.

하지만, 이미 몇 번이나 경험했다. 인간의 사교성이란 것은 이런 식으로 답하면 『그렇지 않다』라는 대사를 끌어낸다. 마치 그런 식으로 만들어진 로봇처럼…….

—하지만.

"푸훕~."

히가시라 이사나는, 보란 듯이 웃음을 터뜨렸다.

평소와 마찬가지로, 우쭐대는 듯한 투로…….

"실력을 숨기려다 실패(웃음), 라노벨 주인공 행세 폭망(웃음), 꼴사나워~(웃음)."

"……이봐. 너무 우쭐대지 마. 그러면 그럴수록 반동이 클걸?"

"우쭐대는 건 그쪽— 우냐앗~?! 관자놀이! 관자놀이 꾸욱꾸욱~하지 마세요! 낡았어요! 벌주는 방식이 고리타분하다고요~!"

아아— 나는 정말, 못 말리는 녀석이다.

클래스메이트에게 칭찬받는 것보다, 이 녀석에게 놀림을 받는 편이 훨씬 마음 편하다니…….

정말, 구제할 길 없는— 청춘 부적합자다.

"여보세요."

여름 방학이라는 허무가 있었다.

나는 시골의 하늘을 수놓은 불꽃을, 인적 없는 신사에서 홀로, 올려다보았다.

세상은 문제없이 돌아가고 있다.

내가 없어도, 네가 없어도.

마치— 이 1년이 거짓말인 것처럼.

나는 손에 쥔 스마트폰을 쳐다봤다.

전파라면 분명, 나와 너를 간단히 이어줄 것이다.

작년처럼, 그러는 건, 아마 간단하리라.

하지만, 나는 그러지 못했다.

이미 너는, 전파가 닿지 않을 만큼 먼 곳에, 가버린 느낌이 들었다.

—바라옵건대, 거짓이기를.

이 1년에. 너와 함께한 시간에.

끝이 찾아오리라는 것을, 알고 싶지 않았어.

◆ 이리도 유메 ◆

각 반의 점포가 결정된 후, 문화제 준비가 본격적으로 시작됐다.

클래스메이트가 근대풍 카페 느낌의 내부 장식을 만들거나 메뉴의 조리 연습을 하는 모습을 보며, 나와 미즈토는 실행위원회에 드나들었다.

문화제 실행위원은 각 반과 운영위원회 사이의 파이프 역할 외에도, 초대장과 홍보용 포스터 준비, 인근 주민과의 조율 등, 문화제와 관련된 잡다한 일을 처리한다. 그래서 모처럼 우리가 준비한 기획이 통과됐는데도, 그 준비에는 그다지 관여하지 못했다.

"(—일은 잘 되어가나?)"

"우왓?!"

노트북 컴퓨터로 묵묵히 일을 하던 나는 느닷없이 귓가에서 맑은 목소리가 들려오자, 화들짝 놀라며 의자에서 엉덩이를 반쯤 뗐다.

그런 나를 본, 방금 귓속말을 한 사람— 학생회 부회장이자 문화제 실행위원회의 위원장이기도 한 쿠레나이 스즈리 선배가 놀리듯 크큭 하고 웃었다.

"서, 선배…… 갑자기 뭐하는 거예요……?"

"미안해. 다른 사람에게 방해가 될 것 같아서 말이지."

거짓말이 틀림없다. 놀리는 걸 즐기는 거다.

학교 사상 최고의 천재라 불리며 엄청난 카리스마로 3학년까지 턱짓으로 부리는 쿠레나이 선배지만, 실은 꽤 친근한 인상이었다. 프레젠테이션에서 돋보였기 때문인지, 나한테는 특히 자주 말을 걸어오……는 듯한 느낌이 들었다. 누구에게나 친근하게 대하는 사람인 만큼, 내 자의식 과잉일지도 모르지만 말이다.

쿠레나이 선배는 허리를 굽히더니, 내가 작업하고 있는 컴퓨터의 화면을 들여다봤다.

"테스트는 어떻게 되어가고 있지? 잘 되고 있나?"

"아, 네……. 지금까지는요. 눈에 띄는 버그는 없어요."

내가 하는 건, 프레젠테이션에서 제안한 트러블 방지 시스템의 실험이었다.

특징적인 겉모습을 한 학생 몇 명을 교내에 돌아다니게 한 후, 실행위원이 발견해 그 사진을 찍어서 바로 데이터베이스에 기록한다. 그리고 그 데이터베이스를 통해 학생의 행동을 예측한다. 술래잡기 같은 실험이지만 데이터베이스의 프로그램에 문제가 있지는 않은지, 실제로 효과가 있는지 살피기에 적절했다.

나는 컴퓨터를 잘 다루는 편이 아니지만, 제안자로서 이 데이터베이스의 디버그를 맡게 됐다. 근처에 앉아있는 미즈토 또한 아무 말 없이 같은 작업을 하고 있었다.

쿠레나이 선배는 화면을 보면서 고개를 끄덕였다.

"응, 괜찮은 것 같군. 뭐, 죠가 준비한 시스템이니까 걱정 없겠지만 말이지."

"죠……?"

"학생회 회계 말이야. 존재감은 옅지만, 꽤 유능한 녀석이거든. 컴퓨터도 잘 다루지."

쿠레나이 선배가 돌아본 방향을 쳐다보니, 화이트보드 앞에 놓인 긴 의자 구석에 앉은 천연 파마 머리에 투박한 안경을 쓴 남자가 아무 말 없이 키보드를 두드리고 있었다.

그 모습을 보고야 생각났다. 학생회 회계인 하바 죠지 선배다.

『죠』라고 부르는 구나. 그러고 보니 쿠레나이 선배와 항상 함께 있는 것 같다. 혹시 사이가 좋은 걸까.

"사이는 좋은 편이지."

"네?"

마음을 읽혔다!

쿠레나이 선배는 또 크큭 하고 웃더니…….

"너는 표정을 읽기 쉬워서 참 재미있는걸. 참고로 말하자면, 유감스럽게도 아직 남녀관계는 아냐."

"선배가 너무 날카로운 것—."

응?

방금…… 『유감스럽게도』, 『아직』이라고 말했어.

어? 거짓말? 그런 사이인 거야?

"글쎄?"

쿠레나이 선배는 수상한 미소를 지으며 한쪽 눈으로 윙크를 하더니, 「그럼 이어서 잘 부탁하지」 하고 말하며 다른 위원이 있는 곳으로 향했다.

아니…… 어느 쪽인데? 어느 쪽인 거야?!

나는 존재감과 반비례하듯 가녀린 선배의 등을, 무심코 쳐다봤다. 사실이라면 엄청 뜻밖의 커플이지만, 어쩌면 농담을 한 것뿐일지도…… 으으, 모르겠어!

내가 끙끙거리고 있을 때, 「저기」 하는 목소리가 들려왔다.

고개를 돌려보니, 어느새 미즈토가 내 옆에 서 있었다.

"어…… 왜?"

"두 번째 태블릿 말인데, 다른 것보다 입력 오류가 많지 않아?"

"어……? 으음~, 듣고 보니 그러네……. 덜렁대는 사람인 걸까."

"사람에 따라서는 UI를 이해하기 어려운 걸지도 몰라. 과하다 싶을 정도로 알기 쉽게 만드는 편이 좋을지도 몰라."

"응, 알았어. 데이터를 모아서 보고할게."

미즈토는 돌아서더니, 자기 자리로 돌아갔다.

……여전히 스펙이 뛰어나기는 하지만, 미즈토는 다른 문화제 실행위원과 딱히 교류하는 것 같지는 않았다. 이야기

도 나하고만 나누고 있으며, 자주 말을 걸어오는 쿠레나이 선배와 몇 마디 나눌 뿐이었다.

미즈토가 주위 사람들 사이에 녹아들지 못하는 건 흔한 일이지만…… 프레젠테이션에서 그렇게 인정을 받은 만큼, 좀 아쉽네.

◆ 카와나미 코구레 ◆

"자아, 코~. 아~♪"

"우물."

달콤한 목소리와 함께 오렌지 한 조각이 입 안으로 들어오자, 나는 그것을 씹었다.

아카츠키는 스푼을 든 채 고개를 갸웃거리며 물었다.

"어때?"

"으~~~~음…… 너무 달지 않아?"

"그건 취향이잖아!"

"취향 말고 뭐로 판단하란 거냐고!"

나는 점포에서 내놓을 예정인 메뉴를 시식하고 있었다.

근대 시기의 서양식 음식하면 카레, 크로켓, 돈가스다. 하지만 문화제의 점포에서는 기름은 물론이고 불을 이용하는 것도 제한된다. 그래서 통조림 과일을 탄산수에 넣었을 뿐인 프루트펀치라거나, 미리 준비해둔 햄과 양상추와 스크램

블드에그를 끼워서 만든 샌드위치 같은 간단한 음식을 중심으로 한 메뉴로 구성할 예정이다.

나는 아카츠키가 만든 프루트펀치를 쳐다보며 말했다.

"이만큼 했으면 됐지 않아~? 사실 카페는 홍차와 커피가 주역이잖아."

"그건 그렇지만, 그쪽은 지금 키네가 몰두하기 시작했거든. 가정실습실에서 평생 몫의 원두를 갈고 있어."

"원두를 직접 가는 거냐……. 역시 다도부네. 그런데, 커피도 차에 속하는 거야?"

한번 몰두하면 헤어 나오지 못하는 녀석은 의외로 많은 것 같다.

나는 교실을 둘러봤다. 근대풍이 콘셉트라면 교실 벽을 그대로 두는 건 좋지 않을 것 같다며, 카페 느낌의 벽지를 붙일 예정이다. 하지만 카페 느낌에도 여러 베리에이션이 있어서, 지금도 나뭇결파와 벽돌파가 격론을 펼치고 있다.

앞쪽을 쳐다보니, 칠판을 이용해 자리 배치를 어떻게 할지 논의하고 있었다. 이리도 양의 조사에 따르면, 근대 시대에 처음으로 생긴 카페는 문화인이 모여 사교 모임을 가지는 공간이었다고 한다. 그런 느낌에 치중할지, 아니면 평범한 카페에 치중할지, 조율하고 있었다.

교실을 무대로 마인크래프트라도 하는 것 같아서, 분위기가 나쁘지 않았다. 나로서는 연애와 마찬가지로, 거기에 섞이기보다 옆에서 지켜보는 편이 더 재미있지만 말이다.

시제품 프루트펀치를 먹으며 합법적으로 농땡이를 부리고 있을 때, 아카츠키가 「아」 하고 목소리를 냈다.

"히가시라 양?"

"응?"

뒤를 돌아보니, 교실 입구에서 안쪽을 들여다보고 있는 여자애가 눈에 들어왔다.

다름 아닌 히가시라 이사나였다. 고개를 두리번거리며 누군가를 찾는 것 같았다. 뭐, 누구를 찾는 건지는 안 봐도 뻔하지만 말이다.

우리는 히가시라에게 다가갔다.

"이리도라면 없어~."

"어, 어떻게 알았어요?!"

"히가시라 양이 우리 반에 올 이유라면 그것뿐이잖아."

히가시라는 발돋움을 하더니, 아카츠키의 머리 너머로 교실을 들여다봤다.

"미즈토 씨는 대체 어디에…… 이대로 있다간, 제가 문화제의 분위기에 짓눌려 죽어버릴 거예요!"

"자신만만하게 뭐라고 하는 거야? 너희 반 준비를 도우면 되잖아."

"그래. 너희 반은 어떻게 하고 여기서 이러고 있는 건데?"

"후후…… 저한테 일을 맡길 리가 없잖아요?"

즉, 반에 있을 곳이 없어서 이리도에게 놀아달라고 찾아온 것 같았다.

나는 어이없어하며 말했다.

"이리도는 문화제 실행위원 일을 하러 갔어. 우리보다 더 바쁘니까 방해 말라고."

"……그런가요……. 아쉽지만, 폐를 끼칠 수는 없겠네요……."

히가시라는 풀이 죽은 것처럼 고개를 푹 숙였다. 왠지 불쌍해 보이지만, 반에 친구를 만들지 않은 건 이 녀석의 자업자득이다. 문화제는 클래스메이트와 가까워질 절호의 기회니까, 도망치지 않는 편이 좋을 텐데 말이다.

"아, 맞다. 히가시라 양, 프루트펀치 먹을래? 우리 가게에서 내놓을 녀석을 만들어봤어."

"어, 그래도 되나요……?"

"물론이지~! 이 녀석의 의견은 전혀 참고가 안 되거든."

"그럴 것 같아요."

"너, 왜 나한테만 이렇게 기어오르는 건데?"

아카츠키가 히가시라를 교실로 들이려고 했을 때였다.

"……어? 이사나?"

"아! 미즈토 씨!"

이리도 미즈토가 복도 너머에서 모습을 보이자, 히가시라는 주인을 발견한 애완견처럼 그를 돌아보았다.

히가시라는 이리도를 향해 후다닥 뛰어가더니…….

"문화제 실행위원 일은 어떻게 됐어요?"

"오늘 할 일은 끝났어. 교실 상황을 본 후에 너를 마중 가려던 참이야."

"오오, 이런 우연도 다 있네요. 마침 저도 교실에 있기 너무너무 거북하던 참이에요!"

"마중이 늦어져서 미안하네."

마구 흔들어대는 꼬리가 눈에 어른거리는 것 같았다. 엄청나게 따르는걸. 교실에서의 고백 사건 이후로는 주위의 시선도 신경 안 쓰는 것 같아.

나는 이리도를 향해 가볍게 손을 흔들었다.

"여어. 이리도 양은 어떻게 됐어?"

"글쎄. 아직 작업이 남은 것 아닐까?"

그 무관심한 대답에, 나는 『어?』 하고 생각했다.

그러는 사이, 이리도는 히가시라의 어깨에 손을 얹었다.

"할 일이 없으면 같이 돌아가자. 도서관……은 이미 닫았을 테니까, 우리 집에라도 갈래?"

"좋아요~! 짐 챙겨올게요!"

"따라갈게."

히가시라와 함께 돌아선 이리도는 불현듯 생각난 것처럼 우리를 돌아보았다.

"그럼 가볼게, 카와나미. 미나미 양."

"응…… 수고했어."

"수고했어~, 이리도."

돌아선 이리도는 히가시라와 함께, 시끌벅적한 복도 너머로 사라졌다.

그 모습을 지켜본 후, 나는 아카츠키와 슬며시 시선을 마주했다.

"왠지……."

"응……."

원래는 두 사람을 문화제 실행위원으로 만들어서, 둘 사이의 거리를 좁혀주려는 계획이었다.

하지만…… 어째서일까?

오히려, 두 사이의 거리가 벌어진 것 같은 느낌이 들었다.

◆ 히가시라 이사나 ◆

미즈토 씨의 방에 들어간 저는 침대에 걸터앉은 후, 양말을 훌렁훌렁 벗었어요.

제가 마치 방에 온 것처럼 행동해도, 미즈토 씨는 전혀 동요하지 않아요. 가방을 걸어둔 후, 넥타이를 대충 풀었어요.

"휴우……. 어깨에 들어간 힘이 빠졌네."

"문화제 실행위원은 그렇게 바쁜 거예요?"

"일은 그렇게 많지 않은데, 부회장이 계속 성가시게 굴거든……. 그 사람을 상대하는 게 귀찮아."

“네? 부회장? 학생회 부회장 말인가요?”

“응. 나쁜 사람은 아닌 것 같은데, 좀 거북해.”

미즈토 씨가 남에 대해 이런 식으로 말하다니, 신기한 일도 다 있네요. 기본적으로 유메 양 말고는 눈에 들어오지도 않는 느낌인데 말이에요.

“그거 큰일이겠네요. 할 일이 없는 전 한가해서 기운이 펄펄 넘치는데 말이에요.”

“삐기지 마. 너무 안 해도, 거꾸로 스트레스받을걸?”

“그건 그래요……. 다들 일하는데 저만 아무것도 안 하니까, 죄책감이…….”

“아무것도 안 했으면서 학급 티셔츠 같은 걸 입게 되면 엄청 양심이 찔릴 거야.”

“우와~~~~! 역시 학급 티셔츠란 문화가 존재하는 건가요~~~~?! 진학고니까 괜찮을 줄 알았는데~~~~!!”

“진학고라고 해도 어차피 고등학교잖아. 각 반의 예산으로 만드니까, 돈을 안 내도 되는 건 그나마 다행이지.”

“미즈토 씨도 학급 티셔츠 같은 건 별로예요?”

“당연하잖아. 동조 압력을 구현한 물건 같은 건 누가 좋아하겠냐고.”

“동감이에요! 저는 반에 소속되어 있단 인식조차도 희박하다고요!”

“겉으로만 동료란 분위기를 만드는 것도 좀 그렇긴 해…….”

하아, 하고 미즈토 씨는 작게 한숨을 내쉬었어요. 으음…… 진짜로 많이 피곤해 보이네요.

"미즈토 씨, 미즈토 씨. 피곤하면, 제가 에너지를 나눠줄까요?"

"응? 어떻게 말이야?"

"이쪽으로 와보세요."

미즈토 씨를 침대 옆으로 부른 후, 등을 보이며 제 앞에 앉게 했어요.

그리고 저는 미즈토 씨의 어깨에 손을 얹으며, 손가락에 힘을 줬어요.

"주물주물~."

"……뭐야. 마사지를 해주는 거야?"

"어때요?"

"으음…… 글쎄……."

"머리 뒤편에 있는 찌찌가 닿을 것 같아서 신경 쓰이지 않나요?"

"그쪽이야? 이제 와서 신경 쓰일 리가 없잖아."

"호오. 제 찌찌에는 이미 질렸단 거군요."

"소재 고갈이란 의미에서 본다면 그렇긴 해."

이런이런. 참 호사스러운 사람이군요. 한 번쯤 만져보고 싶진 않은 걸까요. 제가 고백했을 때는 매력을 느끼지 않는 건 아니라고 말했으면서 말이죠.

저는 얌전히 마사지를 받던 미즈토 씨에게 문뜩 생각한 화제를 이야기해봤어요.

"미즈토 씨는 문화제에서 코스프레 카페를 한다면서요?"

미나미 양에게 들었어요. 프레젠테이션 승부에서 쟁취했다고 해요.

미즈토 씨는 편안한 자세로 말했어요.

"내가 하는 건 아냐. 내가 속한 반에서 하는 거야."

"사진 봤어요~. 근대풍 서생 복장이 참 잘 어울리던걸요?"

"그런 건 피곤할 뿐이야……."

목소리에서 피로가 묻어나네요. 사람들에게 꽤나 휘둘린 것 같아요.

"재미있을 것 같아서 좋네요. 저희 반은 전체적으로 의욕이 미묘해서 재미없어요."

"가장 의욕 없는 녀석이 할 소리냐."

"뭐, 그건 그렇지만요. 그렇게 귀여운 코스프레라면, 저도 흥미가 있어요~."

"네가? 남들 앞에서? 코스프레를? 자기가 할 수 있는 일과 할 수 없는 일은 분간하는 편이 좋지 않겠어?"

"확실히 많은 사람 앞에서, 그것도 접객까지 하는 건 완전 무리예요. ……흠."

잠시 생각을 해봤어요. 제가 할 수 있는 일, 할 수 없는 일…….

"……미즈토 씨."

저는 몸을 살짝 내밀어서, 미즈토 씨의 얼굴을 위쪽에서 들여다봤어요.

미즈토 씨는 「응?」 하며 고개를 들더니, 저와 시선을 마주했어요.

"여기서 해봐도 될까요? 코스프레 말이에요."

"여기서? ……어떻게 할 건데. 이 방에는 의상이 없어."

"괜찮아요. 장롱 안의 내용물을 빌리면 되거든요."

"뭐? 장롱 안의 내용물? 싫어, 이 변태야."

"이상한 건 안 만질게요! 이것만 빌려주면 돼요! 이것만!"

저는 그렇게 말하면서 미즈토 씨가 입고 있는 셔츠를 잡아당겼어요.

미즈토 씨는 더 미심쩍은 표정을 지었어요.

"이거? ……뭐, 여벌이 장롱 안에 있긴 한데……."

"실은 전부터 미즈토 씨의 옷을 입어보고 싶었어요~!"

"그 말에서 성욕이 느껴져서 징그러운데……."

"그렇지 않아요! 남친 셔츠라고요, 남친 셔츠! 누구나 동경하는 코스프레거든요?!"

성욕을 충족시키고 싶다면, 지금 미즈토 씨가 입고 있는 셔츠를 입을 거예요! 체취도 잔뜩 묻어 있을 테고요! ……우왓, 제가 생각해도 징그럽네요.

"남친 셔츠 같은 건, 갈아입을 옷이 없을 때 어쩔 수 없이 하는 거잖아……."

"예를 들어, 갑자기 비가 와서 옷이 흠뻑 젖었다고 쳐요. 그럴 때, 미즈토 씨는 저에게 뭘 입힐 건가요?"

"그야……, ……, ……유메의 옷을 빌려와서 입힐 거야."

"그렇죠?! 이렇게라도 안 하면 기회가 없을 거라고요!"

일단은 남자 방에 드나드는 만큼, 은근슬쩍 기대하고 있어요! 비가 올 것 같은 날에는 일부러 우산을 안 가지고 다니기도 해요! 하지만, 생각해 보니 그런 일은 안 벌어질 것 같더라고요! 외통수라고요!

"이렇게 됐으니, 정정당당히 확 코스프레를 할까 해요."

"정취 같은 게 눈곱만큼도 느껴지지 않네. ……뭐, 잠시라면 괜찮아. 일단 밖에 나가 있을 테니까, 아무거나 갈아 입—."

"아, 그럴 필요 없어요. 그냥 돌아서 있기만 하면 돼요."

"뭐?"

이 방의 주인을 쫓아내는 건 마음에 걸릴 것 같거든요. 그리고 자기 입으로 말하는 건 좀 그렇지만, 저는 성욕이 왕성해서 혼자 내버려 뒀다간 무슨 짓을 할지 모른다고요.

"그럼 실례할게요……."

일단 미즈토 씨의 마사지를 멈춘 저는 침대에서 내려와서 장롱 가장 위의 칸을 열어봤어요. 대박이에요. 깔끔하게 개어진 커터 셔츠가 있어요.

저는 그것을 가지고 침대로 돌아간 후…… 제 셔츠의 단추를 향해 손을 뻗었어요.

"그럼 옷 갈아입을 테니까…… 이쪽, 보지 마세요. 절대로 보면 안 돼요."

"열심히 플래그를 세우는데 이런 소리를 해서 미안하지만, 진짜로 안 볼 거야."

어처구니없다는 투로 그렇게 말한 미즈토 씨는 자리에서 일어나 가방 안에 있던 읽다 만 책을 꺼내더니, 침대 옆으로 돌아와서 그것을 펼쳤어요. 진짜로 흥미가 없는 것 같아서 약간 울컥했어요. 그러고도 남자 고등학생인가요. 여고생 탈의 ASMR를 들려줘야겠어요!

스르륵 하고 넥타이를 푼 후, 셔츠의 단추를 뚝뚝 풀었어요.

……아~. 우와~. 의, 의외로 가슴이 뛰네요……. 바로 옆에 남자애가 있는 상황에서, 옷을 벗는 건……. 여름 방학에 잠이 덜 깬 상태에서 찌찌를 보여줄 뻔한 적도 있으면서, 지금은 미즈토 씨의 사각지대에서 브래지어 차림을 드러내고 있을 뿐인데…… 상스럽게도…… 후후…….

소매에서 두 팔을 뺀 후, 벗은 셔츠를 옆에 던져놨어요.

……앗~! 미즈토 씨의 침대에! 여자애가 막 벗은 셔츠가! 에로틱! 에로틱해요!

가능하면 브래지어도 셔츠 옆에 대충 벗어놓고 싶지만, 그건 관둘래요……. 큰일 날 뻔했어요. 미즈토 씨가 방 밖에 있다면 저질렀을 거예요. 훤히 드러난 찌찌를 출렁거리며 아무도 없는 침대를 촬영하는 바보의 모습을, 미즈토 씨가 목격하는 사태가 벌어졌을 거예요.

자아, 다음은 치마예요. 저는 치마 주름 사이에 숨겨진 지퍼를 향해 손가락을—.

바로 그때, 저는 천재적인 생각을 떠올리고 말았어요.

미즈토 씨를 힐끔 쳐다봤어요. 미즈토 씨는 진짜로 저한테 눈길도 주지 않으며, 책 페이지를 넘기고 있어요. 실은 귀를 쫑긋 세우느라 독서에 집중하지 못하고 있다, 같은 것과는 거리가 멀어요. 아무리 연인이 아니더라도, 조금은 여자애의 자존심을 세워줘도 되지 않을까요.

그런고로…….

엉덩이를 스윽 내밀어서, 미즈토 씨의 귓가로 치마의 지퍼를 가져갔—.

찌이이—익…….

"……이봐. 왜 일부러 나한테 다가온 거야."

"어어? ……무, 무슨 소리인지 모르겠는데요……."

"……뭐, 됐어."

어찌어찌 얼버무렸어요. 조금 노골적이었나 봐요.

치마를 벗자, 저는 완전히 속옷 차림이 됐어요. 와~우……. 미즈토 씨의 뒤편에서 야한 포즈를 취해보고 싶지만, 자제심이 아슬아슬하게 승리를 거뒀어요. 기왕 할 거면 더 야한 디자인의 속옷을 입었을 때 하는 게 좋겠죠.

저는 미즈토 씨의 커터 셔츠의 소매에, 팔을 집어넣었어요.

……예상대로, 소매가 좀 남아요. 에헤헤. 헐렁헐렁~♪

……앗. 이 말은 입 밖으로 내뱉어야 하는 거네요.

"에, 에헤헤. 헐렁헐렁~♪"

"……."

무시!

태도가 매몰찬 미즈토 씨도 좋지만, 때로는 어리광을 부려도 괜찮지 않을까 싶은데 말이죠.

단추를 잠그면서, 가슴 쪽을 어떻게 할지 고민했어요. 어디까지 잠글까……. 가장 윗단추까지 잠글 생각은 애초에 없지만, 브래지어가 보이는 것도 미묘할 것 같아요. 으음~, 거울이 없으니 잘 모르겠네요.

저는 손거울 대신 삼을 스마트폰을 꺼내기 위해, 침대 옆에 있는 가방을 향해 손을 뻗었어요. 마침 미즈토 씨가 앉아있는 곳 바로 옆—.

"어? 이봐!"

갑자기 미즈토 씨가 당황한 목소리를 내면서, 제 쪽을 쳐다봤어요.

그래요. 제 쪽을 쳐다봤어요.

어라?

……혹시 제 쪽에서 미즈토 씨의 시야에 들어간 건가요?

가방을 향해 손을 뻗은 채 굳어버린 저는 슬그머니 자기

가슴 쪽을 내려다봤어요.

아슬아슬하게 속옷은 가려졌다고나 할까, 스마트폰의 카메라로 체크하려던 참이라…… 열려 있는 세 번째 단추의 틈새로, 단순한 디자인의 핑크색 브래지어의 가장자리가…….

"으윽."

저는 허둥지둥 셔츠 앞섶을 여몄어요.

……그러자, 이번에는 끝자락이 말려 올라가면서…….

"우냐?!"

허벅지를 꽉 모아서, 팬티 님을 지켰어요.

우, 우와……. 이 장비는 내구력이 종잇장 수준이네요. 이래서야 안겨도 되겠다고 생각하는 상대 앞에서 말고는 절대 무리예요!

"혼자서 되게 야단법석을 떠네……. 네가 자처해서 그런 꼴이 됐거든?"

"하, 하지만…… 오늘은, 저기, 속옷이 그다지 귀엽지 않다고요……."

"귀여운 속옷을 입고 그러는 편이 더 곤란해."

곤란하게 만들고 싶은 건데요!

확실히 저는 이미 차였고, 유메 양을 응원하고 있긴 해요. 그래도 미즈토 씨를 곤란하게 만들 기회라면 얼마든지 손에 넣고 싶은데요!

단추를 하나 더 잠근 저는 안전한 자세를 취한 후, 다시

미즈토 씨에게 물었어요.

"어떤가요?"

소매가 남는 두 팔을 가볍게 들어 보이며, 가녀림을 어필해봤어요.

옷자락도 충분히 확보된 만큼, 허벅지의 방어도 조금 느슨하게 해봤죠.

그런 저를, 미즈토 씨는 자다 일어나서 뉴스를 보는 듯한 눈길로 쳐다보더니…….

"뭐, 귀엽네."

"오오?! 칭찬받았어요!"

"말해주면 우쭐댈 게 뻔해서 일부러 말 안 한 건데, 나는 네가 꽤 귀여운 녀석이라고 생각해."

미즈토 씨는 그렇게 말하며 다시 책을 향해 고개를 돌렸다.

……어라~? 말과 행동이 따로 노는 것 같은데요?

저는 네발로 기어서 미즈토 씨에게 다가가서 물었어요.

"저기…… 방금 그 『귀엽다』는 말은, 혹시 개나 고양이를 향한 『귀엽다』 같은 건가요?"

"그래."

"너무해요! 그런 게 아니라, 좀 더…… 불끈불끈해줬으면 한다고요!"

"그래도 돼?"

미즈토 씨가 돌아보더니, 제 눈을 응시했어요.

지그시……. 한 치도 흔들리지 않으며, 뭔가를 가늠하는 듯한 눈동자가, 제 얼굴을 들여다보고 있어요.

"어…… 아니, 저기…… 주, 준비가 안 되어서……."

제가 무심코 시선을 피하며 몸을 뒤로 빼자, 미즈토 씨는 「훗」 하고 저를 놀리듯 웃음을 흘렸어요.

"얼간이."

어? ……얼간이?

"그게 가장 너무하거든요?! 얼토당토않은 이유로 제 고백을 거절하고, 차려놓은 밥상도 계속 거부하는 사람한테 그런 말을 듣고 싶지 않거든요?!"

"얼토당토않은 이유라고 말하지 마. 맞는 말이긴 하지만 말이야."

정말! 이대로 가다간, 유메 양과의 관계도 평생 진전이 없을 거란 말이에요!

◆ 이리도 유메 ◆

문화제 준비는 착착 진행됐다.

축제 날이 다가오자, 교내에서는 평소와 다른 분위기가 진하게 감돌았다. 평소 수업을 받을 뿐인 장소가 점점 화사한 색상을 띠는 광경은, 내 기분까지 꾸며주는 느낌이 들었다.

오늘은 문화제 실행위원에게 있어 가장 큰 일이라 할 수 있는, 아치형 입구를 만드는 작업을 했다. 항상 작업장으로 삼는 회의실의 책상을 치우고 바닥에 잔뜩 펼쳐놓은 종이상자를, 실행위원 전원이 힘을 합쳐 물감으로 색칠을 했다.

바닥에 앉아서 작업을 하니, 허리가 점점 아팠다. 작업을 어느 정도 진행한 나는 「으응~」 하며 기지개를 켠 후, 휴식을 겸해 화장실에 다녀오기로 했다.

문화제 실행위원의 작업을 함께 하며 약간 친분을 쌓은 다른 반 여자애에게 화장실에 다녀오겠다고 말한 후, 나는 회의실을 나섰다.

학교 안은 방과 후인데도 불구하고 시끌벅적했다. 복도에는 당일에 쓸 간판 등이 세워져 있었고, 교실 안에서는 수많은 발소리가 혼연일체가 되어 흘러나왔다. 그중에는 노래방 대회를 벌인 반도 있었다. 분위기에 휩쓸려서 텐션이 이상한 방향으로 폭주하고 있었다…….

안뜰에서 댄스 연습을 하는 사람들을 창문 너머로 내려다보며, 나는 근처에 있는 여자 화장실에 들어갔다. 그러자…….

"여어."

"아…… 수고 많으세요, 선배."

쿠레나이 스즈리 선배가, 세면대 앞에 있었다.

카운터에는 화장품 파우치가 놓여 있고, 콘센트에는 고데기가 꽂혀 있었다. 화장을 고치고 있는 걸까.

쿠레나이 선배는 어딘가 세속에 얽매이지 않는 듯한 분위기를 지녔지만, 평범한 여자애 같은 면도 있구나……. 당연한 것을 의외라고 느끼면서, 나는 볼일을 봤다.

그리고 세면장으로 돌아가 보니, 선배는 아직 그 자리에 있었다. 오랜 시간을 들여 고쳐야 할 화장처럼 보이지는 않는데……. 약간 의아해하면서 옆자리에서 손을 씻었다. 그리고 거울을 보니 작업 때문에 묶어둔 머리카락이 약간 풀려 있었기에, 헤어 고무밴드로 다시 묶기로 했다.

"쓰겠어?"

옆에 있는 선배가 갑자기 빗을 내밀었다.

나는 약간 놀랐지만, 금세 마음을 추스른 후…….

"고마워요."

……하고 말하며, 빗을 건네받았다.

그리고 머리카락을 빗으로 빗기 시작하자, 선배가 천천히 입을 열었다.

"위원회에는 익숙해진 것 같군."

"아, 네. ……저는 낯가림이 심한 편이지만, 다들 친절하게 대해주셔서요."

"그거 다행인걸. ……부디 다른 한 명도, 좀 더 익숙해지면 좋겠는데 말이지."

"다른 한 명……."

그 말은…….

"……미즈토 말인가요?"

"그래. 네…… 으음, 오빠던가?"

"동생이에요."

예전처럼 거부 반응을 보이진 않았지만, 그 남자의 동생이 되는 건 역시 싫다. ……『오빠』 같은 건 절대 무리……! 한계! 심장이 터질 거야!

"네 동생과 친분을 쌓으려고 자주 말을 걸어봤다만, 영 쉽지가 않더군."

"네? ……저, 저기, 대체 왜 친분을……?"

내가 무심코 빗질을 멈추자, 쿠레나이 선배는 크큭 하고 낮은 웃음을 흘렸다.

"그야 물론 차기 학생회장으로 삼기 위해서지. 그런 우수한 학생은 흔치 않기든."

"그…… 그런가요."

까, 깜짝 놀랐네……. 이 사람, 진짜 말 한 마디 한 마디가 의미심장하다니깐!

"아무래도 그는 주위에 벽을 만들고 있달까, 타인에게 흥미가 없는 느낌이 드는걸. ……그 감각 자체는 나도 공감이 된다만……."

"네?"

"주위의 커뮤니케이션은 일이 원활하게 돌아가게 해주지. 유메 양, 부디 그가 사람들 사이로 섞일 수 있도록 네가 도와줬으면 해."

그렇게 말한 선배는 손을 내밀었다. 마침 나도 머리카락을 다 빗었다.

"아름다운 머리카락이군. 참 부러워."

선배는 빗을 돌려받더니, 파우치에 넣은 후에 여자 화장실을 나섰다.

나는 그 뒷모습을 바라보며, 아까 말을 떠올렸다.

타인에게 흥미가 없다. —확실히 미즈토는 그런 분위기를 두르고 있다. 나 같은 잘 알지도 못하는 후배에게도 적극적으로 말을 거는 쿠레나이 선배가, 거기에 공감을……?

……또 괜히 의미심장한 소리를 늘어놓은 걸까. 정말 종잡을 수 없는 선배였다.

미즈토가 사람들 사이에…….

분명 그 남자는 성가시게 여기겠지만, 히가시라 양과 어울리는 모습을 보면 타인과의 교제를 철저하게 거부하는 것 같지는 않았다.

게다가— 나는 기억하고 있다.

인적 없는 변두리 신사에서, 홀로 밤하늘을 올려다보던 그의 모습을…….

고독이라고 해야 할까. 고고하다고 해야 할까. 혼에 깊숙이 새겨진 그것은, 미즈토가 원해서 얻은 게 아니다.

그렇다면— 이 문화제를 통해 조금이라도 거기서 해방된다면, 그것도 괜찮지 않을까 싶었다.

"……좋아."

이것도 누나가 할 일이다. 정말 손이 많이 가는 동생이라니깐.

"유메~! 지금 한가해~?"

아치형 입구 색칠이 일단락됐을 즈음, 한 선배가 나에게 말을 걸었다.

야스다 선배다. 키가 큰 2학년 여학생이며, 밝고 쾌활한 면이 아카츠키 양을 떠올리게 하는 사람이다. 눈치가 빠르고 세심한 사람이며, 나한테도 선배로서 편안하게 말을 걸어준다. 참고로 10분 이야기를 나누면 친구로 여기며, 친구는 거침없이 이름으로 부르는 타입이다.

"네, 한가한데요……. 무슨 일 있으세요?"

"게시판에 포스터를 붙이러 갈 건데, 도와주지 않겠어~? 늙어서 그런지 허리가 아프구먼~."

"후훗. 좋아요—."

할머니 흉내를 내는 야스다 선배를 보고 웃음을 터뜨린 나는 퍼뜩 눈치챘다.

이건 기회 아닐까.

뒤를 돌아보니, 색칠 작업에서 해방된 미즈토는 짐이 놓인 창가로 이동하고 있었다. 우와! 이 남자, 돌아갈 생각이야!

"아…… 선배. 그럼 남자한테도 도움을 받는 편이 좋지 않을까요?"

"그렇긴 한데, 우리 쪽 애들은 다 사라졌거든~."

나는 서둘러 미즈토에게 다가간 후, 어깨를 가볍게 두드렸다.

"……왜?"

미즈토는 퉁명한 얼굴로 나를 쳐다봤다. 하지만 나는 이 정도 일로 움츠러들지 않는다.

"작업 마쳤어?"

"마쳤으니까 돌아가려고 하는 거야."

"도와줬으면 하는 일이 있어. 조금만 더 시간 내줄래?"

미즈토는 시계를 쳐다보며 시간을 신경 쓰는 듯한 반응을 보였지만, 나는 그게 시늉에 지나지 않는다는 것을 안다. 별다른 볼일은 없으며, 그저 빨리 돌아가고 싶을 뿐이다.

내가 물러서지 않자, 미즈토는 곧 체념했다.

"……알았어. 오늘 치 작업이 예정보다 빨리 끝나기도 했거든."

"고마워. 가자."

미즈토의 팔뚝을 움켜잡고, 야스다 선배의 곁으로 돌아갔다.

"남자 확보했어요. 쪼끄만 애인 건 양해해주세요."

"아, 얘가 그 소문 자자한 동생이구나. 처음 뵙겠습니다~ 맞지? 야스다라고 해~, 잘 부탁해!"

야스다 선배는 싱긋 웃으면서 손을 내밀었다.

나는 움찔했다. 큰일 났다. 남과 얽히는 걸 질색하는 이 인간이, 초면인 선배와 악수를 할 리 없다. 내가 끼어들어야—.

"1학년 7반의 이리도예요. 잘 부탁해요, 야스다 선배."

뜻밖의 광경이 눈앞에서 펼쳐지자, 나는 내심 놀랐다.

야스다 선배처럼 웃지는 않았다. 하지만, 충분히 부드러운 태도로 이름을 밝혔고, 상대방의 이름을 입에 담으며 악수도 한 것이다. —다름 아닌 미즈토가!

친척인 마도카 씨도 그렇게 매몰차게 대하면서…….

뜻밖의 일은, 그 이후에도 계속 벌어졌다.

야스다 선배는 악수를 한 채, 미즈토를 향해 얼굴을 쑥 내밀었다.

아앗, 영역 침범!

미즈토의 개인적 공간은 반경 1.5미터 정도다. 슈퍼마켓 카운터에 줄 서는 것도 약간 질색하는 이 인간이, 이런 거리낌 없는 접근을 반길 리가 없다!

"이야기는 들었지만, 정말 귀엽게 생겼네. 인기 좋지 않아~?"

우와앗~! 그런 식으로 놀리면 안 돼요, 선배! 미즈토가 가장 싫어하는 거라고요!

미즈토가 문화제 실행위원과 친분을 쌓게 하더라도 우선 저 통명함에 주눅 들지 않는 사람이 좋겠다고 생각했지만, 설마 야스다 선배가 이렇게 거침없이 다가갈 줄은 몰랐다. 이래서는 역효과만 날지도 모른다. 미즈토가 더 거리를 두려고—.

“그렇지 않아요.”

미즈토는 부드러운 어조로 그렇게 말하며, 옅은 미소를 머금었다.

옅은 미소를 머금었다.

……옅은 미소를 머금어?

“말주변이 좋지 않아서, 친구도 거의 없어요. 여친 같은 건 꿈도 못 꾸죠.”

“뭐~? 하지만, 소문은 들었거든? 항상 여친과 함께 다니고, 사이도 엄청 좋다던데?”

“주위에서 그렇게 말하는 것뿐이에요. 그 녀석은 제 몇 안 되는 친구죠. 그건 누나가 보증해줄 거예요.”

담소를 나누고 있다.

다름 아닌 미즈토가, 온화하게 담소를 나누고 있다.

그것이 너무 충격이어서, 「그럼 그 애는 진짜로 여친이 아닌 거야? 유메, 나한테만 진실을 가르쳐줘!」라는 야스다 선배의 말에도 「그게, 아마……」 하고 대충 답하고 말았다.

맙소사.

혹시 미즈토는 저렇게 마구 밀어붙이는 타입을 대화 상대로 편하게 여기는 걸까. 생각해 보니, 히가시라 양도 미즈토를 상대로 엄청나게 밀어붙이는 타입이긴 해……. 게다가, 처음 만났던 시절의 나도, 나답지 않게 적극적으로 말을 걸었던 것 같은데…….

마도카 씨가 첫사랑일 거라고 착각했던 전과가 있는 만큼 내 분석은 믿을 게 못 되지만, 일단 미즈토에 대한 야스다 선배의 첫인상은 꽤 좋은 편 같았다. 선배는 문화제 실행위원회의 무드 메이커니까, 이 사람의 마음에 든다면 외톨이 탈출은 약속된 것이나 다름없다.

너무 간단히 성공한 바람에 맥이 풀린 가운데, 우리는 포스터 다발을 들고 회의실을 나섰다. 학교 곳곳에 있는 게시판에 이 포스터를 붙이며 돌아다니는 것이다.

그 사이에도 야스다 선배는 미즈토에게 계속 말을 걸었다.

"이리도는 성적이 좋지? 어떤 식으로 공부하는 거야~?"

"벼락치기예요. 평소에는 공책 필기 말고는 딱히 안 하고요."

"벼락치기로 전교 2등을 했구나~. 머리가 진짜 좋나 보네~."

처음에는 이미 알려진 정보를 가지고 가벼운 이야기를 나눴지만, 서서히 깊은 곳으로 파고들어 갔다.

"저기저기~! 유메와는 피가 이어져 있지 않잖아? 처음에는 어떻게 생각했어? 이렇게 귀여운 애와 가족이 된다는 걸 알고 말이야!"

"놀랐어요. 갑작스러운 이야기였거든요. 그 후에는 새로운 생활에 익숙해지느라 정신이 없어서, 그렇고 그런 일은 딱히 없었죠."

"정말이야~? 뭐, 현실에서는 그런 걸까."

나보다 수다가 더 능숙했다.

지금은 익숙해졌지만, 나는 처음에만 해도 동거 관련 화제가 언급되면 제대로 대답하지 못했다. 하지만 이 남자는 자연스럽게 대꾸했다.

커뮤니케이션 능력이 없는 게 아니구나. 교류를 할 마음이 없는 것뿐이야.

사귀던 시절에는 저 뛰어난 커뮤니케이션 능력에 몇 번이나 도움을 받았다. 생각해 보니, 초면인 선배와 편안하게 이야기를 나누는 것 정도는 의외로 간단한 일일지도 모른다.

엄마와도 처음 만났을 때부터, 자연스럽게 이야기를 나눴으니까…….

능력을 갖추고 있는 만큼, 기회만 있으면 간단히 해낼 수 있다. 그렇다면, 더 빨리 기회를 만들어줄 걸 그랬다.

……어? 하지만 쿠레나이 선배는『어렵다』고 말했었잖아……?

"좀 더 오른쪽~."

"여기 말인가요?"

"그래. 오케이~!"

머릿속 한편에 조그마한 가시가 박힌 듯한 위화감에 고개를 갸웃거리는 사이에도, 포스터 작업은 원활하게 이어졌다.

두 곳을 마쳤을 즈음, 야스다 선배가 나에게 몰래 말을 걸었다.

"(유메, 유메.)"

“(네?)”

“(네 동생, 항상 자기 할 일만 마치고 확 돌아가 버려서 꽤 어려운 타입이라고 생각했거든? 그런데 이야기를 나눠 보니 참 좋은 애네. 몰랐어~. 왜 항상 바로 돌아가 버리는 거야?)”

“(바로 돌아가는 건…… 예의 여사친이 낯가림이 심한 애라서, 문화제 모드인 반에 있는 게 꽤 힘든 것 같거든요…….)”

“(여친이 쓸쓸하지 않도록 같이 돌아가 주는 거야?! 우와~! 진짜 상냥하네! 호감도 급상승!)”

……여친이 아니라, 여사친인데요.

으으…… 그래. 다들 그렇게 생각할 거야…….

“(그럼 빨리 해방시켜줘야겠네! 후딱 끝내자!)”

“(네…….)”

내가 무력감에 사로잡혀 있는 사이, 미즈토는 스마트폰의 화면을 쳐다보고 있었다.

“수고했어~! 내일 봐~!”

포스터를 다 붙인 후, 일단 회의실에서 짐을 챙긴 우리는 다른 멤버와 함께 해산하며 야스다 선배와 작별 인사를 나눴다.

삼삼오오 흩어지는 멤버 사이에 숨으며, 나는 미즈토의 얼굴을 쳐다봤다.

"수고했어. 야스다 선배와 자연스럽게 이야기를 나누던걸? 언제 무례한 소리를 튀어나오나 싶어서, 나는 조마조마했다니깐."

미즈토는 나를 힐끔 쳐다봤다.

"어디 사는 누구 씨와 다르게 말끝마다 비아냥거리는 사람이 아니라서, 꽤 편하게 이야기를 나눴어."

"……혹시, 나한테만 그런 식으로 이야기하는 거야?"

"카와나미한테도 그래."

듣고 보니 그러네. ……뭐야. 괜히 기대했잖아.

"녹화해둘 걸 그랬어. 네가 온화하게 잡담을 나누는 모습을 말이야. 히가시라 양한테 보여주면 폭소를 터트렸을 거잖아."

"하지 마. 평생 그걸로 놀림을 당하거나, 콤플렉스를 자극당해서 충격을 받거나 둘 중 하나야. 그 녀석은 성가신 애라고."

"너만큼은 아니거든?"

"아무래도 모르나 보네. 커뮤니케이션 능력이 없는 녀석이 자제를 안 하게 되면 어떻게 되는지를 말이지."

아~. 네. 내 이야기구나.

입가가 히죽거리려는 것을 참느라 고생했다. 나만 특별하게 대하는 게 아니라고 주장하고 있지만…… 한 번 헤어진 덕분에 나눌 수 있는 이런 대화가, 나는 참 기분 좋게 느껴졌다.

"역시 녹화해둘 걸 그랬어. 심술이 났을 때의 넌, 히가시라 양과 비교도 안 될 만큼—."

"—미안한데, 잠시 실례해도 될까?"

미즈토는 스마트폰을 가볍게 흔들어 보이며 그렇게 말했다.

뭔가 급한 볼일이 있는 것 같았다. 미즈토가 연락할 상대라면—.

"히가시라 양?"

"그래. 약속한 시간이 살짝 지났거든—."

미즈토는 그렇게 말하며 스마트폰을 조작한 후, 귀에 댔다.

손에 가려져서, 그의 얼굴이 보이지 않았다.

그래서, 나는 아까 하려던 말을 잇지 못했다.

시간이 지났다니…… 응, 어쩔 수 없어. 그쪽이 우선이야.

잠시 후, 히가시라 양이 전화를 받은 건지, 미즈토가 입을 열었다.

"여보세요—."

나는 묵묵히, 미즈토가 히가시라 양과 나누는 이야기를 들었다.

약 10초 동안의 일이었다.

"응. 그래. 금방 갈게."

미즈토는 스마트폰을 귀에서 떼면서 전화를 끊었다.

그 후, 내 얼굴을 쳐다보며…….

"그럼 가볼게. 나는 다른 곳에 좀 들렀다 귀가할 거야."

"아…… 응. 너무 늦지는 마. 해도 짧아졌으니까……."

"그래. 알아."

미즈토는 짤막하게 대답한 후, 빠른 걸음으로 어딘가를 향했다. 분명 도서실에 가는 것이리라. 그곳은 문화제와 관련이 없어서, 히가시라 양이 지내기 편했다.

먼저 집에 돌아가서 잠시 기다리면, 미즈토와 다시 만날 수 있다.

이야기를 더 나누고 싶다면, 집에서 나누면 된다.

그렇, 지만—.

"저기!"

나는 미즈토를 불렀다.

그는 멈춰서더니, 고개를 돌려 나를 쳐다봤다.

"왜 그래?"

"으음…… 저기……."

왜 부른 걸까.

나도 그걸 모르기에, 다른 이야깃거리를 찾았고…….

"하…… 학급 티셔츠! 내일 나온대……!"

창문을 통해 스며드는 석양이 미즈토의 얼굴의 절반만 붉게 물들였고, 남은 절반에는 그림자가 드리워졌다.

"그래. 기대되는걸."

미즈토는 그렇게 말한 후, 나갔다.

나는 미즈토가 사라진 계단을, 한동안 응시했다.

전부터 이랬다.

사이가 나빠지고, 냉전 상태가 된 후, 우리는 쭉, 서로의 속내를 캐내려는 것처럼 싫은 소리만 서로에게 퍼부어대는 — 그런 관계를, 이어왔다.

그게 지금의 우리이며.

그런 지금을 좋아한다.

그런데— 어째서일까.

평소와 다름없는데.

내가 좋아하는, 우리인데.

왜, 지금— 미즈토와 나 사이에서, 벽이 느껴진 걸까.

"미안해."

여름 방학이 끝나고, 평소의 그곳으로 가보니, 네가 거기서 기다리고 있었다.

그것은, 거짓이 아니었다는 것을 뜻했다.

너와 내가 연인 사이가 된 것도, 사소한 일로 엇갈린 것도, 여름 방학에 한 번도 만나지 않은 것도— 1년 전 이 날, 가슴을 가득 채웠던 마음이, 옅어지고 만 것도, 전부, 거짓이 아니었다.

—……좋은 아침이야, 이리도.

—……응. 좋은 아침.

기왕이면, 거짓이기를 바랐다.

전부 내 망상이자, 환상이며, ……현실에서, 일어나지 않은 일이라면. ……나는 아직, 이런 자기 자신에게서, 견딜 수 있었을 것이다.

하지만, 너는 여기 있다.

한 달 넘게 만나지 않았던 나에게, 『좋은 아침』이라고 말했다.

너는 모르는 걸까?

이 이상의 절망이 없다는 것을— 알지 못하는 건가.

—……으음. 숙제…… 다 했어?

이때라면, 아슬아슬하게 되돌아갈 수 있었을 거라고 생각한다.

아무 일도 없었던 여름 방학을 진짜로 아무 일도 없었던 것으로 만들고, 그 이전의 관계로 되돌아가는 것이 가능했을 거라고 생각한다. ……그것을 가능케 하는 말이, 존재했다고 생각한다.

하지만, 나는 용서할 수 없었다.

나를 용서할 수 없었다.

그래서.

—응. 할 일이 없어서, 한가했거든.

너는 아주 약간 굳어졌다.

그 후로, 기나긴 자해 행위가 시작됐다.

AM06:03■문화제 당일 아침

커튼 너머로 스며드는 아침 햇살에 눈을 가늘게 뜨며, 나는 천천히 침대에서 몸을 일으켰다.

내 방이 아니다. 학교 수면실이다.

눈을 껌뻑거리며 시계를 쳐다봤다. 아침 여섯 시. 오래간만에 일찍 일어났다.

실내를 둘러보니, 여덟 개 정도 되는 침대에서는 문화제 실행위원 여자애들이 곤히 잠을 자고 있었다. 어제 작업이 밀려서 학교에 묵게 됐을 때, 선배들이 하급생 여자애들을 배려한 것이다. 같은 1학년인데 침낭에서 자게 된 남자애들이 야유를 했지만 말이다.

시간이 좀 있지만, 다시 잠을 청할 기분은 아니었다. 오늘은 문화제 당일이다. 문화제 실행위원이 가장 바쁜 날인 것이다. 정신을 빠짝 차려야 한다.

일단 세수부터 하자. 잠옷 대신인 체육복 차림으로, 조용히 수면실을 나섰다.

화장실에 가기 전에, 바로 옆에 있는 회의실을 복도에서 들여다봤다. 침낭에 들어간 실행위원들이 남자와 여자로 나뉘어서 자고 있었다. 회의실은 교실보다 훨씬 넓지만, 그런데도 좁아 보이는 인구밀도였다. 남녀가 뒤섞여서 한 공간에서 자는 것을 동경하는 마음도 없지는 않지만, 숙면에 빠질 자신은 없네…….

"……어라."

어제 다 같이 늦은 시간까지 난리를 피워서 그런지, 일어난 이가 거의 없었다. 하지만 비어 있는 침낭이 하나 있었다. 저기서 자던 사람은…….

나는 그걸 신경 쓰면서 화장실 세면대에서 세수를 했다. 낯빛은 나쁘지 않다. 익숙하지 않은 환경에서 잠을 자서 좀 불안했지만, 몸에는 문제가 없는 것 같았다.

정적이 감도는 복도로 나가자, 불가사의한 기분이 들었다. 네 시간만 지나면, 교내는 사람들로 북적이며 소음으로 가득 찰 것이다. 하지만 지금은 내 발소리만이 들렸다…….

폭풍전야. 그런 공간을 탐험하고 싶어진 나는 건물 안을 돌아보기로 했다.

살짝 서늘하게 느껴지는 복도를 걸으면서, 교실 안을 둘러보거나 창문을 통해 밖을 쳐다보았다.

계단에 도착하자, 나는 위층으로 올라가기 위해 계단을 디뎠다. 밖으로 나갈 생각은 없고, 평소에 갈 일이 없는 공간이기도 한 것이다.

층계참을 지나 계단을 올라가 보니, 문이 있었다.

옥상으로 이어지는 문이었다.

그러고 보니 평소에는 닫혀 있는 문이다. 하지만 지금은 현수막을 쳐야 하기에 특별히 열려 있다고 선배 중 누군가가 말했다.

지금만 들어갈 수 있다면, 이 기회에…….

차가운 문손잡이를 잡고 돌리자, 문은 간단히 열렸다.

"……."

그 직후에 내 시선을 빼앗은 것은 개방적인 공간도, 시야를 가득 채우는 푸른 하늘도 아니었다.

높은 철조망 앞에 멀뚱히 앉아있는, 낯익은 그의 모습이었다.

"……미즈토?"

체육복 차림인 미즈토는 철조망에 등을 맡기며 앉아서, 고개만 돌려 지상을 내려다보고 있었다.

내 존재를 눈치채고 쳐다보면서 「너구나……」 하고 중얼거린 미즈토는 다시 철조망 너머를 쳐다봤다.

나는 문을 닫고 다가가서 말을 건넸다.

"이런 데서 뭐 하는 거야? 안 추워?"

"뭐……. 겉옷을 가져올 걸 그랬네."

"……언제부터 여기 있었던 거야?"

"한 30분 됐어. 아침에 일찍 일어났거든……."

야행성 인간인 이 남자가 웬일로……. 역시 다른 사람들 사이에 섞여서 자려니 잠이 깊이 오지 않은 걸까.

"괜찮아……? 잠이 부족하면, 내가 자던 침대에서 눈 좀 붙여도 되는데……."

"네가 자던 침대에서?"

미즈토는 놀리는 듯한 미소를 머금었다.

"성장했네. 수치심을 극복한 거야?"

"괘, 괜찮잖아! 수면실 침대는 공공물인걸! ……그리고, 너와 나 사이에, 이제 와서, 그 정도는……."

솔직히 말하자면, 아무 생각이 없었다. 아까까지 자기가 자던 침대에서 이 남자에게 자라고 하다니, 나 대체 무슨 생각인 거야……!

"사양할게. 여자애가 자는 방에서 남자 혼자 잘 바에야, 침낭에서 자는 게 나아."

"으, 응……. 그것도 그래."

나는 이야기를 돌리려는 듯이, 미즈토의 시선이 향한 곳을 쳐다봤다.

딱히 아무것도 없다. 아직 아무도 없는 노점이 줄지어 있을 뿐이다.

"……그냥, 돌아가도 됐을 거야."

미즈토가 갑자기, 혼잣말을 하듯 중얼거렸다.

"하지만, 내키지가 않더라고……. 그래서 여기서 쉬고 있었어. 혼자 있는 편이, 마음 편하거든."

—이런 데서 뭐 하는 거야?

아까 내 질문의 대답이라는 것을, 나는 이제야 눈치챘다.

쉬고 있는 거구나. 원래 개인주의인 이 남자는 갑자기 밤샘 문화제 준비라고 하는 청춘 이벤트에 휘말리고 만 것이다. 조금은 혼자만의 시간을 가져야 마음이 진정될지도 모른다.

그럼 나도 그를 배려해주기 위해, 자리를 피해―.

―주기는 무슨!

이건 기회잖아! 문화제를 함께 돌아보자고 약속하는 거야! 어차피 문화제 실행위원 일 때문에 함께 있을 테니까…… 같은 변명을 늘어놓으며 이제까지 미뤄왔지만, 이보다 좋은 시추에이션이 있을 리 없잖아.

"저…… 저기."

앉아있는 미즈토의 옆에 선 나는 그를 힐끔힐끔 쳐다보며 말했다.

"문화제…… 히가시라 양과 같이 돌아보기로, 약속했어?"

"아니, 안 했어. 그 녀석은 어차피 외톨이로 지낼 테니까, 짬을 봐서 신경을 써줄 생각이긴 해."

조, 좋아……. 아무래도 문화제 데이트를 할 생각은 없는 것 같았다.

"그, 그럼…… 으음, 오후부터! 문화제 실행위원 일과, 카페 업무가 끝나면! ……나와 같이, 문화제, 안 돌아볼래……?! ―아, 뭣하면 히가시라 양과 같이 다녀도 돼!"

타협했어!

히가시라 양을 핑계 삼아 거절당하는 광경이 머릿속에 스친 바람에, 마지막에 현실과 타협하고 말았어!

하, 하지만…… 그래도 좋아! 말 못 꺼내는 것보다는 나아! 긍정적으로 생각하자!

미즈토는 나를 힐끔 쳐다보더니…….

"……그래. 이사나도 내가 문화제 실행위원인데 자기가 문화제에서 아무것도 안 한다면, 괜히 비굴해질 거야. 그리고 네가 있는 편이 낫겠지. 나와 단둘이 다닌다면 도서실에 틀어박힐 게 뻔하거든."

"내 생각에도 그럴 것 같아……."

미즈토와 히가시라 양이 단둘이 문화제를 돌아보는 모습이 상상조차 안 됐다.

"그럼…… 약속한 거다?"

"그래……."

만세! 상상했던 것과는 좀 다르지만, 해냈어!

어깨의 짐을 내려놓은 순간, 나는 몸이 부르르 떨렸다. 몸이 약간 오슬오슬했다.

"저기, 슬슬 돌아가지 않을래? 여기, 생각보다 더 춥잖아?"

"너는 돌아가는 편이 좋겠네. 연약하잖아."

"주, 중학생 때만큼은 아냐……! 그것보다, 너는 어쩔 거야?"

"나는 아직 괜찮아. 감기 걸리기 전에 돌아갈 거니까, 걱정 안 해도 돼."

"그래……."

잠시 망설였지만, 나는 미즈토를 홀로 남겨두고 실내로 들어갔다.

문이 닫히기 직전까지도, 미즈토는 그저 철조망 너머로 학교를 내려다보고 있었다.

AM09:18■평소보다 어른스러워 보이는 너

"오오~."

겸연쩍어 보이는 카와나미의 앞에서, 나는 작게 손뼉을 쳤다.

일본 전통 서생 옷차림. 밝은 머리 색깔과 날라리 같은 헤어 스타일도 그대로지만, 의외로 나쁘지 않았다. 이리도와는 또 다른, 약간 낙제생 같은 느낌이 드는 게— 뭐, 이쪽을 좋아하는 사람도 있을 것 같은걸?

"꽤 괜찮잖아. 머리 안 밀어도 되어서 다행이네."

"안 어울리면 내 머리를 밀어버릴 생각이었냐!"

"그야 서생이잖아? 머리 좋아 보이는 남자 아냐? 너하고는 정반대네."

"머리 밀어봤자 그런 이미지는 달라지지 않아!"

"하긴 그래. 그런다고 머리가 좋아진다면, 시험 때마다 삭발했을 거잖아."

"크…… 반박을 못 하겠어……."

나는 깔깔 웃은 후, 소매를 손가락으로 살짝 잡고 들면서 카와나미에게 내 모습을 보여줬다.

"자, 내 모습을 본 감상은 어때~?"

물론 나도, 전통 복장과 부츠로 코스프레를 했다.

내가 히죽거리면서 대답을 기다리자, 카와나미는 흥이 깨진 듯한 눈길로 쳐다보며 말했다.

"전에 입어봤을 때도 봤잖아. 그래서 딱히……."

"몇 번이든 칭찬하란 말이야!"

"뭐야. 너, 여친 행세하는 거냐?"

"여친이 아니라도 몇 번이든 칭찬해! 그 경박한 인상은 액세서리냐~!"

"유감스럽지만 액세서리 맞다고!"

카와나미는 인상을 쓰며 고개를 갸웃거리더니, 내 머리 쪽을 쳐다보았다.

평소와 마찬가지로 올려 묶은 포니테일에, 오늘은 약간 어레인지를 더했다.

"……너, 평소와 리본이 다르지 않아?"

"귀엽지~? 이 옷에 맞춰 일본풍 리본을 매봤어~♪"

"마치 전통과자 포장지 같은— 아얏! 이봐, 하지 마! 부츠 신고 걷어차지 말라고!"

"다시는! 여자 다루는 데 익숙합니다~ 같은 표정 짓지 마!"

"너야말로 여자 취급 받으려고 하지 말라고, 이 멍청아!"

로 킥을 퍽퍽 날려대고 있을 때, 스태프용 커튼이 쳐진 공간에서 친구인 마키가 얼굴을 내밀며 「저기~」 하고 말했다.

"거기 부부~. 슬슬 개장 시간이니까, 만담 그만하고 준비해~."

"누가 부부라는 거냐~!"

"나, 슬퍼. 이리도 양은 인기 좋고, 앗키~는 툭하면 부부 만담을 하는 데다, 나스카한테도 남친이 생겼잖아~. 왜 나만 이렇게 쓸쓸한 건데! 꺼이꺼이~."

"마키, 괜찮아. 너는 키도 크고 멋진걸."

"여자애한테 인기 있어봤자 의미 없단 말이야~!"

농구부인 마키는 키가 크고 날씬해서, 전통 바지 차림도 잘 어울렸다. 당연히 여자애들 사이에서도 호평이었다. 하지만 이런 애일수록 동성한테는 흥미가 없다니깐.

"나도 남친 가지고 싶어~! 오늘 헌팅 안 받으려나~?"

"헌팅은 금지잖아."

카와나미가 어처구니없다는 투로 말했다.

"그리고 헌팅남 따위와 어울려봤자 좋은 꼴 못 봐. 조바심이 나서 자기를 함부로 다루지 말라고~."

"뭐……?"

마키는 눈을 동그랗게 뜨며 카와나미를 쳐다보더니, 자기 가슴을 움켜쥐었다.

……어~?

"어라? 큰일 났네. 가슴이 살짝 뛰었어. 뭐 하는 거야, 카와나미~! 너, 진짜 생긴 대로 노는 구나! 그렇게 아무 여자나 집적거리다간 마누라한테 혼날 거야~!"

"마누라? 그런 게 있어 보여?"

"그거다~! 독신 행세하는 불륜남~!"

"……."

마키와 둘이서 깔깔 웃는 불륜남을, 나는 아무 말 없이 노려보았다.

뭐야? 내 코스프레는 칭찬해주지 않았으면서, 마키는 상냥하게 대해주는 거야? 흐음~ 아하~ 그래…….

"(……또 여자한테 헌팅이나 당해서 구토나 해버려.)"

더는 안 도와줄 거야. 괴인 구토맨으로 영원한 전설이 되어버려.

고개를 돌리며 스태프 구역으로 들어가려 했을 때였다.

"헌팅하니 생각난 건데, 너도 일단은 조심해."

카와나미가 갑자기 약간 부드러운 목소리로 나에게 말했다.

"너도 얼굴은 꽤 봐줄만 하잖아. 그리고 코스프레 효과인지 약간 어른스러워 보이기도 하니까—."

"어? 내가? 어른스러워—."

"—부츠 덕분에 키도 커 보이거든."

"……."

"아얏! 밟지 마! 부츠로! 으스러져, 으스러진다고!"

으스러지라고 밟는 거야!

AM09:45■일본 근대에서 온 구세주

드디어 문화제가 시작되고 말았어요.

제가 속한 반인 1학년 3반은 다들 딱히 의욕이 없어서, 최소한의 준비와 인원으로 해결 가능한 사진 전시를 하기로 했어요. 그리고 다른 반에 놀러 가서 문화제를 즐기자는 방향성이죠.

그 덕분에 아무것도 안 해도 별소리 듣지는 않았지만, 당일, 그러니까 오늘 놀러 갈 곳이 없는 저는 딱히 볼 것도 없는 자기 교실에서 멍하니 시간을 보낼 수밖에 없었어요……. 그러자 아니나 다를까, 한가한 전시회 당번 여자애들이 재미있는 장난감이라도 발견한 것처럼 몰려오지 뭐예요.

"저기, 히가시라 양은 놀러 안 가?"

"어, 그게…… 뭐……."

"남친을 기다리는 거지~? 이리도는 문화제 실행위원이니까, 교내 순찰 같은 것 때문에 시간이 없지 않아?"

"아~, 그렇구나~. 저기, 히가시라 양의 남친은 어떤 느낌이야? 나, 본 적이 없어~."

"으음~, 좀 연약해 보이는 인상의…… 멋지다고 말하는 사람도 있지만, 나는 좀 더 듬직한 사람이 취향이야."

"네 취향 같은 건 안 물었거든?! 미안해, 히가시라 양! 애는 근육 마니아거든!"

"흥! 그러는 너도 근육 좋아하잖아!"

"아…… 아하하……."

누가 좀~! 도와줘요~! 이름도 모르는 사람들에게, 심심풀이용 이야깃거리가 되고 있어요~! 이 사람들은 재미있을지 몰라도, 저는 그냥 실실 웃고 있을 뿐이라고요~!

그런 저의 진심 어린 소망이 하늘에 닿은 걸까요.

시끌벅적한 복도와 달리 한산하기에 휴게실처럼 쓰이고 있는 저희 반에, 손님이 찾아왔어요.

일본 전통 의상 차림에.

망토를 걸치고, 학생모를 쓴.

근대 시기의 서생 느낌의 복장을 한—.

—그 사람은 바로, 미즈토 씨였어요.

"……히익.", "헉……."

검은 망토를 휘날리며 미즈토 씨가 안에 들어온 순간, 수다를 떨던 두 사람이 바람 새는 소리 같은 것을 내며 그대로 굳어버렸어요.

저도 마찬가지였어요.

이야기로는…… 이야기로는, 들었어요. 사진도, 봤어요. 하, 하지만…… 하지만……!

—이 엄청난 완성도는 대체 뭐죠~?!

완벽한 상류층 자제 느낌이잖아요! 부모가 정해준 약혼자 그 자체네요! 결혼 상대를 부모가 멋대로 정했단 사실에 반감을 품은 저와 정식으로 소개를 받기 전에 우연히 마주쳤고, 약혼자라는 걸 모른 채 두근거리는 가슴을 안고『이 사람이 약혼자라면 좋을 텐데……』하고 생각했더니, 그게 현실이 됐다! 같은! 느낌의, 그거예요!

미즈토 씨는 교실 안을 둘러보더니, 곧 저를 발견하고 성큼성큼 걸어왔어요. ……어라? 꿈이 아니네요. 진짜로 저한테 걸어오는데요. 아! 그러고 보니 이 사람은 제 남사친이었죠!

"이사나."

게다가 얼마 전부터 저를 이름으로 부르고 있어요!

"어쩌고 있나 싶어 보러 왔어. ……혹시 방해한 거야?"

"……어버버버……", "으으으으……"

시원시원한 눈길이 자신을 향하자, 방금까지 수다를 떨던 두 사람이 저와 동급의 커뮤니케이션 장애 환자가 되어버렸어요.

미즈토 씨는 그 모습을 보며 고개를 약간 갸웃거리더니, 다시 저를 향해 고개를 돌렸어요.

"이제부터 순찰을 돌 거니까, 점심때 다시 마중 올게. ……선전이 될 거라면서 다른 애들이 입힌 이 옷도 빨리 벗어버리고 싶거든."

"""당치도 않은 소리!!"""

저희는 한목소리로 그렇게 외쳤어요.

방금까지 어설프게 웃고만 있었던 저조차도, 동시에 외친 거예요.

갑자기 단결한 저희를 본 미즈토 씨는 눈을 휘둥그렇게 뜨더니…….

“아무튼, 어쩌고 있는지 보러왔을 뿐이야. 생각보다 괜찮아 보여서 다행이네. 그럼 나중에 봐.”

그렇게 말한 미즈토 씨는 바로 교실에서 나가버렸어요.

이름도 모르는 두 사람은 멍하니 그 뒷모습을 쳐다보며 말했어요.

“……지적인 것도 괜찮을 것 같아…….”

“……응…….”

순식간에 남의 성적 취향을 바꿔버리다니…… 미즈토 씨는 정말 무시무시한 사람이에요.

AM10:05■심장은 입보다 많은 것을 말해준다

“저기 봐, 옛날 복장을 한 애들이 있어~.”, “어, 진짜네. 귀여워~!”

그런 목소리가 또 들려오자, 나는 얼굴이 또 달아오르는 것을 느꼈다.

문화제 당일에는 코스프레를 한 사람이 잔뜩 있을 테니 기모노에 부츠 차림으로 복도를 걸어도 그다지 눈에 띄지 않을 거라고 생각했지만, 생각이 짧았다. 눈에 띄라고 이런 복장을 했다는 걸 깜빡했다.

“정말……! 이럴 바에야 접객을 하는 편이 나을 거야…….”

“가능하지도 않은 소리 말라고.”

“뭐어……! 저, 접객쯤은 할 수 있어!”

근대 시기의 서생 같은 복장을 한 미즈토에게 항의했다. 당연한 소리를 하는 표정으로 정곡을 찌르지 말란 말이야!

망토를 걸친 미즈토의 등에는 『1학년 7반 근대풍 카페!』라고 적힌 플래카드가 걸려 있었다. 실행위원으로서 순찰을 돌기 전에 들른 교실에서, 아카츠키 양이 걸어준 것이다. 솔직히 의상보다 더 부끄러운지라, 나와 미즈토는 정기적으로 번갈아서 그걸 걸고 있었다.

“내가 카페 일을 할 때 똑똑히 봐둬. 나도 할 땐 하는 애야!”

"알아. 네가 매일 밤 연습하는 소리가 들렸거든."

"으극……! 후, 훔쳐 듣지 말란 말이야……!"

"네 목소리가 커서 그런 거야."

이러니, 동거란 것은 좋기만 한 게 아니다. 밸런타인에는 어쩌지? 나, 어디서 초콜릿을 만들까?

문화제 당일에 문화제 실행위원이 가장 많은 시간을 할애하는 일이 바로 교내 순찰이다. 문제가 발생하면 해결하고, 미아가 있으면 안내를 해줘야 하기에, 낯가릴 짬도 없다.

문화제를 함께 돌아보자는 약속을 히가시라 양을 참가시키면서까지 받아낸 이유 또한, 바로 이 순찰이다. 이건 실질적으로 데이트잖아! 선배의 말에 따르면, 문화제 실행위원을 같이 하면서 사귀게 된 사람도 있다고 한다.

나는 손목시계를 보면서…….

"아…… 저, 저기. 슬슬 가봐야 할 것 같아."

"응? ……아, 귀신의 집 체크구나."

"맞아! 늦으면 폐가 될 거잖아! 안 그래?!"

점포 체크 또한, 문화제 실행위원이 할 일이다.

그렇다. 귀신의 집은 시야가 좋지 않아서 문제가 발생하기 쉬운 장소이기에, 미리 실행위원이 들어가서 안전한지 확인한다.

이것은 일이다. 결코 내 사리사욕이 아니다. 일이라서! 어쩔 수 없이! 미즈토와 단둘이, 귀신의 집에 들어가는 것이다……!

"아, 온 거 아냐?", "실행위원 맞아요~?", "우와! 의상 참 예쁘네요~!"

우리가 담당한 반에 가자, 흉흉한 분위기로 바뀐 교실 안에서 접수 담당자들이 기다리고 있었다.

이 반은 준비가 늦어진 탓에 문화제 개막 직후인 이 타이밍에 체크를 받게 됐는데…… 개막 직전까지 준비를 한 만큼, 딱 봐도 신경을 많이 쓴 것 같았다…….

나는 약간 겁이 났지만, 미즈토는 사무적인 태도로 말을 건넸다.

"체크해봐도 될까요?"

"아, 물론이죠~!", "두 분이 함께 들어가세요~!", "발치를 조심하며, 길을 따라 나아가요!", "……참고로, 안은 엄청 어두우니까, 좀 들러붙더라도 티가 안 날걸요?"

우와! 되게 부추기네! 이 귀신의 집, 커플용이야……!

"……, 가자."

어떤 의미가 담긴 건지 알 수 없는 뜸을 들인 후, 미즈토는 입구를 가린 검은 커튼을 향해 손을 뻗었다.

"자, 잠깐만……!"

나는 허둥지둥 쫓아가서, 커튼 너머로 들어갔다.

안은 정말 어두웠다. 낮이라는 게 믿기지 않을 정도였다. 동굴 같았다. 하지만, 안쪽에서는 유도용 빛이 도깨비불처럼 일렁이고 있었다. 저 빛은 뭐지? 어떻게 만든 거야?

"길은 파악할 수 있도록 만들었네……."

업무 모드인 미즈토가 냉철한 목소리로 설비를 살폈다. 이 남자는 호러를 무서워하지 않는 걸까? 하아, 정말. 사귀던 시기에 한 번쯤은 귀신의 집에 가볼 걸 그랬어!

나는 차분하게 심호흡을 한 후, 마음을 다지며 입을 열었다.

"……저기…… 손, 잡아도, 돼……?"

"뭐? 왜?"

『왜』는 내가 할 말이야! 모처럼 사람이 귀엽게 말하는데, 그런 퉁명한 반응을 보여야겠어?!

나는 이런 와중에도 공세를 펼쳤다.

"그게, 어두운 데다 익숙하지 않은 옷차림이잖아. 만약 넘어지면서 물건이라도 부숴서 폐를 끼칠 수도 없지 않아? 그러니 서로가 만약에 대비해서…… 응?"

"……뭐, 좋아. 알았어."

그 말을 듣자마자, 나는 미즈토의 손을 움켜잡았다.

가늘고 호리호리한 손. 하지만 남자라는 것을 알게 하는, 투박한 느낌이 어렴풋이 감돌았다. ……중학생 때보다, 조금 커진 것 같아.

은근슬쩍 연인들이 하듯 깍지를 끼자, 미즈토가 나를 힐끔 쳐다봤다. 하지만 나는 시치미를 뗐다. 딱히 의식하고 있지는 않거든요? 자의식 과잉 아냐? 그러자, 미즈토는 도망치듯 시선을 돌렸다. 후후후.

1학년7반

그렇게, 우리의 귀신의 집 데이트가 시작했다.

뚝…… 뚝…… 하고 어딘가에서 흘러나오는 물 떨어지는 소리를 들으면서, 우리는 어둡고 좁은 길을 걸었다. 그러자— 유도용인 줄 알았던 어렴풋한 빛에서, 첫 번째 자객이 모습을 드러냈다.

"히익?!"

나는 의도한 게 아니라 진짜로 놀라서, 미즈토의 팔을 무심코 끌어안았다.

어렴풋이 빛나는 커튼 너머에서, 비인간적인 형태를 한 그림자가 지나친 것이다.

귀신의 집이라고 해서 장지문 너머에서 푸르스름한 손이 쑥! 튀어나오는 길 예상했던 나는 아무것도 없는 장소라면 괜찮을 거라고 여겼다. 그러다 허를 찔린 것이다.

"……이봐……."

놀람과 약간의 분함에 사로잡힌 채 딱딱히 굳어 있자, 희미한 떨림이 어린 목소리가 귓가에서 들려왔다.

"언제까지 붙어 있을 거야……."

"아…… 미, 미안—."

자, 잠깐만. 이대로 떨어지면 나는 얼간이에 지나지 않다. 이런 절호의 기회를 놓칠 수는 없다!

"자…… 잠시만 이러고 있어도 돼……? 그게…… 무서워서……."

"……조각난 시체가 나오는 책을 평소에 읽어대는 녀석이 무슨 소리를 하는 건데?"

"미, 미스터리와 호러는 장르가 다르잖아!"

나는 고집을 부리며 미즈토의 팔을 더 끌어안았다. 그로부터 3초 후— 내가 가슴을 그의 팔에 대고 있다는 사실을 눈치챘지만, 이미 퇴로는 끊겼다. 으으으으으…… 부끄럽지만, 이대로 떨어졌다간 무리하고 있다는 걸 들킬 것이다…….

—두근…… 두근…… 두근—.

심장이 빠르게 뛰었다. 이 소리가 팔 너머로 전해지지 않을까. 너와 붙어 있어서 이렇게 가슴이 뛴다는 걸 눈치챘을까? 아니면, 귀신의 집을 무서워할 뿐이라고 생각할까?

"……, 빨리 가자. 그렇게 길지는 않을 거야."

답을 알려주지 않은 채, 미즈토는 나를 잡아끌며 걸음을 옮겼다.

그 후에도, 신경 써서 만든 함정이 이어졌다. 괴물이 갑자기 튀어나오는 건 기본이고, 모르는 사이에 누군가가 뒤따라온다거나, 쿵쾅쿵쾅쿵쾅! 하는 커다란 발소리가 들려오는 것 같은 변화구성 함정이 진짜로 무서워서 나는 유혹 같은 건 할 수가 없었다.

슬슬 끝나려나 싶을 즈음, 문이 눈앞에 나타났다.

교실의 미닫이문이다. 여기를 빠져나가면 밖이다.

하지만— 그 희망에 찬 출구의 유리 부분을 가리듯, 이렇게 적힌 종이가 붙어 있었다.

『인간의 순수한 사랑 앞에 괴물은 패하고, 문에 걸린 저주가 풀리리라. 입맞춤을 나누라. 무리라면 포옹도 괜찮노라.』

"……."

"……."

이게 뭐야?!

키스를 안 하면 못 나가는 거야?! 이게 무슨 귀신의 집이야!

좀 불길한 예감이 들긴 했어……. 우리가 안에 들어갈 때, 다들 히죽거렸거든…….

나는 미즈토에게 몰래 귓속말로 물었다.

"(어, 어떻게 해……?)"

"(그런 짓을 어떻게 해. 키스가 조건이라는 건, 누가 보고 있다는 거라고.)"

그, 그래. 맞아. 생각해 보니 세간에는 미즈토가 히가시라 양과 사귀는 걸로 되어 있잖아. 만약 여기서 내가 키스를 하는 시늉을 했다간, 그 정보가 흘러나가서 미즈토가 바람둥이인 걸로…….

"그럼…… 어쩔 수 없네. 응. 나가기 위해선 어쩔 수 없어!"

나는 큰 목소리로 그렇게 말했다. 싫지만 어쩔 수 없이 하는 거예요~라는 느낌을 어필하기 위해—.

—꼬옥.

나는, 정면에서 미즈토를 꼭 끌어안았다.

무리라면 포옹도 괜찮다고 적혀 있었다. 키스를 할 수 없으니 이럴 수밖에 없다. 선택지가 없다.

"이, 이봐—."

"자, 빨리 해. 포옹을 안 하면 못 나가니까…… 너도 하란 말이야."

"……이 녀석……."

나는 슬며시 웃었다. 진심을 담아 『이 녀석』 하고 말하는 사람을 처음 봤다—.

—꼬옥.

미즈토가 내 어깨 양옆으로 등을 감싸자, 나는 그의 품속에 쏙 들어갔다. 미즈토의 온기가 온몸으로 느껴지더니, 푸근하고 행복한 마음이 가슴을 가득 채웠다. 흥분되는 듯한, 안심이 되는 듯한…… 아아, 어쩌면 헤어진 후로, 이런 식으로 안긴 건, 처음일지도—.

—두근, 두근, 두근—.

맞닿은 가슴을 통해, 나와는 약간 다른 리듬의 심장 박동이 전해져 왔다. 그리고 기분 탓이 아니라고 생각하지만, 시간이 지날수록 심장 박동이 서서히 빨라졌다.

나는 무심코 빙긋 웃었다.

그 뒤를 이어 급속도로 샘솟는 장난기를 억누를 수가 없었다.

슬며시 볼을 맞댄 후, 미즈토의 귓가에 입술을 가져갔다.

"(오래간만이네. 기분 좋아?)"

―두근, 하고 심장이 크게 뛰었다.

표정이 아무래 태연해도, 심장은 솔직했다. 요즘 들어 문화제 실행위원 일을 담담히 수행하는 모습만 봐서 그런지, 이 흐트러진 심장 박동이 더 귀엽게 느껴졌다.

하지만 그런 서비스 타임도 길게 이어지지는 않았고, 곧 찰칵하며 문이 열리는 소리가 들렸다.

그 순간, 미즈토는 재빨리 나한테서 떨어졌다. 나는 그의 얼굴을 살펴보려 했지만, 어두운 데다 바로 고개를 돌린 탓에 볼 수 없었다.

뭐…… 내 표정도 남한테 보여줄 만한 상황이 아닌 만큼, 차라리 잘 됐다 싶었다.

꺄아~! 방금 그 대사는 뭐야! 왠지 좀 음란하게 들리지 않았어?!

"수고하셨어요~!"

문을 열고 밝은 복도로 나가자, 우리는 서로의 눈길을 슬쩍 피하면서 거북한 분위기에 사로잡혀 있었다.

"우리 귀신의 집은 어땠나요?!", "잘 만들었죠?! 틀림없이 커플의 성지가 될 거예요!"

여학생들이 입을 모아 자기들이 만든 귀신의 집을 자랑했지만, 나는 문화제 실행위원으로서 엄격한 판단을 내릴 수밖에 없었다.

"……기본적으로는 괜찮지만, 마지막 종이는 풍기를 어지럽힐 수 있으니 철거해주세요."

""""네엣~?!!""""

여학생들은 불만 섞인 비명을 질렀지만, 남학생들은 『당연하지』 하고 말하는 듯한 표정을 지었다. 응, 당연해.

귀신의 집 학급을 나선 나와 미즈토는 순찰을 재개하기 위해 걸음을 내디뎠다.

잠시 후, 침묵에 잠겨 있던 미즈토가 갑자기 입을 열었다.

"……아까는……."

"응?"

"아까는…… 저 귀신의 집이, 의외로 본격적이라서 놀랐던 거야."

……심장이 빨리 뛴 건, 나를 포옹해서지?

그런 분위기 깨는 소리 대신…….

"무서운데도, 참은 거야? 나를 위해?"

"아냐! 나는 놀랐을 뿐—."

"실은 열심히 참은 거구나? 귀여워라~!"

"그렇지 않…… 으으, 정말!"

정말, 솔직한 건 심장뿐이라니깐.

AM10:56■너한테만은 안 되는 거야?

귀신의 집에서 사소한(지극히 사소한) 실수를 범한 후, 우쭐대는 유메를 적당히 상대해주면서 우리는 계속 순찰을 돌았다.

나는 이제까지, 3대 욕구 중 하나를 없앨 수 있다면 수면욕을 없애고 싶다고 생각했다.

수면에 쓰이는 시간을 독서 같은 다른 시간에 할애할 수 있기 때문이다. 하지만 지금은 성욕을 없애고 싶다. 그 정도 접촉으로 동요하다니…… 처음도 아닌데 말이다. 평생의 수치다.

나는 문화제로 시끌벅적한 학교 안을 걸으면서, 다른 생각에 빠져 있었다.

이사나는 심심하지 않을까. 아까 보러 갔을 때는 같은 반 여자애가 말을 걸어서 곤란해 보이던데— 그 녀석은 혼자 시간을 보내는 것에 있어서는 프로니까 걱정할 필요 없겠지만, 가능하면 빨리 마중을 가고 싶다.

"……윽."

시간을 확인하려고 스마트폰을 꺼내려던 순간, 유메가 갑자기 걸음을 멈췄다. ……방금, 어딘가 아픈 것처럼 얼굴을 살짝 찡그리지 않았어?

"왜 그래?"

"윽…… 아무것도 아냐. 발을 살짝 헛디뎠을 분이야……."

저 헛웃음을 순순히 믿기엔, 나는 그녀에 대해 잘 알았다.

나는 부츠를 신은 유메의 발을 내려다보며, 잠시 생각했다.

"……발이 쓸린 거야?"

"뭐? 어, 어떻게—."

"익숙하지 않은 신발을 신고 한 시간 넘게 걸어 다녔잖아. 그 정도는 충분히 유추할 수 있지 않겠어?"

실은 처음부터 고려했어야만 했다. 거기까지 생각이 미치지 않았다…….

"양호실……은 좀 머네."

"괘, 괜찮다니깐 그러네!"

"시끄러워. 그걸 확인하기 위해서라도 일단 부츠를 벗어 봐. 근처에 빈 교실이 있을 거야. 가자."

유메의 손목을 잡고 팔을 잡아끌었다. 유메도 저항하지 않으며 따라왔다.

빈 교실 앞의 복도에는 마치 에어 포켓처럼 한산했다. 이 정도로 학교 안이 시끌벅적한데, 이 일대에서는 내 발소리가 들려올 정도였다.

문을 열고 안을 봤지만, 사람은 없었다. 매년 문화제마다 이런 빈 교실에서 농땡이를 치는 학생이 있다고 들었지만, 이곳은 빈 것 같았다.

"아무도 없네. 잘 됐어. 저 의자에 앉아봐."

"그냥 때때로 발이 좀 아플 뿐인데……."

"아픈 시점에서 문제가 있는 거잖아. 만약 네가 움직이지 못하게 되면, 내 일거리가 늘어나거든?"

"……자기 걱정을 하는 거야?"

"그러면 안 돼?"

"……그렇진 않은데……."

나는 의자에 앉힌 유메의 앞에서 몸을 웅크린 후, 「어느 쪽이야?」 하고 물었다. 유메는 「오른쪽……」 하고 대답했기에, 오른쪽 부츠의 끈을 풀었다.

부츠를 벗겼으니, 다음 차례는 양말이다. 양말의 고무에 손가락을 걸자 「자, 잠깐만……!」 하며 유메가 당황했지만, 나는 이사나 덕분에 여자애의 양말을 벗기거나 신기는 게 일상다반사가 됐다. 게다가 이 여자도 나한테 니하이 삭스를 신기게 한 적이 있잖아. 이제 와서 조신한 척 말라고.

양말을 벗기자, 새하얀 다리가 드러났다. 발바닥에 손을 대자, 『으응……』 하고 유메가 간지러운 듯한 소리를 냈다.

"……복숭아뼈 안쪽과 엄지발가락 안쪽이 약간 빨개졌는걸……. 아직은 그렇게 심각해 보이지 않아."

"그, 그렇지? 정말 괜찮아."

"아직은, 이라고 했잖아. 나중에 우리 반의 카페에서 일해야 하지? 네 성격이면, 일하는 도중에 상태가 나빠져도 티내지 않으며 참을 게 뻔해."

"……으음, ……."

유메는 약간 부끄러워하듯 입을 다물었다.

이렇게 빨개진 것을 보면, 손을 쓰는 편이 좋을 것 같은 걸. 가장 좋은 방법은 발에 익은 신발로 갈아 신는 거지만, 지금은 없는데…….

"……아, 그래."

문뜩 어떤 생각이 난 나는 바지 주머니 안에 있는 어떤 것을 꺼냈다.

유메는 그것을 보고 눈을 살짝 치켜떴다.

"……반창고? 그런 걸 가지고 다니는 거야?"

"혹시 어린이 입장객이 넘어지거나 할 경우에 대비해서 말이야. 일단 이걸 붙여두면 조금은 괜찮겠지."

빨개진 부분을 감싸듯, 반창고를 붙였다.

유메는 그 작업을 내려다보며, 혼잣말을 하듯 중얼거렸다.

"너는…… 의외로, 다른 사람을 생각하는 편이구나."

"……그렇지도 않아. 이것도 우는 어린애를 좋아하지 않아서, 가장 먼저 대책을 강구한 거야."

"너, 실은 상냥하잖아. ……그걸 아는 건, 나와 히가시라 양뿐이지 않아?"

나는 유메의 맨발에 반창고를 다 붙여준 후, 양말을 손에 쥐었다.

"설령, 그렇더라도…… 딱히 문제될 건 없지 않아?"

"다른 사람과 더 친해질 수 있을지도 모르잖아. 너, 실행 위원 사이에서 붙임성 없는 애로 여겨지고 있거든?"

"그게 사실이니 어쩔 수 없잖아."

나는 고개를 들지 않은 채, 유메의 얼굴을 바라보지 않으며 부츠를 신겨줬다.

"붙임성 좋다고 여겨져도 귀찮아. 남과 이야기를 나누면, 피곤하거든."

"나와도 그래?"

"훨씬 피곤해."

"피가 섞이지는 않았다고 해도, 가족한테 그런 심한 말 하지 마."

유메는 그런 식으로 말하며, 빙긋 웃었다.

……나는, 필요없어.

나는, 『모두』가 불필요한 인간이야.

너와는 달라. ……다른 인간이라고.

부츠의 끈을 묶어준 후, 나는 몸을 일으켰다. 유메도 의자에서 일어났다.

"어때?"

유메는 반창고를 붙인 오른발을 쳐다보며, 책상 사이로 잠시 걸었다.

"……응. 괜찮은 것 같네. 이제 아프지 않아."

"무리는 하지 마. 또 치료해주는 건 귀찮다고."

"괜히 비꼬지 말고 그냥 상냥하게 대해주면 안 돼?"

유메는 우습다는 듯이 웃음을 흘렸다.

"고마워."

머릿속에, 유메에게 간병을 받았을 때가 떠올랐다.

고맙다는 말은 본인에게 하라고, 유니 씨가 말했다. 하지만— 나는 아직, 그 말을 전하지 못했다.

너는 이렇게 간단히, 입에 담는데…….

"……, 그래."

나는 짤막하게 답한 후, 교실 입구로 걸음을 옮겼다.

내 목에서 넘쳐나오는 건, 알맹이 없는 허무뿐이다.

AM11:06■ 천재인 동급생이 어찌 된 건지 내 정조를 노리고 있다

—끼익…….

미즈토와 함께 빈 교실을 나서려던 순간, 등 뒤에서 삐걱거리는 소리가 들렸다.

"(자, 잠깐만!)"

"응?"

목소리를 낮추며 미즈토를 불러 세운 나는 방금 소리가 들린 빈 교실을 돌아보았다.

"(방금 그 교실에…… 누가, 있지 않았어?)"

"뭐……?"

미즈토가 영문을 모르겠다는 듯이 미간을 찌푸린 순간, 또 끼익하는 소리가 들렸다.

우리는 서로의 얼굴을 쳐다봤다.

그리고 발소리를 죽인 채, 방금 닫은 문에 다가가서 창문으로 내부를 훔쳐보았다.

그리고— 목격했다.

"—이야, 하하하. 꽤 조마조마했는걸."

"……좀 봐주세요, 쿠레나이 씨……."

두 남녀가 교탁 뒤편에서 기어 나오는 순간을 말이다.

"""……?!"""

숨어 있었던 거야?!

교탁 아래에, 쭉…… 내가 내민 발을, 미즈토가 조물거리는 동안……?!

게다가 그 남녀는 낯익은 인물이었다.

여자 쪽은, 비대칭 헤어스타일이 인상적인, 쿠레나이 스즈리 부회장.

남자 쪽은, 항상 그녀를 따라다니는, 천연 파마에 안경을 쓴 하바 죠지 회계.

저 두 사람이…… 우리가 교실에 있는 동안…… 좁은 교탁 아래에서, 꽁냥꽁냥……?

"(어? 어? 뭐야? 저 두 사람, 왜 숨은 건데……?)"

"(그야…… 들키면 안 되서 아닐까……?)"

어? 왜 들키면 안 되는데? 남녀가 단둘이, 아무도 없는 교실에서……?

쿠레나이 선배는 치마의 엉덩이 부분을 털더니, 창가의 책상에 걸터앉으면서 우아하게 다리를 꼬았다.

선배는 전체적으로 덩치가 작고 가슴도 아담한 편이지만, 몸매는 꽤 여성적이다. 즉…… 뭐, 적절한 표현인지는 모르겠지만…… 애를 잘 낳을 듯한 타입, 이랄까. 다리를 꼬면서 육감적인 허벅지가 짧은 치마 아래로 훤히 드러나자, 눈 둘 곳이 없었다. 실제로 하바 선배는 은근슬쩍 고개를 돌렸으며, 나는 미즈토의 얼굴을 잡고 옆으로 돌렸다.

하바 선배를 유혹하듯, 쿠레나이 선배는 등 뒤편을 손으로 짚으며 가슴을 내밀었다.

"자, 죠. 내 체취를 듬뿍 맡았지? 그럼 하던 걸 계속 해볼까?"

"맡은 적 없고, 계속할 생각도 없어요."

하바 선배는 딱 잘라 그렇게 말했다. 저 선배가 이렇게 말을 하는 모습은 처음 봤을지도 몰라……. 그리고 계속하자니……? 뭘 계속하자는 거지?

쿠레나이 선배는 크큭 하고 웃었다.

"거짓말은 하지 않는 편이 좋지 않으려나? 균형을 잃고 내 가슴에 얼굴을 묻었을 때, 콧구멍이 2밀리미터 정도 넓어졌거든. 미안한걸. 그 상황을 고려해, 미리 브래지어를 벗어둘 걸 그랬어."

"완전 필요 없는 배려예요……. 저 같은 녀석을 유혹하는 게, 그렇게 재미있나요?"

"이해가 안 되는 질문이군. 반한 남성을 유혹하는 게 재미없을 리가 없지 않을까?"

반한……?! 반했다고 말했어! 방금 말했지?!

쿠레나이 선배는 상대방을 애태우듯 리본에 손가락을 가져갔다.

"아니면, 내 처녀는 네 동정에 걸맞지 않다는 말이려나?"

동정—?!

"(……이봐. 계속 보고 있어도 되는 거야?)"

"(자, 잠시만! 잠시만 더 볼래!)"

하바 선배가 뒤돌아선 탓에 표정을 살필 수 없지만, 귀가 새빨개졌다는 것은 어렴풋이 알 수 있었다.

"……몇 번이나 말했을 텐데요. 걸맞지 않은 건 저예요. 무슨 변덕인지는 모르겠지만, 저 같은 녀석은 쿠레나이 씨에게 걸맞지 않아요."

"남의 첫사랑을 변덕 취급하다니, 너무한걸. 몇 번이나 말했다시피, 너는 네가 생각하는 것만큼 왜소한 인간이 아니지. 다름 아닌 내가 인정하는 상대니까 말이야."

"그러니까 저는 기계 쪽에 좀 해박한 것 말고는, 아무 쓸모없는—."

"사람은 누구나, 이상적인 자신을 가지고 있어."

쿠레나이 선배가 갑자기 입을 열었다.

그것은 불가사의하게도, 떨어져 있는 이의 귀에도 스며들어올 만큼 힘찬 울림을 띠고 있었다.

"자각 여부를 떠나서 말이지. 사람의 아름다움이란, 그런 이상을 존중하는 태도에 깃드는 법이라고 나는 생각해. 죠, 이상적인 너는 아름다워. 그래서 현실의 자신이 별 볼 일 없다고 여기는 거야. 자신의 이상을 존중하기에, 자신의 현실을 과소평가하는 거지. 그 태도야말로, 나는 아름답다고 말하는 거야."

하바 선배는 입을 다물었고, 내 옆에 있는 미즈토도 호흡을 멈췄다.

이상적인, 자신…….

나에게도, 있다. 그래서 머리카락을 길렀고, 그래서 낯가림을 극복하려 했으며, 그래서 친구를 만들었고— 그래서, 고백했다.

미즈토에게도, 있을까.

중학생 시절에는, 뭐든 다 해내는 히어로라고 생각했다. 지금도 스펙이 어마어마하고, 남의 도움 같은 건 거의 필요로 하지 않는 듯한 그에게도— 닿고 싶은 이상과, 닿지 않는 현실이 있는 걸까.

"……그럴지라도……."

평소 말이 없던 하바 선배가, 쥐어짜 낸 듯한 목소리로 말했다.

"이상적인 저는, 머리가 좋지만 조신하지 못한 동급생의 어설픈 유혹에 넘어가서, 다들 열심히 일하는 사이에 짐승처럼 발정하는 녀석이 아니에요."

"……오호라."

쿠레나이 선배는 리본을 고쳐 매더니, 책상에서 내려왔다.

"다들 일하고 있는 사이에 향락에 빠지면 흥분된다고 참고 자료에 실려 있었지만, 아무래도 틀린 정보였나 보군."

"그런 참고 자료는 빨리 버리세요."

"이런이런. 새로운 시추에이션을 생각해보기로 할까. 이상이 높은 남자에게 반하니 참 고생인걸."

"이상한 여자의 마음에 드는 편이 더 고생이라는 걸 빨리 깨달아주세요."

아, 큰일 났어. 이쪽으로 와!

우리는 기척을 숨기며 이 자리에서 벗어났다. 충분히 거리를 벌린 후에 문화제의 소란스러움 속에 숨어든 우리는 그제야 한숨 돌렸다.

"깜짝 놀랐네……. 저 두 사람, 항상 같이 다닌다 했더니 역시 저런 사이였구나……."

"『저런 사이』라는 말로 치부해도 될 느낌은 아니었는데 말이야……."

그건 그렇다. 역시 쿠레나이 선배는 연애 쪽으로도 획기적인 사람이었다. ……아니, 약간 얼간이 같다는 느낌마저 들었다.

"……하바 선배를 동정하겠는걸."

미즈토는 그렇게 중얼거렸다.

"어? 왜? 쿠레나이 선배는 괴짜이긴 하지만, 귀엽고 멋진 사람이잖아."

"너무 멋진 것도 곤란하단 이야기야."

그렇게 말한 미즈토는 저벅저벅 걸음을 옮겼다.

엄두도 못 낼 상대라는 말일까? 확실히 존재감은 하늘과 땅만큼 차이가 나고, 본인도 그렇게 이야기하긴 했지만…….

……딱히 상관없지 않을 것 같은데 말이야.

예전의 나도, 엄두도 못 낼 상대라 여겼던 너와 연인 사이가 됐는걸.

AM11:34■그가 인기 있어서 기쁘지만, 그래도 샘나긴 해

"아……! 저기 있다!"

교실 앞에서 기다리자, 드디어 유메와 이리도가 모습을 드러냈다.

내가 손짓을 하자, 두 사람은 뒤편의 문— 손님용 입구를 쳐다보며 뛰어왔다.

"늦어서 미안해. ……저기, 줄이 너무 긴 것 아냐?"

"대기열이 다른 반 앞까지 늘어져 있는 것 같거든……?"

"맞아~! 예상보다 손님이 더 몰려서…… 시간제한을 걸고, 자리도 더 마련해봤는데도 부족해~."

옆 교실에서 점포를 하지 않아서 다행이다. 만약 옆 교실 앞에도 줄이 생겼다면, 대기열이 뒤섞여서 엉망진창이 됐을 거야.

"왜, 왜 이렇게 인기 있는 거야……?"

"아무래도 입소문이 퍼졌나 봐. 키네가 끓인 커피가 문화제 레벨을 넘어섰거든— 게다가 교내를 돌아다니고 있는 너희 둘이 진짜 호평이라 소문이 확산되고 있어."

스마트폰을 살짝 흔들어 보이자, 유메는 「으, 으음……」 하고 당혹스러운 듯하면서도 약간 기쁜 듯한 신음을 흘렸다. 이리도는 질색을 하듯 미간을 찌푸렸을 뿐이지만 말이다.

"아무튼 도와줘! 일손이 너무 부족하단 말이야!"

"아, 알았어!"

유메와 이리도의 손을 잡아끌며 교실 안으로 들어갔다. 그러자…….

"앗, 아까 그 사람……!", "우와~! 역시 빌어먹게 잘 어울려~~!!"

가게 안이 느닷없이 술렁이자, 유메의 눈이 휘둥그레졌다.

후후후. 역시 유메는 자기평가가 너무 낮다니깐. 자각 좀 해~. 자기가 무진장 귀엽다는 걸 자각해~.

그리고, 주목을 받고 있는 건 당연히 유메만이 아니었다.

7할 이상을 차지하는 여성 손님이 근대 서생풍 복장을 한 이리도를 보더니, 소곤거리며 환성을 지르거나 손으로 입을 막으며 부들부들 떨었다.

이리도 본인은 무표정한 얼굴로 그런 반응을 무시하고 있었다. 이리도가 자기 스펙이 높다는 걸 자각하는 건 짜증나는 일이지만, 시치미를 떼는 것도 영 별로였다.

커튼으로 가려둔 스태프 공간으로 들어가 보니, 유메는 아직 상황을 받아들이지 못한 것 같았다.

"으……음…… 저기, 의외로 여자가 많지 않아?"

"맞아. 여자들 중심으로 입소문이 퍼진 것 같거든. 덕분에 가게 안은 여성 취향의 공간이 되어서, 걱정했던 헌팅 같은 일은 아직 한 번도 없었어."

애초에 초대를 받아야만 입장할 수 있어서, 예의 시스템으로 공유되는 정보가 예상보다 많지 않았다.

결과적으로 이리도는 괜한 고생을 한 게 됐다.

"—드디어 왔구나, 이리도……!"

원망 섞인 목소리를 흘리면서 남자들이 스태프 공간에 들어왔다. 이리도와 마찬가지로 서생 복장을 하고 접객을 하던 홀 스태프였다.

"너를 보러 온 여자애들이 우리를 보며 수군거린다고……! 『완성도가 미묘하지 않아?』, 『아까 본 사람이 더 낫네』 하고 말이야……!"

"당연하잖아! 평범한 남자 고등학생은 서생이 될 수 없어!"

"책임져! 네 존재감으로 우리의 존재감을 그림자처럼 옅게 만들어! 더는 마음에 상처를 입고 싶지 않다고!"

불쌍해라…….

나를 비롯한 여자애들처럼 화려한 색채로 꾸밀 수가 없는 만큼, 남자들은 고생이 많은 것 같았다. 원래는 지인만 와서 아는 사이끼리 시끌벅적하게 분위기를 띄우는 느낌으로 운영할 생각이었지만, 이리도 남매라는 광고탑이 너무 우수한 탓에 일면식도 없는 손님이 찾아오게 된 폐해였다.

이리도에게 몰려가서 따지는 남자들의 뒤편에서, 절묘한 경박함으로 인기를 얻고 있는 카와나미가 히죽 웃으며 말했다.

"손님이 두근거리는 가슴을 안고 기다리거든? 빨리 팬 서비스를 해주라고, 이리도."

"……하아……."

이리도는 우수 어린 표정으로 한숨을 내쉬었다.

그 모습마저도 한 폭의 그림 같았기에, 너무하다는 생각마저 들었다.

"알았어. 매뉴얼에 따라 접객하는 것밖에 못 하겠지만, 괜찮아?"

"충분해. 너라면 여유로울걸?"

카와나미는 비켜서면서 이리도가 지나길 길을 만들어줬다.

나도 유메의 등을 밀었다.

"유메도 가봐! 실수해도 도와줄 테니까 안심해!"

"히, 힘낼게……!"

긴장한 표정인 유메와 학생모를 깊이 눌러쓴 이리도를, 동시에 홀에 내보냈다.

바로 그 순간…….

"저기요~!", "주문할게요~!", "리필 부탁해요~!"

손님들이 일제히 손을 들었다.

와우~. 이거, 쟤들을 놀리려고 저러는 게 분명해.

갑자기 용량을 초과한 주문의 폭풍이 휘몰아치자, 유메는 허둥댔다.

"어, 어, 어쩌면 좋지……?!"

"가까운 곳부터 가봐, 가까운 곳부터! 다른 데는 우리가 어떻게 할게! 자아, 주문표 받아!”

주문표를 건네준 후, 유메를 가까운 테이블로 보냈다. 여성 세 명이 앉아있는 테이블이다. 남자와 어른 손님보다는 대하기 쉬울 것 같다고 생각했지만…….

“와아~! 가까이에서 보니 참 예쁘네!”, “머리카락도 진짜 끝내줘! 엄청 신경 써서 손질하나 보네!”, “저기, 사진 찍어도 돼?! SNS에 올리고 싶어!”

“어, 아, 저기, 그게…….”

“저기저기~! 손님~! 빨리 주문해주세요! 그리고 즉석 사진 촬영은 10만 엔입니다~!”

여성 특유의 포위 공격에 유메가 순식간에 한계에 도달하자, 바로 도움의 손길을 뻗었다. 여자들은 「비싸!」, 「바가지야!」, 「깎아줘~!」 하고 말하며 깔깔 웃었다. 진짜 가게가 아닌 만큼, 접객도 이런 느낌으로 하면 된다.

“아, 아카츠키 양, 고마워……!”

“과찬이에요. 진짜 가게에서 알바를 하는 게 아니니까, 느긋하게 해! 한동안은 내가 옆에서 도와줄게!”

“으으, 나는 참 한심해…….”

참 성실하네. 그런 부분이 참 귀여워!

한편, 이리도는—.

“카페오레 한 잔, 아이스티 한 잔이면 되겠습니까?”

“그, 그래요…….”, “저, 저기, 사진은…….”

"죄송합니다만, 본점에서는 사진 촬영이 금지인지라……."

난처한 듯이 웃으며 그렇게 말하자 「하윽……!」, 「아, 아뇨, 괜찮아요……」 하며 여자 손님들이 한계에 이르렀다.

의외다. 무표정한 표정을 지으며 기계적으로 접객을 할 줄 알았는데, 영업 스마일을 저렇게 잘 활용할 줄이야.

"이리도는 할 때 하는 애구나. 평소의 차가운 태도는 대체 뭐였나 싶을 정도야."

"일로 남을 대할 때는 저런 스킬이 발동되나 봐. 문화제 실행위원회에서도 저런 느낌이야……."

"……왜 그래?"

문뜩 유메의 얼굴을 보니, 입가를 씰룩거리면서도 입술을 삐죽 내미는 복잡한 표정을 짓고 있었다.

유메는 부끄러운 듯이 주문표

로 입가를 감추며 말했다.

"……미즈토가 남에게 인정받는 건 기쁘지만…… 다른 여자애에게 미소 짓는 건, 좀, 싫어……."

"……."

우와~, 이 애는 너무 귀엽네!!

"이봐~! 이리도! 이쪽으로 좀 와봐!"

근처에 있던 카와나미가 갑자기 이리도를 불렀다.

이리도가 의아한 표정을 지으며 다가가자, 카와나미는 가라앉은 눈길로 그를 쳐다봤다.

"너…… 좀 차갑게 접객을 해."

"뭐 그런 지시가 다 있어."

"시끄러워! 헐값에 스마일을 서비스하지 말라는 걸 연수 때 안 배운 거냐!"

"네가 무슨 타락한 맥도날드냐."

이리도가 냉철한 태클을 날리자, 유메는 「푸풋」 하고 웃음을 터뜨렸다.

AM11:55■일하는 친구가 평소와 완전 딴판이다

빼꼼.

와버렸어요. 히가시라 이사나예요.

이 시간에 미즈토 씨와 유메 양이 카페에서 일한다는 이야기를 듣고, 1학년 7반의 그 소문 자자한 근대풍 카페에 와봤는데 말이죠…….

"인기가 엄청나네요……."

입구에 어마어마한 장사진이 있어요~! 세일할 때의 미스터 도넛 같네요.

뭐 원래 혼자서 들어갈 용기가 없지만요. 하물며 카페는 완전 무리 게임이에요. 그래도 이렇게 인기가 있을 줄은 몰랐네요.

창문을 통해 안쪽을 들여다보기라도 할까요. 이 대기열을 보고 흥미가 생긴 사람들이 교실 안을 보고 있으니까, 그 사이에 숨어서…….

"……아……."

미즈토 씨와 유메 양, 발견!

미즈토 씨는 아까 봤지만, 유메 양도 엄청 잘 어울려요……. 와아……. 저 두 사람이 중학생 때, 사귀었던 거군요……. 우와~. 왠지 가슴이 뛰어요.

접객 중인 모습은 다른 맛이 있네요. 아까 미즈토 씨와 만났을 때는『그저 의상을 입고 있을 뿐』이라는 느낌이 감돌았지만, 일하는 모습을 보니 진짜 같아 보인달까…… 아뇨. 진짜 서생은 카페에서 일하지 않겠지만요.

"주문은 이것으로 끝입니까?"

"아, 네……!", "끝이에요! 네! 고마워요!"

"천천히 즐겨주시길."

……아니…….

왠지…… 미즈토 씨의 분위기가, 평소보다 부드러운 것 같아요. 상냥한 것 같아요.

저 생글거리는 표정은 뭐죠?! 제가 그렇게 들러붙어도 눈썹 하나 까딱하지 않던 미즈토 씨는 어디 간 거예요! 손님한테만 저런 멋진 표정을 지어주는 건가요! 너무해요!

분명 부탁해도 안 해주겠죠……. 가게에 들어갈 용기도 없고, 차 한잔할 돈도 없어서, 이렇게 몰래 훔쳐보며 분통을 터뜨릴 수밖에 없어요. 보세요. 이게 항간에서 미즈토 씨의 여친으로 소문난 여자애의 실태예요.

"—어? 히가시라 양?"

"우냣?!"

느닷없이 코앞에서, 미나미 양이 고개를 불쑥 내밀었어요. 저는 깜짝 놀라서 몸을 뒤편으로 젖혔죠.

미나미 양도 유메 양과 같은 복장을 하고 있었으며, 포니테일 또한 커다란 일본풍 리본으로 묶었어요. 오오, 리본의 무늬를 바꿨을 뿐인데 분위기가 꽤 달라지네요.

"이런 데서 뭐 하는 거야? 안 들어와?"

"그, 그럴 용기가 없어요……. 줄도 엄청 길고요……."

"아하~. 혼자 들어올 용기가 안 나서, 창문 너머로 이리도를 훔쳐보고 있었구나? 이렇게 보니 어때?"

"……미즈토 씨가 아닌 것 같아서, 보고 있기만 해도 가슴이 뛰어요……."

"오오, 반응이 괜찮은걸. 히가시라 양한테도 그런 순정이 남아 있었구나."

"남아 있다고요~. 매일 같이 한계까지 두근거리는 가슴을 안고 여사친 노릇을 하고 있거든요!"

"그럼 여친과 다를 게 뭔데……."

미나미 양은 도끼눈을 뜨며 어처구니없다는 투로 그렇게 말했다. 미즈토 씨의 가슴이 전혀 뛰지 않는다는 점이 달라요.

"아무튼 안으로 들어올래? 친구 특권으로 들여 보내줄게."

"괘, 괜찮아요, 괜찮아요! 줄 서 있는 사람들한테 미안하거든요!"

"그렇구나. 으음…… 아, 맞다. 지금 한가해?"

"네? 아, 네. 미즈토 씨와 유메 양의 일이 끝날 때까지는……."

"충분해, 충분해~. 나, 좀 있으면 자유 시간이거든~. 같이 놀자! ……협력해줬으면 하는 일도 있거든."

"하아……. 괜찮긴 한데요……."

협력해줬으면 하는 일? 우리 반의 사진 전시에도 협력하지 않은 내가?

"그럼 잠시만 기다려, 히가시라 양. 옷 갈아입어야 하거든."

미나미 양은 므흐흐 하고 수상한 웃음을 흘리며 교실 안으로 돌아갔어요. 그리고 유메 양에게 다가가더니 「저기, 그것 좀 빌릴게」 하고 말했어요. 유메 양은 「응? ……아하, 그래. 맡길게」 하고 말하며 저를 쳐다보더니, 수상한 미소를 머금었어요.

어어……? 왜 저러는 거죠? 무슨 꿍꿍이라도 있는 걸까요……?

제가 그렇게 당혹해하고 있을 때, 주위에서 소곤거리는 목소리가 들려왔어요.

"히가시라라면…….", "걔 있잖아. 소문으로는 이리도의…….", "아! 저 애가……!"

……으음~.

주위를 신경 쓰지 않기로 했지만, 그래도 영 거북하네요. 더 눈길을 끌었다간 죽어버릴 것 같으니, 아쉽지만 창가를 벗어나서 7반 교실에서 떨어진 곳으로 이동했어요.

미나미 양은 무슨 속셈인 걸까요……? 불안이 샘솟네요!

PM12:16■사람은 잊을지라도, 인과는 돌고 돈다

점심시간이 다가오자, 일단 대기열을 끊었다. 지금 줄 선 손님만 소화하면, 휴식이다. 그리고 오후에는 유메, 이사나와 함께 문화제를 돌아보기로 약속했다. 익숙하지 않은 영업 스마일에서 드디어 해방되는 것이다.

……하지만…….

하필이면 마지막으로, 성가시기 그지없는 자객이 나타났다.

"이봐, 이리도. 누가 너를 찾아."

스태프 공간에 있던 나를, 카와나미가 미심쩍은 표정으로 부르러 왔다.

"찾는다고? 누가?"

"글쎄? 초등학생을 데리고 온, 엄청 아름다운 누님이야. 부르면 알 거라던데…… 너와 어떤 관계야?"

누님.

내 지인 중에, 그런 소리를 들은 인간이라면 딱 한 명뿐이다.

"……알았어. 가볼게……."

"귀찮아 죽겠다는 듯한 표정이네."

"당연하잖아— 자기가 알바하는 가게에 친척이 찾아온다면, 너도 이런 표정을 지을걸?"

"……그래……."

카와나미는 납득한 건지 안 됐다는 듯한 표정을 지으며「힘내」하고 내 어깨를 가볍게 두드렸다.

아까와 비교하면 꽤 조용해진 홀에 가보니, 이미 유메가 먼저 그 사람에게 잡혀 있었다.

"—자, 치쿠마. 유메 누나에게 할 말이 있지 않니~?"

"아, 어, 으으……."

"마도카 씨. 그렇게 억지로 시킬 필요 없어요……. 미안해, 치쿠마. 괜히 신경 써주지 않아도 돼."

역시, 그 사람은 마도카 씨였다.

올 거라고 했고, 유메가 자기 몫의 초대장을 보내주기도 했다. 그 결과, 성가시게도 진짜로 찾아온 것 같았다. 게다가 어찌 된 건지 동생인 치쿠마까지 데리고 말이다. 불쌍했다. 안 그래도 낯가림이 심한 아이인데, 고등학교 문화제는 너무 불편한 곳이지 않을까?

여자 고등학생과 여자 대학생이 얼굴이 새빨갛게 붉힌 남자 초등학생을 둘러싸고 있는 현장에 마지못해 합류하자, 마도카 씨는「오!」하며 내 쪽을 쳐다봤다.

"미~즈~토~! 평판은 들었어~! 이 가게의 넘버원이라며~?"

"순위를 매긴 적 없고, 저는 비상근이라 계속 일하지는 않아요. 문화제 실행위원이거든요."

"에이~. 봤거든~? 여자애들이 너를 보며 꺄아꺄아~ 하는 걸 말이야! 히히히. 누나로서 속으로 우쭐댔지 뭐야."

계속 말을 받아주면 성가실 것 같았기에, 나는 유메를 향해 고개를 돌렸다.

"너무 농땡이 부리지 마. 다른 손님도 있잖아."

"정말 퉁명하네. 마도카 씨 상대로도 커뮤니케이션 스위치 좀 켜. ……죄송해요, 마도카 씨. 예상보다 손님이 많아서……."

"괜찮아, 괜찮아~. 우리는 여기서 보고 있을 테니까! 일해~."

유메가 고개를 숙인 후, 마도카 씨 일행의 자리에서 벗어났다. 치쿠마가 유메의 등을 힐끔힐끔 쳐다봤다. ……뭐, 일반론적으로 봐서 느닷없이 저런 친척이 생긴다면 동경하는 것도 무리는 아니다. 어디까지나 일반론적으로 말이다.

나도 자리를 벗어난 후, 대기하고 있는 손님 쪽으로 향했다. 마침 자리가 하나 비어 있었다.

"몇 분이시죠?"

"아, 두 명이에요~!"

중학생일까. 게다가 1학년으로 보였다. 아직 어린 티를 벗어나지 못한, 2인조 여자애다. 한쪽은 붙임성이 좋아 보이지만, 다른 한 명은 항상 비스듬하게 서 있는 게 꽤 까다로운 타입 같았다. 이들이 오전 마지막 손님일까.

분위기를 내려고 벽에 붙여둔 근대 시기의 신문과, 당시 문인의 작품이 꽂힌 책장을 신기하다는 듯이 쳐다보는 여중생들을 자리로 안내했다.

중학생 손님은 꽤 많다. 형제나 선배에게 초대장을 받고,

오픈 캠퍼스에 가는 기분으로 학교를 구경하러 오는 것이다. 즉, 미래의 후배 후보—지만, 이 애들이 고등학생이 될 즈음이면 나는 이미 졸업했을 것이다.

자리에 앉자, 붙임성이 좋아 보이는 쪽이 인상대로 방긋방긋 웃으면서 말을 걸어왔다.

"오빠는 진짜 멋지네요~! 그 옷도 참 잘 어울려요~! 저기, 그렇게 생각 안 해?!"

"……."

까다로워 보이는 타입은 그 말을 듣더니, 내 얼굴을 뚫어지게 쳐다보았다.

이 옷차림을 하고 다니면서 타인의 시선에 익숙해졌지만, 저 소녀는 마치 내 얼굴에 뭐라도 붙어 있는 것처럼 주목하고 있었다.

뭐야?

미심쩍게 생각한 순간…….

"……저기……."

그 여중생은 미간을 좁힌 채 내 얼굴을 뚫어지게 쳐다보면서, 천천히 입을 열었다.

"어딘가에서…… 만난 적, 있지 않나요?"

"뭐?"

무심코 영업 모드가 풀리면서, 본성이 드러났다.

자기와 만난 적이 있지 않나? 그렇게 물은 건가?

여중생의 얼굴을 다시 쳐다보았다. 투사이드업이라고나 하던가. 롱헤어와 트윈테일을 합체시킨 듯한 헤어스타일을 한 그녀는 앳되고 반반한 외모를 지녔지만, 찢어진 눈매가 매서운 인상을 자아내고 있었다.

원래 남의 얼굴을 잘 외우는 편이 아니지만, 저 정도 연하는 거의 판별이 안 됐다. 왜 사람은 성장하면 어린애의 얼굴을 구별하지 못하게 되는 걸까.

"죄송합니다만…… 기억에 없습니다."

"그런, 가요……."

소녀가 아쉽다는 듯이 고개를 숙이자, 함께 온 붙임성 좋은 소녀가 이렇게 외쳤다.

"어~? 별일도 다 있네! 네가 남자한테 흥미를 다 가지고 말이야! 같은 반 남자를 쓰레기 보듯 하잖아~!"

"그냥…… 착각을 좀 했을 뿐이야."

"오빠, 제 이야기 좀 들어주세요! 이 애 말이죠~? 초등학교 5학년 때, 연상의…… 중학생 정도? 의 커플이 뽀뽀하는 모습을 봤대요~! 그게 트라우마? 같은 게 되어서, 남자를 멀리하게 됐다니까요!"

"저기……! 무슨 소리를 하는 거야!"

오호라. 그럼 방금 그 시선에 담긴 건 경계심이었던 건가.

……그렇다고 해도, 아까 그 질문은 이해가 안 되는데…….

"그럼 이 테이블은 여성 스태프가 맡게 하죠. 그러면 되겠습니까?"

"아…… 감사해요."

말은 그렇게 했지만, 남자를 싫어한다는 여중생은 주문을 하면서도 내 얼굴을 계속 노려봤다.

주문을 받고 스태프 공간으로 돌아가자, 유메가 매서운 눈길로 나를 쳐다봤다.

"……꽤 오래 이야기를 나누더라?"

"저쪽에서 말을 걸어온 거야. 뭐, 약간 한산해졌으니까 시간을 좀 들여도 괜찮지 않겠어?"

"흐음……."

유메는 아까 그 여중생 2인조를 쳐다보았다.

"……1학년일까?"

"그럴 거야."

"조그마하네."

"중1이면 원래 저 정도 아냐?"

"……중학생을 좋아해?"

"확 때린다."

확실히 나는 예전에 중학생과 사귀었지만, 당시에는 나 자신도 중학생이었어.

이상한 착각에 어울려줄 시간은 없다. 나는 반쯤 억지로 이야기를 돌렸다.

"머리카락이 긴 중학생 쪽은 남자를 어려워하나 봐. 주문한 게 나오면 네가 가져다줘."

"흐음…… 남자를 싫어하는 애도 너한테 말을 거는구나……."

"그 이야기 좀 그만해."

히히히~ 하는 웃음소리가 들려서 고개를 돌려보니, 마도카 씨가 우리를 쳐다보며 히죽거리고 있었다. 여기저기서 난리네……. 얌전히 홍차를 후~ 후~ 불며 식히고 있는 치쿠마를 본받아줬으면 좋겠다.

그렇게 생각하고 있을 때였다.

"—앗."

찻잔을 입에 대려던 치쿠마의 팔꿈치가 테이블에 걸렸다.

찻잔 받침이 테이블에서 떨어지더니, 쨍그랑하는 소리를 내며 깨지는— 광경을 상상한 직후였다.

"어엇."

옆에서 뻗어온 손이 찻잔 받침을 잡았다.

옆자리에 앉아있던, 남자를 질색한다던 여중생이었다.

그녀는 휴우 하고 한숨을 내쉬더니, 찻잔 받침을 치쿠마에게 내밀었다.

"자, 받아. 조심 좀 해."

"아……."

치쿠마는 가는 목소리를 내며 그것을 받았다. 그 모습을 본 마도카 씨가 「미안해~! 그리고 고마워~! 자, 치쿠마가 인사해!」 하고 말하자, 치쿠마는 실수를 해서 부끄러운지 귀까지 벌게진 얼굴로 그 여중생을 올려다보았다.

"……고마, 워요……."

"—윽."

여중생은 움찔하더니, 「……괜찮아」 하고 쌀쌀맞게 말하면서 자리로 돌아갔다.

으음. 연하 상대로도 저런 태도를 보이는 걸 보면, 진짜로 남자를 질색하는 것 같은걸.

초등학교 5학년 때, 커플이 키스하는 모습을 목격하고—라. 지금 중1이라면, 2년 전 일일 텐데—.

—2년 전— 커플— 키스— 초등학생—.

"……어엇?"

뭔가…… 마음에 걸리는 것 같은데……?

"2번 다 됐어! 가지고 가~!"

주방 담당의 소리에, 위화감이 어딘가로 사라지고 말았다. 대체 뭐였지?

PM12:48■소녀들의 외모를 칭찬하면 왠지 진 것 같은 기분이 든다

"아카츠키 양이……?"

점심시간이 되자, 카페는 일단 폐점하기로 했다. 주방 스태프가 식재료 고갈 탓에 비명을 지르며 인근 슈퍼마켓에 시장을 보러 간 사이, 나와 유메는 의상을 벗기 위해 탈의실로 향했다.

그 도중에, 내 스마트폰에 수상한 메시지가 왔다.

유메가 옆에서 내 스마트폰 화면을 쳐다봤다.

"『히가시라 양은 내가 데리고 있다. 돌려받고 싶으면 교정 스페이시 옆에 있는 자동 손금점 기계가 있는 곳으로 와라』……. 아카츠키 양은 이런 걸 좋아한다니깐."

"어쨌든 이사나와 합류할 예정이었으니까, 마침 잘됐어. 그것보다, 자동 손금점 기계가 뭐야……?"

그런 게 의미 있어? 혹시 자동화기기로 가게를 운영하는 학급이 있는 걸까.

일단 우리는 탈의실을 나섰고, 그제야 근대풍 복장에서 해방됐다.

내가 교복을 입고 남자 탈의실을 나서자, 잠시 후에 유메가 여자 탈의실에서 나왔다. 하의는 교복의 플리츠스커트지만, 상의는 노란색 학급 티셔츠였다.

유메는 내 모습을 보며 고개를 갸웃거렸다.

"학급 티셔츠는 어떻게 한 거야?"

"……안에 입었어."

나는 커터 셔츠의 옷깃을 당겨서, 안에 입고 있는 티셔츠를 보여줬다.

전에 이사나와 이야기한 것처럼, 이 학급 티셔츠는 그다지 마음에 들지 않았다. 하지만 기능성은 나쁘지 않았고, 유메가 시끄럽게 굴어서 아무 말 없이 입고 있기는 한데— 이제부터 나보다 학급 티셔츠를 더 증오하는 것 같은 녀석을 만나러 가는 만큼, 이렇게 숨기는 편이 나을 것이다.

벗은 의상을 교실에 가져다 둔 후, 미나미 양이 지정한 장소로 이동했다.

교정에는 다른 반에서 하는 노점이 질서정연하게 설치되어 있었으며, 그곳을 지나자 이벤트용 스테이지가 있었다. 연극이나 밴드 연주 등은 이곳과 체육관으로 나눠서 한다.

하지만 지금은 점심시간이라서 스테이지에 아무도 없었다. 한산한 관객용 공간을 가로지르며 스테이지 옆으로 가보니, 눈에 잘 들어오지 않는 구석에 자동 손금점 기계 가게가 있었다.

그곳의 바로 옆에 있는 나무 뒤편에 숨듯이, 학급 티셔츠 차림의 미나미 양과 몸을 웅크린 이사나가 있었다.

"기다리게 해서 미안해, 아카츠키 양. 그리고 히가시라 양.

……뭐 하는 거야?"

"……으으…… 제가 한 게 아니에요…… 미나미 양이 느닷없이……."

이사나는 나무에 난 구멍을 향해 가녀린 목소리로 그렇게 말하더니, 어깨를 부들부들 떨었다.

나는 눈썹을 찌푸리며, 미나미 양을 노려보았다.

"……무슨 짓을 한 거야?"

"무서워라! 옷 좀 갈아입혔을 뿐이니까, 화내지 마! 나를 너무 못 믿는 거 아냐?!"

오히려 믿을 만한 짓을 한 번이라도 한 적이 있는지 묻고 싶다.

그리고 보니 이사나의 옷차림은 교복이 아니었다. 상반신은 검은색 케이프로 반쯤 숨기고 있지만, 치마는 녹차처럼 진한 녹색이었고, 그 위에 앞치마 같은 것을 걸치고 있었다. 딱 봐도 교복이 아니었으며, 굳이 따지자면 웨이트리스 같은…….

"자아, 히가시라 양! 모처럼 갈아입었으니까 보여줘! 괜찮다니깐~! 진짜 잘 어울려! 유메의 안목을 믿어봐!"

"히이이익?! 자, 잠깐만요, 아직 마음의 준비가아아아아……!"

이사나가 미나미 양을 억지로 돌려세우자, 유메가 「오~!」 하며 손뼉을 쳤다.

"다행이야! 사이즈가 딱 맞네!"

"완벽해~! 가슴 쪽이 불안했지만 말이야~!"

웨이트리스 같다는 생각은 틀린 게 아니었다.

케이프로 가슴 언저리를 숨기긴 했지만, 아무래도 흰색 블라우스 위에 가슴 부분이 드러나는 앞치마 같은 것을 걸치고 있는 것 같았다.

유럽풍 느낌이 물씬 나는 그 복장이, 나는 눈에 익었다.

"……던들……이었지?"

대학에서 의상을 물색할 때, 마도카 씨가 유메에게 입히려고 했던 옷이다.

가슴 언저리가 너무 드러나서 내가…… 말렸…….

"……아하, 그래서 케이프를 걸쳤구나."

"이런 옷차림으로 밖을 돌아다니는 건 무리예요~! 독일 사람은 제정신 아니라고요~!"

이사나는 케이프 앞섶을 여미며 그렇게 외쳤다. 그것으로 가슴을 숨기고 있는 것이다.

미나미 양이 「히히히」 하고 수상하게 웃더니, 이사나의 어깨를 뒤편에서 움켜잡았다.

"괜찮아~. 노출도로 치면, 수영복이 더 엄청나거든……. 자신감을 가져~. 진짜 끝내주게 음란— 아니지, 귀여워~."

"방금 음란하다고 말했죠?! 그렇죠?!"

"입으로는 싫다고 하지만— 이리도한테, 보여주고 싶지 않아?"

"윽."

"이미 깨닫고 말았잖아~? 좋아하는 사람한테 귀엽다는 말을 듣는 게 얼마나 즐거운지를! 그저 친구에 지나지 않는다면, 괜히 말 돌리지 말고 솔직하게 칭찬해주지 않으려나~~."

"으으윽……."

"바람 넣는 게 참 능숙하네……."

유메는 쓴웃음을 지으며 그렇게 평가했다. 이 인간은 정말 괜한 짓만 하네.

나는 어처구니없어하면서, 도움의 손길을 내밀었다.

"강요하지 마. 아무리 같은 여자라도, 그건 성희롱—."

"—조, 조금만이라면……."

이사나는 나를 힐끔힐끔 쳐다보면서, 가녀린 목소리로 그렇게 말했다.

"미즈토 씨한테만…… 아주 살짝……. 뭐, 뭐어~. 생각해보니 여름 방학에는 탱크톱 차림으로 미즈토 씨 집에 놀러 갔거든요? 그때와 딱히 다를 것도 없……죠?"

"나한테 묻지 마……."

틀린 말은 아니지만 말이다. 일전의 남친 셔츠에 비하면 훨씬 멀쩡한 복장이긴 했다.

이사나는 나한테 살짝 손짓했다. 아무래도 어울려줘야 이 상황이 끝날 것 같아서 다가가려고 하자, 유메가 내 교복 소매를 잡아당겼다.

“(제대로 칭찬해줘. ……너무 뚫어지게 쳐다보는 것도 안 돼.)”

어느 쪽이야. ……진짜로, 어느 쪽이냐고.

유메가 손을 놔주자, 나는 다시 이사나에게 다가갔다. 비켜주듯 미나미 양이 물러나자, 한낮의 태양이 자아내는 나무 그늘 안에는 나와 이사나만이 남겨졌다.

이사나는 케이프를 손에 쥔 채 시선을 좌우로 돌리더니, 곧 나를 슬그머니 올려다봤다.

“그…… 그럼, 실례할게요…….”

이사나가 케이프의 끈을 스르륵 풀었다. ……저렇게 엄숙하게 행동하니, 나도 절로 긴장됐다. 이 시간은 대체 뭐야. 우리는 대낮에 교정 구석에서 뭘 하는 거냐고.

답 없는 의문을 허공에 던지는 사이, 이사나는 케이프의 앞섶을 벌렸다.

“…….”

“…….”

……이, 건…….

알고는, 있었다. 던들이 가슴과 어깨가 노출되는 디자인이라는 것을 말이다. 하지만…… 초고교급 몸매를 지닌 이사나가 입으면 이렇게 되는 건가.

프릴이 달린 흰색 블라우스를 자칭 G컵인 가슴이 받쳐 올려주면서, 가슴 계곡이 훤히 드러났다. 블라우스와 가슴 사이에 약간의 틈새가 생겼으며, 거기에 손가락을 집어넣고

내려버리면 간단히 벗길 수 있을 것 같았다.

그 정도라면 한여름의 허술한 복장 정도로 치부하고 넘어갈 수 있을 것이다. 하지만, 만화 속 판타지 세상의 마을 아낙이 흔히 입는 던들은, 소박한 용모를 지닌 이사나에게 너무 잘 어울려서—.

“어…… 어떤가요……?”

이사나는 불안한 눈길로 그렇게 물었다.

지금 내 마음속에 존재하는 건, 단 하나의 마음뿐이었다.

왠지— 분하다.

항상 대충 입고 다니고, 남을 놀리는 것도 서툰 이사나에게 이런 감정을 품다니— 왠지 진 것 같은 기분에 사로잡혔다.

하지만…… 내가 감상을 말해주지 않는다면, 이사나로서는 괜히 저 옷을 입은 게 될 거야.

나는 몇 초 동안 뭐라고 말할지 생각했지만, 글짓기에 재능이 없는 나로서는 부질없는 저항이었다.

“……잘 어울려. 귀엽네.”

“어엇?”

이사나는 놀란 것처럼 눈을 치켜뜨더니, 눈을 몇 번이나 깜빡인 후에 서서히 얼굴을 붉혔다.

“저…… 정말인가요?”

“인사치레 같은 건 잘 못 해. 너도 알잖아?”

“개나 고양이한테 『귀엽다』고 말하는—.”

"아냐."

"……차, 참고로…… 어디가……?"

"전체적으로 말이야. 세세하게 말하면 너도 기분 나쁠 거 잖아?"

"……우에헤. 우에헤헤. 우에헤헤헤……."

이사나는 부끄러운지, 멋쩍음과 오타쿠 웃음의 중간 정도 되는 웃음소리를 냈다.

나는 이유 모를 패배감을 느끼며 고개를 돌렸다. 기뻐해 주셔서 황송하다고 해야 하려나.

"에헤헤. 미즈토 씨의 성적 취향에 딱 들어맞는 거라면, 한동안은 케이프도 벗고 있을까요. 에헤헤! 미즈토 씨의 취향을 위해서라면, 어쩔 수 없죠! 에헤헤헤!"

"……참고삼아 묻는 건데 말이야."

"네?"

이사나가 우쭐대기 시작하자, 나는 그녀가 현실을 직시하게 만들어줬다.

"속옷은…… 어떻게 한 거야?"

아무리 봐도…… 브래지어가 있어야 할 위치에, 천이 없었다.

이사나는 멋쩍은 웃음을 머금은 채 한동안 굳어 있더니— 케이프의 앞섶을 여몄다.

"……역시 이러고 있을래요……."

"그렇게 해. 학생 지도실에 끌려가기 싫다면 말이야."

이런이런. ……마도카 씨가 권했을 때, 안 된다고 말하기 정말 잘했어.

PM01:05■복잡한 소녀들

"유메, 정말 괜찮은 거야? 실행에 옮긴 내가 할 말은 아니겠지만……."

정신을 차리고 케이프를 여미는 히가시라 양과 어처구니없다는 듯이 웃음을 흘리고 있는 미즈토를 쳐다보고 있을 때, 아카츠키 양이 슬며시 그렇게 물었다.

나는 애매한 미소를 흘렸다.

"괜찮지 않겠어? 저 두 사람한테 저 정도는 아무것도 아닌걸."

"그건 그래~. 호감도만은 서로가 맥스 상태잖아."

이제까지 몇 번이나 맛봤넌, 불가사의하고 복잡한 감정이 또 찾아왔다.

기뻐하는 히가시라 양을 보고, 나도 기뻐졌다. ……그와 동시에, 저기서 웃고 있는 사람이 자신이라면, 이라는 질투에 가까운 선망이 가슴을 후벼팠다…….

아직 마음을 정하지 못해 갈팡질팡하던 시기에는, 그것이 불쾌하게 느껴졌다. ……하지만, 자신이 원하는 것을 깨달은 지금이라면, 이 복잡한 감정도 받아들일 수 있었다. 왜냐하면 그것은, 내가 그를 다시 좋아하게 됐다는 증거니까…….

"……유메, 성장했네. 이리도가 히가시라 양을 이름으로 부르는 걸 듣고 동요해서 울먹이던 애와는 완전히 딴판이야."

"아니, 뭐, 불안하지 않은 건 아냐."

그 불안에 끌려다니지 않을 방법을 깨달았을 뿐이다. 괜찮다고 자기 자신에게 이야기하고 있을 뿐이다.

예를 들자면, 지금은 나도 귀엽다는 말을 듣거든? 근대풍 의상, 미즈토의 성적 취향에 딱 맞아떨어지거든? 그러니까 괜찮아. 대등해~.

"그럼 이제부터는 혼자서도 할 수 있지?"

아카츠키 양은 놀리는 듯한 미소를 머금더니, 어린애에게 말을 건네는 투로 그렇게 말했다.

키만 보면 자기야말로 어린애인데— 라는 말을 삼킨 후, 나는 고개를 끄덕였다.

"응, 괜찮아. ……그러니까, 아카츠키 양도 카와나미에게 가봐."

"왜 그렇게 되는데~! 어차피 그 인싸는 다른 친구와 놀고 있을 거잖아!"

복수 삼아 놀려주자, 고집스럽고 퉁명한 대꾸가 돌아왔다. 보호자 행세를 하면서, 입장이 뒤바뀌면 약해진다니깐…….

"힘내. 문화제는 이제부터 본격적으로 시작되잖아."

"뭘 힘내라는 거야. ……뭐, 우연히 만난다면 한 소리쯤 해줄 생각은 있어."

고개를 휙 돌린 아카츠키 양은 포니테일을 강아지 꼬리처럼 흔들었다.

PM01:10■푼수 소악마는 카피 불가

아카츠키 양을 떠나보낸 우리는 일단 셋이서 점심을 먹기로 했다.

"우리 카페는 장사를 안 하지만, 노점 쪽은 아직도 하지?"

"그래……. 가성비는 나쁘지만 어쩔 수 없지. 오늘은 도시락도 안 싸왔잖아."

"앗……! 그, 그럼 말이죠?! 타, 타코야키가 먹고 싶어요!"

히가시라 양은 의외로 노점을 좋아하는 것 같았다. 하지만 낯가림이 심해서 혼자서는 이용하지 못하는 것 같네……. 이해해~.

타코야키 가게에 가서, 한 사람당 1인분씩 구입했다. 냉동식품에 비하면 비싸지만, 오늘 치 군자금을 받았으니 아끼지 말고 쓰기로 했다.

"뜨겁네. 조심해서 먹어."

"네! 후우~, 후우~ 우물우물……."

히가시라 양은 나보다 키가 약간 크지만, 뜨거운 타코야키를 입 안에 넣은 모습이 조그마한 다람쥐 같아서 귀여웠다.

지금의 나는 이런 귀여움이 부족한 거야……. 좋아…….

"……냐암!"

일부러 완전히 식지 않은 타코야키를 입에 넣자, 그 열기

탓에 손으로 입을 막았다.

미즈토는 어처구니없다는 듯이 내 쪽을 쳐다보았다.

"사돈 남 말하네, 라는 건 이런 때 쓰는 거겠지."

"후우…… 새, 생각보다 뜨거웠어!"

덜렁이 같은 면을 어필—할 생각이었지만, 진짜로 뜨거워서 그럴 상황이 아니었다. 입 안에 화상을 입은 걸지도 몰라.

히가시라 양은 우물우물~ 꿀꺽꿀꺽~ 하고 타코야키를 먹은 후, 입에 손을 대며「으~」하고 신음을 흘렸다.

"살짝 화상을 입은 걸지도 모르겠어요……."

"이봐. 괜찮아?"

"괜찮은지 봐주세요……."

히가시라 양은 갑자기 아~ 하고 입을 벌리며 핑크색 혀를 미즈토에게 보여줬다.

어엇?! 그, 그건……! 어? 부끄럽지 않은 거야?!

놀란 사람은 나뿐이었다. 미즈토는 아무렇지 않은 표정으로 히가시라 양의 혀를 살펴보더니…….

"약간 빨개졌는걸. 차가운 주스로 식히는 게 어때?"

"부딱해요~."

화, 확실히 귀엽기는 하지만……. 가슴이 두근거려도 이상할 게 없지만……. 혀, 혀…… 혀를…….

"미, 미즈토……."

"응?"

나는 미즈토의 교복 자락을 살짝 잡아당겼다.

이제 입을 벌리고, 혀를 보여주기만 하면……. 보여주기만…… 혀를…….

"……아, 아무것도 아냐……."

"그래? 그럼 음료수 사 올 테니까, 이걸 들고 있어."

미즈토는 타코야키가 담긴 쟁반을 나한테 건네주더니, 근처의 음료수 노점으로 향했다.

나는 양손에 쟁반을 든 채, 조용히 낙담했다.

……무리야……. 나는 히가시라 양이 못 돼…….

"유메 양, 왜 그래요? 우물우물."

"히가시라 양…… 남 앞에서 그런 부끄러운 짓을 어떻게 하는 거야?"

"어? 혹시 저, 맹렬히 비판받고 있는 건가요?"

PM01:18■나와는 전혀, 진짜로, 하나도 상관없어

“아아~, 재미없어~.”

마키는 시끌벅적한 복도를 걸으면서 통명한 어조로 그렇게 중얼거렸다.

“우리의 우정은 어디에 가버린 거야! 이리도 양은 일 때문에 어쩔 수 없다 쳐도, 나스카 녀석이 남친을 우선하다니 말이야~!”

“어쩔 수 없어~. 이제 막 사귀기 시작했는걸. 가장 즐거운 시기를 방해할 수는 없잖아.”

“본인은 전혀 즐거워 보이지 않았거든?!”

확실히, 남친을 만나러 간다던 나스카는 평소와 변함없이 무표정했다.

“무표정해 보였지만, 마음속으로 긴장한 게 느껴서 귀여웠어.”

“끄아~! 새콤달콤한 청춘 드라마 같은 이야기 좀 하지 마~!! 남친 가지고 싶어지잖아~!!”

“릴렉스, 릴렉스~. 진정하시오~. 내가 같이 있어줄게.”

“으흑, 만세…… 남친은 안 생겼지만, 여친이 생겼어……. 둘이서 꽁냥꽁냥하자, 앗키…….”

“그래. 꽁냥꽁냥하자.”

대형견처럼 안겨드는 마키를 쓰다듬어주며 위로했다. 친

구를 빼앗겨서 쓸쓸한 마음은, 나도 느끼고 있다. 하지만 나스카는— 그리고 유메도 남친이 생겼다고 친구를 까맣게 잊는 애가 아니니까, 군소리 하지 말고 응원해줘야 해.

그렇게 생각하며, 문화제를 돌아봤다. 노점에서 파는 소시지를 화풀이하듯 우걱우걱 씹어먹는 마키를 보며 웃은 후, 밴드 연주와 연극을 하는 체육관으로 이동했다.

"농구부 선배가 밴드를 짜서 나온대~."

"그 사람, 좋아해?"

"그런 건 아냐~. 그래도 주위에서 하도 꺄아꺄아~ 하니까, 안 봐두면 따돌림당할 것 같거든."

"아하~. 여자한테 인기 많은 미남이신가 보군요~."

"아냐. 여자 선배야."

"와우~."

농구부에 밴드까지 한다는 말에 인기 요소 넘쳐나는 키메라 선배라고 생각했는데, 실은 그 상상을 넘어서는 사람이었다.

체육관 안은 어둑어둑했고, 무대만 찬란히 빛나고 있었다. 어둠 속에서, 수많은 관객이 우글거리고 있었다.

"으으…… 안 보여……."

"안아 들어줄까~?"

내가 열심히 발돋움하자, 마키가 다짜고짜 나를 안아 들었다. 이게…… 자기가 키 크다고 빼기는 거냐! 하지만 덕분에 무대가 보였다. 어느 반인지 부인지 모르겠지만, 댄스를 하고 있었다.

그리고…….

"……어?"

관객들 사이에서, 낯익은 머리를 본 듯한 느낌이 들었다.

……아니, 착각이 아니었다. 저 날라리 느낌으로 세팅한 머리카락…… 카와나미의 머리카락이다.

그리고, 그 옆에는—.

"……"

아니, 상관없어.

나와는 전혀, 진짜로, 하나도 상관없어.

네가, 반에서 자주 어울리는 니시무라 양과, 단둘이 저기 있어도, 나와는 상관없고, 관심도 없거든?

"아~, 팔 아프네! 내릴게~."

마키가 나를 바닥에 내려놓더니, 얼굴을 들여다봤다.

"왜 그래? 표정이 언짢아 보이네."

"……아무것도 아냐."

"혹시, 내가 멋대로 너를 번쩍 들어서 화난 거야? 그럼 미안해! 앗키가~ 키 작은 걸 신경 쓰는 줄 알면서 그랬어! 하지만 체구가 조그마한 것도 귀엽다고 생각해!"

"멋대로 위로하지 마! 딱히 신경 안 쓰거든~?!"

확실히 니시무라 양이 그 녀석한테 마음이 있다는 건 전부터 알고 있었다.

그 녀석은 니시무라 양과 대화 도중에 자주 화장실에 갔거든. ……그녀의 호의를 느낀 거야. 그래서 예의 알레르기가 일어난 게 틀림없어.

보통은 싫어해야 정상 아냐? 이야기를 나누기만 해도 두드러기가 생기는 상대라면 말이지. 나 같으면 지긋지긋할 거야. 그래서 내가 신경을 써주는 건데—.

연주가 끝나자, 관객 일부는 흩어져서 출구로 이동했다. 「우왓, 비켜야겠네」 하고 말하는 마키에게 끌려가며, 나가는 사람들에게 길을 비켜줬다.

밖으로 나가는 인파— 그 안에, 아까 본 머리가 섞여 있었다.

"어? 카와나미—와, 니시무라?"

카와나미가 무슨 말을 하자, 니시무라 양은 어깨를 흔들며 웃었다. 또 한심한 소리를 늘어놓은 것 같았다. 나한테 하던 것처럼—.

"우와~. 사이가 좋아 보이긴 했는데, 설마 어느새—."

"……."

"—히익?! ……아, 앗키~? 너, 좀 무섭다……?"

"……그렇지 않아."

"그렇거든?!"

나와는 상관없어. 저 녀석이 인기 좋다는 건 옛날부터 알고 있었는걸. ……거짓말쟁이인 것도, 옛날부터 알았어.

그러니 연애는 하는 게 아니라 구경하는 거란 소리를 늘어놓으면서도, 뻔뻔하게 문화제 데이트를 즐기는 것도 전혀 의외가 아냐.

“사람이 적어졌네. 마키. 이참에 앞으로 가자.”

“으, 응……. 이 분위기에서 선배 밴드의 연주에 맞춰 꺄아~ 꺄아~ 하는 건 무리인데…….”

마키의 손을 잡아끌며 무대 근처로 이동하기— 직전이었다.

체육관 밖에서, 목소리가 들려왔다.

“아, 저기 있네! 카와나미~!”

“아, 너희들! 하아, 흩어지지 좀 말라고~.”

“이렇게 사람이 많아서야 무리거든?!”

뒤를 돌아보니, 체육관 입구 근처에는 카와나미와 니시무라 양을 비롯한 다섯 명 정도의 동급생이 모여 있었다.

남녀가 뒤섞인 그 그룹은 시끄럽게 떠들어대면서 체육관을 벗어났다.

“……앗키~?”

마찬가지로 그 모습을 지켜보던 마키가 내 얼굴을 들여다보았다.

“데이트가 아니라 다행이네.”

“……나와 상관없어.”

“아아~, 나만 청춘을 못 즐기고 있구나~.”

“진짜로 상관없거든?!”

PM02:35■과거와 현재

“이야~, 무사히 탈출해서 다행이네요. 재미있었어요~!”

“맞아. 이제까지의 답이 마지막 수수께끼를 풀 힌트라는 걸 눈치챘을 땐, 진짜로 깜짝 놀랐어.”

“뭐, 흔한 구성이긴 하지만 말이야. 그래도 잘 만들었다 싶은걸.”

수수께끼 풀이 탈출 게임을 하는 반에서 나온 우리는 감상을 이야기하며 걸음을 옮겼다. 셋이서 이곳저곳 둘러봤지만, 저 탈출 게임은 특출난 수준이었다. 우리 취향에 맞기도 했지만, 고등학교 문화제인데도 불구하고 퀄리티를 추구하며 엔터테인먼트로서 세세한 부분까지 고려한, 즐길 맛이 충분히 나는 작품이었다.

“미즈토 씨와 유메 양이 있어서 정말 다행이에요! 혼자였으면 절대 못 들어갔을 거예요.”

“맞아. 나도 문화제를 얕본 것 같아. 설마 저렇게 뛰어난 작품을 만드는 반이 있을 거라고는 생각도 못 했어.”

“맞아요~! 인싸들이 별것도 아닌 작품을 내놓으며 자기들끼리 잘 만들었다고 띄워주는 이벤트라고 생각했거든요~!”

“저기, 문화제에 대한 인식이 너무 나쁜 거 아냐?”

평범하다고 생각하는데 말이지.

그렇게 돌아다니다 보니, 안뜰에 도착했다. 3학년이 퍼포먼스를 하고 있으며, 여자애가 웅장한 목소리로 애니메이션 주제가를 열창하고 있었다. 그것을 BGM 삼으면서, 유메가 문화제 팸플릿을 펼쳤다.

"다음은 어디 갈까? 오후 영업을 시작한 반도 많아."

이사나는 고개를 갸웃거리면서 하늘을 올려다보았다.

"으음…… 아까 거기로 하얗게 불태웠어 증후군이랄까요……."

"그래. 좀 쉬는 것도 괜찮지 않을까?"

"그렇구나. 뭐, 계속 걷기만 했으니까…… 아, 그럼 나는 화장실 좀 다녀올게. 히가시라 양은 괜찮아?"

"괜찮아요~. 다녀오세요~."

"금방 돌아올 테니까, 이 근처에서 기다려."

유메가 건물 안으로 들어갔다. 그 모습을 본 후, 우리는 연결통로의 기둥에 기대면서 열창을 하고 있는 3학년을 쳐다보았다.

그러고 있을 때…….

"미즈토 씨, 미즈토 씨."

"응?"

이사나를 돌아본 바로 그 순간이었다.

"슬쩍."

이사나는 가슴을 감싼 케이프 자락을 꾹 잡아당겨서, 노출이 심한 던들의 가슴 부분을 살짝 보여줬다.

"……너, 그런 짓에 빠진 거냐?"

"음란하지 않나요? 수많은 사람이 있는 공공장소에서, 미즈토 씨한테만 보여주는 거잖아요."

"성가신 성적 취향을 개척한 것 같네……."

안이하게 칭찬하지 말 걸 그랬다.

유혹이라기보다 시추에이션을 즐기는 듯한 이사나는 입가를 가리며 「크흐흐」 하고 슬며시 웃었다.

"미즈토 씨도 유메 양 상대로 한번 해보세요."

"유감이지만 남자한테는 보여줄 만한 게 없거든."

"에이, 미즈토 씨는 뭘 모르네요. 가슴을 보고 흥분하는 건 여자나 남자나 마찬가지거든요?"

"나는 흥분 안 했다고."

"후후후. 친구니까 그런 걸로 해둘게요."

이 녀석, 기고만장해졌을 때는 정말 성가시다니깐.

"뭐, 그런 짓은 안 하더라도 말이죠. 너무 소극적인 거 아니에요? 모처럼의 문화제잖아요. 유메 양을 꼬실 마음이 있긴 한 거예요?"

"애초부터 그런 마음은 없었어. ……실행위원 일로 생각보다 바빴거든. 특히 저 녀석은 위원장의 마음에 든 것 같으니까……. 그러니, 방해하고 싶지 않아."

"변명……은, 아닌 것 같네요. 하지만 유메 양이라면 방해

된다고 생각하지 않을 것 같은데요?"

"본인이 어떻게 생각하든, 상관없어."

지금 무엇을 중시해야 하는가. ……그것을 결정하는 건, 본인의 감정이 아니다.

"부우."

이사나는 내 얼굴을 지그시 쳐다보더니, 화난 것처럼 입술을 삐죽 내밀었다.

"미즈토 씨, 또 성가신 생각을 하고 있는 거죠?"

"일전의 너만큼은 아닐 거야."

"무지 성가신 저를 정확하게 이해하고 있다는 건, 저보다 더 성가신 성격을 지녔다는 의미라고요!"

……솔직히 말해, 반론을 할 수 없네.

"미즈토 씨는 머리가 좋아서 주위의 반응 같은 것까지도 고려하나 본데, 가장 중요한 건 자기 자신이잖아요? 그 외의 다른 건 뒷전으로 밀어버려도 된다고요."

"그렇겠지. ……아마, 네 말이 옳을 거야."

하지만, ……그건, 자기 자신이라는 걸 지닌 인간의 방식이다.

자기 자신이라는 것을 믿을 수 있는 인간의 방식이다.

나는, 내 안에 있는, 그리움에 가까운 감정에, 따를 마음이 없었다.

그야— 그렇잖아?

따지고 보면 이건, 실패한 기억인걸.

"저기, 이사나. 농담 삼아 들어줬으면 하는데 말이야."

"네."

"나, 실은 네 고백을 받아들였어야 했던 걸지도 몰라— 하고 말한다면……."

"화낼 거예요."

"……그러겠지."

내가 자조 섞인 미소를 머금었다. 이런 뻔뻔한 소리가 통할 리—.

"하지만……."

이사나는 아직 내 눈을 지그시 응시하고 있었다.

"미즈토 씨가 다시 고백해준다면, 기쁜 마음으로 오케이 하겠어요."

나는 뜻밖이라는 듯이 눈을 치켜뜨며, 이사나의 눈을 응시했다.

"그게…… 어떤 차이가 있는데?"

"글쎄요……. 아마, 과거냐 현재냐의 차이 아닐까요?"

"……과거냐, 현재냐?"

"과거의 선택이 아쉬워서 이제까지의 일을 없었던 일로 하며 세이브&로드를 하는 것과, 지금 현재의 저를 보며 새로운 선택지를 고르는 것의 차이—일 거예요."

……아, 그렇구나.

역시 이 녀석의 말은 논리 정연해서, 이해하기 쉽다.

"저는 말이죠. 미즈토 씨를 만난 후로 꽤 변했어요. 그리고, 미즈토 씨를 만난 후의 저를, 저는 좋아해요. 그러니 그런 저를 선택해준다면 여친이든 마누라든 기쁜 마음으로 되어줄 거고, 오늘 바로 집에 데려가서 야한 짓도 할 거예요."

"성욕을 너무 전면에 내세우지 마."

"저한테는 중요해요. 미즈토 씨는 다른가요?"

아냐.

나에게, 중요한 건—.

—아아, 또다.

아니라는 건 알지만, 그럼 뭔지 생각해보면…… 답이 나오지 않았다.

"으음…… 미즈토 씨. 그러고 보니—."

"—실례하지."

이사나가 뭔가를 물으려던 순간, 낮은 목소리가 들려왔다.

앞을 쳐다보니, 재킷 차림의 남성이 서있었다. 40대 정도일까…… 수완 좋은 실업가 같은 분위기를 지녔다. 학생의 부모님일까?

"길을 좀 물어도 될까?"

"아, 네."

나는 팔뚝에 실행위원 완장을 차고 있다. 그걸 보고 말을 건 것 같았다.

이사나의 존재감이 순식간에 옅어진 가운데, 실업가 느낌의 남성이 말했다.

"1학년 7반은 어디 있지?"

우리 반?

뜻밖이라고 생각하면서도, 나는 실행위원으로 그 질문에 성실히 답했다.

"저 건물의 2층이에요. 계단을 올라가서 세 번째 교실이죠."

"그렇군. 알려줘서 고마워."

그렇게 말한 남성은 내 옆에서 몸을 웅크리고 있는 이사나를 쳐다보며 미소 지었다.

"멋진 여친인걸. 소중히 여기게."

"히익."

갑자기 언급된 바람에 놀란 듯한 이사나는 낮은 비명을 지르며 내 옷을 움켜잡았다.

"그럼 실례하지. 정말 고마워."

남성은 건물 안으로 들어갔다.

클래스메이트 중 누군가의 아버지인 걸까. 꽤 인상이 좋은 사람이었다.

"……에헤. 에헤헤……. 저보고 멋진 여친이래요, 미즈토 씨!"

"그렇다면 참 좋겠네."

"네! ……어, 그건 미즈토 씨가 절대 해선 안 되는 말이잖아요!"

삐친 이사나를, 강아지 달래듯 얼렀다.

……소중히 여겨주게, 라.

말만큼, 쉬운 일이 아니라고.

PM03:45■이 세상에는 두 종류의 인간이 있다

화장실에 다녀온 나는 미즈토, 히가시라 양과 함께 문화제를 계속 둘러봤다.

체육관에 가서 밴드 연주를 봤고, 프레젠테이션에서 경쟁했던 본격파 메이드 카페에 다녀오니, 순식간에 시간이 지났다.

평소 같으면 수업이 끝났을 시간이라는 걸 깨달은 내가 미즈토에게 물었다.

"슬슬 후야제 준비를 하러 가봐야 하지 않아?"

"아— 벌써 시간이 그렇게 됐구나."

미즈토도 스마트폰으로 시간을 확인하며 그렇게 중얼거렸다.

후야제. 캠프파이어다. 뒷정리는 내일 할 예정이니, 그 준비가 문화제 실행위원으로서 오늘 해야 하는 마지막 활동이다.

그 말을 들은 히가시라 양이 아쉬운 듯이 고개를 푹 숙였다.

"그런가요……. 일하러 가야한다면 어쩔 수 없죠……."

"히가시라 양은 이제 어쩔 건데? 학급의 뒤풀이에 참가할 거야?"

"저희 반은 그런 걸 안 할 것 같고, 하더라도 절대 안 갈 거예요."

절대로 안 간다는 말이, 저렇게 자신만만하게 할 소리야?

"으음…… 후야제는 자유 참가죠? 커다란 불꽃은 보고 싶지만……."

캠프파이어를 커다란 불꽃이라고 말한 거야?

"기왕이면 끝까지 보고 가지 그래? 꼭 춤을 춰야 하는 건 아니잖아."

"하지만, 혼자서 보면 딱히 재미있을 것 같지도 않거든요……. 아마 8할 정도의 확률로 돌아가 버릴 것 같네요."

"그럼 나와 같이 보자."

미즈토가 그렇게 말하자, 나는 「뭐?」 하며 그를 돌아보았다.

히가시라 양은 환한 표정을 지었다.

"정말요?"

"준비가 끝나면, 할 일이 없거든."

"그럼 돌아가지 않을래요! 나중에 연락해주세요~!"

히가시라 양은 기쁜 투로 그렇게 말하더니, 자기 반으로 돌아갔다.

태연한 표정으로 그 모습을 쳐다보던 미즈토를, 나는 당혹스러운 눈길로 쳐다봤다.

"왜 그런 약속을 한 거야……?"

"무슨 문제라도 있어?"

"그야— 후야제 때, 문화제 실행위원회의 뒤풀이가 있잖아!"

그렇다. 후야제 시간에 문화제가 무사히 끝난 것을 축하하는 뒤풀이를 하기로, 처음부터 정해져 있었다. 이 몇 주

동안 함께 고생한 위원들이 서로의 노고를 치하하는, 문화제 실행위원으로서의 마지막 이벤트다.

미즈토가 그것을 모를 리 없다. 내가 분명히 말해줬고, 『알았어』 하고 대답했던 것이다. 뒤풀이에 참가할 정도로는 다른 이들과 친해진 것 같아서 안심했다. 그런데—.

"실행위원과의 뒤풀이 후에는 반 뒤풀이도 있잖아……. 너는 최고 공로자니까, 꼭 참가해야—."

"그건 일이야?"

허무였다.

감정이 어리지 않은, 허무에 찬 텅 빈 눈동자로, 미즈토는 나를 쳐다봤다.

"그 뒤풀이란 것도, 일이야?"

"어…… 아니…… 딱히, 일은……."

"그럼, 참가는 자유겠네."

"하, 하지만……!"

자기도 모르는 사이에, 나는 미즈토의 교복을 움켜잡고 있었다.

말리려는 듯이.

붙잡아두려는 듯이.

"신세를 진 선배도 있으니까…… 마지막으로 인사를, 해둬야 하지 않겠어……?"

"그건 내일, 뒷정리를 마치고 해산할 때 하면 돼."

"모…… 모처럼 쌓은 친분이, 전부 물거품이 되어버릴 거야. 또 어울리기 어려운 녀석이라고 여겨질걸? 그래도 괜찮은 거야……?!"

"무슨 문제라도 있어?"

전혀, 흔들림이 없었다.

미즈토의 눈동자에는— 미세한 감정의 흔들림도 어려 있지 않았다.

"실행위원 일은 끝났어. 어떻게 여겨지든 지장은 없잖아?"

"뭐…… 마치, 일 때문에 어쩔 수 없이 친하게 지냈다는 듯한……."

"네 말이 맞아. 조금은 붙임성이 있는 척을 해두지 않으면 할 수 있는 일도 할 수 없게 된다는 건, 경험이 부족한 나도 알거든."

이 녀석이 무슨 소리를 하는 걸까.

표정으로 그렇게 말하는 것처럼, 미즈토는 미간을 찌푸렸다.

"옷, ……놔 줘. 시간, 없지 않아?"

"……응. 미안해."

미즈토의 옷에서 손을 뗐다.

그와 동시에, 그라는 존재 자체가 멀어져 가는 듯한 느낌이 들었다.

집에 돌아가면 얼굴을 마주할 수 있다. 매일 같은 교실에서 수업을 듣는다.

하지만 오늘 밤. 나는 실행위원회의 뒤풀이에 참가하고, 그는 히가시라 양과 함께 시간을 보낸다.

겨우 그것만으로— 전부 끝나버린 듯한 느낌이 들었다.

나와 그 사이에, 넘을 수 없는 벽이 생긴 듯한 느낌이 들었다.

"……옷 하니 생각난 건데……."

미즈토는 교복 옷깃을 잡아당기더니, 안에 입은 노란색 학급 티셔츠를 내려다봤다.

"이 티셔츠는, 어디다 돌려주면 돼?"

"……가지고 돌아가는 거야."

추억 삼아서 말이다. ……보통은…….

"아…… 그랬구나."

나는, 이제 와서, 이제서야, 이해했다.

이 세상에는 두 종류의 인간이 있다.

문화제를 추억 삼아 소중히 여기는 인간과, 귀찮은 행사라 여기며 대충 넘어가는 인간이다.

나와 그는— 다른 인간이었던 것이다.

"……**미안해.**"

그런 목소리가 들린 듯한 느낌이 들었다.

환청이 틀림없다.

그 후, 우리는 아무 말 없이, 묵묵히, 일을 하러 갔다.

"고마워."

중학교 마지막 문화제에서, 너는 친구들과 즐겁게 웃고 있었다.

나는 도망치듯 옥상으로 향했다. 소란에서 벗어나 시끌벅적한 축제를 내려다보자, 그제야 술렁거리는 가슴이 진정됐다.

이걸로 됐다.

나는 이걸로 됐다.

우리는 이걸로 됐다.

이제까지의 일이야말로 잘못된 것이다. 새끼 오리와 새끼 백조가 세상 물정 모르던 어린 시절에 함께 지낸 것이나 다름없다.

아아, 물론 백조는 나다. 너는 자기가 백조라고 생각하겠지만 말이다.

그러니, 이걸로 됐다.

아름다움조차 공유할 수 없는 우리가, 어떻게 같이 지낼 수 있을까?

……미안해, 아야이. 정말 미안해.

나는, 마음속으로 사과할 수밖에 없었다.

실은 다른 말을, 너에게 전해야 한다는 것을 알면서도…….

1년 전부터 지금 이 순간까지, 나는 나란 존재를 정의하려 했다.

나와 그녀 사이에 벽이 있다는 것을 알면서, 왜 결국 졸업 때까지 헤어지지 못하고 질질 끈 것일까.

예전에는 좋아했던 말이, 행동이, 왜 갑자기 전부 짜증스럽게 느껴진 것일까.

분명 내 안에는 호의와 혐오가 공존하는 것이다. 너를 좋아한 것은 진실이며, 너를 싫어하게 된 것도 진실이다. 모순되지만, 양쪽 다 엄연한 사실이다.

그래서 괴로웠다. 아팠다. 슬펐다.

모순이 자아내는 알력이, 내 정신을 좀먹어 들어갔다…….

그래서 헤어지잔 말을 겨우 꺼냈을 때, 그렇게 개운했다.

이제, 연인이 아니라면.

나는 그녀를, 싫어하는 것이리라.

모순이 사라지고, 알력이 사라졌다.

그래서, 의붓남매가 됐을 때도, 헤어지기 전보다는 편했다.

가족이라는 사실과 싫어한다는 사실은 모순되지 않는다.

『싫어하게 되어서 헤어졌다』. 내가 내린 그 결론에, 이의를 제기하는 것이 아니다.

……그렇게 여겼는데…….

그 여름날에, 전부 어긋나고 말았다.
폭죽의 불꽃에 비친 네 얼굴이, 내 결론을 비틀어놨다.

전부 거짓이었다고 말해줘. 그저 꿈이었다고 말해줘.
그렇지 않다면 우리는, 무엇을 위해 헤어진 거지?
그 고통은, 아픔은, 슬픔은, 대체 뭐였지?
싫어하게 되어서 헤어진 걸 텐데.
왜 이렇게, 네 얼굴이 어른거리는 거야—.

◆ 카와나미 코구레 ◆

『—이것으로, 금년도 라쿠로 고교 문화제를 마칩니다. 찾아주셔서 감사합니다.』

교내 방송을 들으면서, 나는 「하아……」 하고 깊은 한숨을 내쉬었다.

식재료가 바닥났고, 찻잎이 바닥났으며, 원두가 바닥난 데다, 시간마저 바닥난 끝에, 정신없이 바빴던 문화제가 드디어 끝났다.

마치 알바라도 하는 것 같은걸. 뭐, 귀찮게 구는 상사나 선배가 없다는 것만으로도 일할 맛이 났지만 말이야.

"수고했어."

손님이 없는 테이블석에 앉아 멍하니 있을 때, 차가운 캔이 볼에 닿았다.

고개를 돌려보니, 학급 티셔츠를 입을 아카츠키가 있었다.

이 꼬맹이 여자는 내 맞은편에 앉아서 자기가 마실 캔 주스를 땄다. 오렌지 주스. 나에게 건네준 것은 커피였다.

"……원두커피를 온종일 서빙했는데, 내가 마시는 건 캔 커피인 건가."

"커피가 당길 타이밍 같았거든."

"땡큐~."

열받는 일이지만, 나에 대해 참 잘 아는 녀석이다. 나는 캔 커피를 땄다.

고급스러움과는 거리가 먼 쓴맛과 산미를 혀로 느끼면서, 주위의 소음에 몸을 맡겼다. 아카츠키와 이리도 양과 자주 어울리던 사카미즈가 주스와 과자가 가득 들어 있는 편의점 비닐봉지를 들고 등장하더니, 클래스메이트에게 나눠주고 있었다. 이 캔 커피도 저 물자 중 일부일 것이다.

"문화제는 어땠어?"

텐션이 상승한 클래스메이트의 목소리에 섞여서, 아카츠키의 목소리가 들려왔다.

어릴 적부터 들어온 소꿉친구의 목소리는, 어떤 환경에서도 불가사의하게 잘 들렸다.

"즐거웠어. 특히 2학년의 탈출 게임은 걸작이었다니깐."
"아, 거기 가봤구나? 나도 마키와 함께 갔어~. 도중에 타임아웃이 됐지만 말이야."
"흥. 키뿐만이 아니라 뇌까지 쪼끄마하구나. 나는 클리어했다고."
"그거, 얼굴이 조그마하단 의미야? 너희는 다섯이었고 우리는 둘이었으니까, 어쩔 수 없잖아."
"……어? 다섯이서 돌아봤다는 소리를 내가 했던가?"
"아."
아카츠키는 거북한지 시선을 피했다. 어딘가에서 스쳐 지나갔었나 보네.
"그러고 보니 이리도 녀석들은 어땠으려나. 점포 준비로 바빠서 조언을 못해줬거든."
"네가 조언 안 해줘도, 데이트했어. ……히가시라 양도 함께였지만 말이야."
"뭐? 걔는 뭐 하는 거야. 그래서는 데이트가 아니잖아~!"
"어쩔 수 없어. 과보호 그 자체인 이리도가 히가시라 양을 혼자 내버려 둘 리가 없잖아."
"그건 그렇지만……."
"실행위원 순찰 때 둘만의 시간을 보낸 것 같으니까, 괜찮지 않아?"
진짜 감질나네. 그런 우물쭈물도 연애의 매력이겠지만 말이야.

"……뭐, 아직 후야제도 있잖아. 히가시라 녀석은 일찌감치 돌아가 버릴 테고……."

"맞아~. 실행위원이 할 일도 얼추 다 끝났을 테니까……."

……후야제라.

나는, 어떻게 할까—.

"—저기."

문뜩 내가 한 생각을 읽기라도 한 것처럼, 아카츠키가 말했다.

"후야제…… 같이 참가하기로 약속한 사람, 있어?"

"……딱히 없어."

"너, 자칭 인기남이잖아? 말 꺼낸 여자가 없는 거야? ……니시무라 양이라든가……."

"인마, 싸움 거는 거냐? 그런 고백 같은 짓거리를 당했다간, 나는 지금쯤 양호실에 뻗어있을 거라고~."

"그럼…… 나와 같이 참가 안 할래?"

아카츠키는— 내 소꿉친구인 아~는…….

창문을 통해 스며드는 석양을 등지며, 그렇게 말했다.

역광 탓에 옅은 그림자가 드리워진 그녀의 눈동자가, 내 얼굴을 살피듯 응시했다.

팔의 피부가, 오싹거렸다.

고백 같은 짓—.

"그러면, 너도 구토 안 할 거잖아?"

"……뭐?"

"소꿉친구로서, 네 전용 여자 퇴치 부적이 되어주겠다는 거야. 너의 그 체질은 나 때문에 생긴 거기도 하니까, 내가 책임져줄게. ……어라?"

얼이 나간 나를 본 아카츠키는 고개를 갸웃거리더니, 곧 입가를 말아 올렸다.

"혹시, 고백이라도 받는 줄 알았어?"

"……그럴 리가 없잖아."

"완전 자의식 과잉이네. 징그러워."

"아니라고 말했잖아~!"

흐흐흐, 하고 아카츠키는 의기양양하게 웃었다.

……자의식 과잉인 건 내가 아니라 너야. 빌어먹을.

◆ 이리도 유메 ◆

『—이것으로, 금년도 라쿠로 고교 문화제를 마칩니다. 찾아주셔서 감사합니다.』

노을 진 하늘에 방송이 울려 퍼지자, 일반 입장객이 정문을 통해 밖으로 나갔다.

스마트폰을 보니 알림이 떠 있었고, 〈슬슬 돌아가 볼게! 재미있었어~!〉라는 마도카 씨의 LINE이 와있었다.

그것을 보며, 후야제 준비가 시끌벅적하게 진행됐다.

일부 노점을 철거해서 교정에 공간을 만든 후, 거기에 커다란 목재가 쌓였다.

미즈토도, 한가운데에 있지는 않지만 그 사이에 섞여 있었다. ……하지만 저 미소가 거짓이라는 것을, 나만은 알고 있었다.

자만했던 걸지도 모른다.

여름 방학 때 시골에서, 그에 대해 조금은 알았다고 여겼다. ……그래서, 나라면 그를 도울 수 있을 거란, 자만에 빠졌다.

그가 도움을 바라지 않는다는 것을, 눈치채지 못했다.

그것이 그저…… 내 소망에 지나지 않는다는 것을, 눈치채지 못했디…….

나는 그저, 자기가 좋아하는 사람이, 자신의 가족이, 자신의 전남친이, 남에게 인정받는 것을 보고 기분이 좋았을 뿐……. 인정받고 싶어 하는 욕구를, 그를 이용해 충족시켰을 뿐이다.

지금까지, 그는 거기에 어울려줬을 뿐이다.

내 체면을 세워주고, 실행위원회에서 풍파를 일으키지 않으려 했을 뿐이다. 나를 위해, 자기 자신을 억누른 것이다.

이제는 이해된다.

작업을 빨리 끝낸 이유. 바쁜데도, 히가시라 양을 만나러 갔던 이유. 그것은, 있을 곳이 없는 히가시라 양을 배려해서

가 아니다.

히가시라 양의 앞에서라면, 원래의 자신으로 있을 수 있는 것이다.

남을 신경 쓰지 않아도 되기 때문이다.

……가족인, 나조차도. ……미즈토에게 있어서는, 가면을 써야만 이야기를 나눌 수 있는 상대인데…….

자신의 어리석음에 구역질이 났다. 눈물을 흘리는 것조차도, 주제넘다는 생각이 들었다.

이렇게나 멀다.

한번은 손이 닿았다고 느껴졌던 그가, 지금은 이렇게나 멀게 느껴졌다.

그를 애타게 그리는 것조차, 무모하게 느껴질 만큼—.

◆ 이리도 미즈토 ◆

"쪽팔려 죽을 뻔했어요……."

후야제 준비를 마치고 합류한 이사나는 어찌 된 건지 얼굴을 붉힌 채 부들부들 떨고 있었다.

그녀는 종이봉투를 품에 안고 있었다. 교복으로 갈아입은 것을 보면, 미나미 양이 입혔던 던들이 저 안에 들어 있을 것— 어라.

"……혹시, 아까 그 차림으로 교실에 돌아간 거야……?"

“깜빡했어요~! 클래스메이트의 말을 듣고서야 눈치챘다니까요……. 『귀여워』, 『어울려』, 『남친 취향?』 같은 소리를 하며 놀려대는데…….”

“그건 그냥 칭찬— 잠깐만 있어 봐. 나한테 불똥이 튄 거 아냐?”

이 대SNS시대에 괜한 소문이— 하아. 뭐, 됐어.

이사나는 나에게 종이봉투를 떠넘겼다.

“이 옷을 유메 양에게 돌려주세요……. 빨아서 돌려드릴까 했는데, 어떻게 빨면 되는지 모르거든요…….”

“응, 알았어.”

“킁킁거리며 냄새 맡는 건 적당히만 해요.”

“할 것 같냐. 나는 네가 아냐.”

“히익. ……무, 무슨 소리인지 모르겠네요~.”

남의 베개에 그렇게 얼굴을 묻어놓고, 이제 와서 시치미를 떼봤자 아무 소용없거든?

“그럼 갈까.”

“네~. 캠프파이어는 처음 보는 걸지도 몰라요. ……역시 춤도 추나요?”

“그런 녀석도 있을 거야. 너는 아니지만, 커다란 불꽃은 보고 있기만 해도 꽤 장관이거든. 좀 종교의식 같기도 하잖아.”

“맞아요~! 커다란 불꽃을 보면 텐션이 상승한다니까요~!”

“……너는 불꽃 계열 능력을 얻지 못하는 편이 낫겠는걸.”

그럼 갈까요, 하고 말한 이사나가 입구로 향하려 하자, 나는 그녀의 팔뚝을 움켜잡았다.

"기다려. 그쪽이 아냐."

"에엥? ……교정에 가는 게 아닌가요?"

"우리에게 더 어울리는 장소가 있어."

이사나가 눈을 끔뻑이자, 나는 히죽 미소 지었다.

일을 그렇게 열심히 했잖아. 이 정도 보수는 받아도 되겠지?

◆ 이리도 유메 ◆

"그럼 위원장으로 한 마디 할까— 수고했다!"

""""수고했습니다~!!""""

쿠레나이 선배의 말에 맞춰, 다들 잔을 치켜들었다.

문화제 실행위원회의 메인 거점으로 쓰인 회의실에는 상급생들이 사온 과자와 주스가 펼쳐졌다. 뒤풀이치고는 귀여운 느낌이지만, 후야제를 마친 후에 가게를 빌려서 제대로 뒤풀이를 할 예정이라고 한다. 즉, 이건 어디까지나 애피타이저 격이다.

"이야~ 유메! 근대풍 카페에 가봤어~! 진짜 끝내주더라~!"

"가, 감사해요."

"어라? 동생은 어디 갔어~?"

"으음…… 다른 볼일이 있어서요."

"뭐~? 그래~. 아쉽네……. 좀 더 이야기를 나누고 싶었는데~."

야스다 선배를 중심으로 여자애들이 말을 걸어준 덕분에 혼자 멀뚱멀뚱 있는 신세를 면했지만, 내 가슴에는 구멍이 뚫려 있었다.

1년 전의 나라면, 이런 식으로 뒤풀이 자리에서 선배와 이야기를 나누지 못할 것이다. 어디 있으면 좋을지 몰라 우왕좌왕할 것이다.

이것은, 엄연한 성장이다.

나는 강해졌다. 능숙해졌다. 인간으로서 살아가는 것에…… 숙달됐다.

……그런데, 왜 이렇게 허무한 걸까.

이렇게 많은 사람에게 둘러싸여 있는데, 단 한 사람의 공백이 너무나도 크게 느껴졌다.

"이야, 유메 양. 수고 많았어."

"아…… 위원장님. 수고하셨어요."

쿠레나이 선배가 다가오더니, 내 옆자리에 앉았다. 갑작스러운 일이라, 나는 긴장했다.

이야기를 나눌 사람이라면 얼마든지 있는데, 왜 내 옆에 온 거지?

선배는 눈앞에 있는 과자에는 눈길도 주지 않더니, 나를 똑바로 바라보며 미소 지었다.

“『위원장』도, 슬슬 끝인데 말이지.”

“아…… 그럼, 『부회장님』이라고 부를까요?”

“그것도, 곧 끝날 거다. 그렇게 되면 『회장님』이라고 불러줬으면 좋겠군.”

쿠레나이 스스리 차기 학생회장은 농담 투로 그렇게 말했다. 대단해……. 자기가 회장이 된다는 것에, 전혀 부담을 느끼고 있지 않아. 나도 이렇게 자신감이 넘치는 사람이 되고 싶었어……. 하지만 벼락치기로는 이 사람처럼 되지 못해.

문화제 실행위원회가 끝나면, 쿠레나이 선배와의 접점은 사라질 것이다. 나는 그녀를 우러러보는 학생 중 한 명이 된다. 그렇게 생각하니 좀 아쉽다.

“그러고 보니, 동생은 안 왔나 보군.”

쿠레나이 선배는 내 옆을 쳐다보며 말했다.

“아, 네. 그는—.”

내가 몇 번이나 입에 담았던 설명을 말하려고 입을 벌렸지만…….

“—역시, 그는 그쪽 타입이었던 건가.”

선배의 혼잣말 같은 중얼거림에, 입을 다물었다.

뭐? 그쪽 타입…… 이라니?

“이거, 미안한 짓을 했는걸. 일단 그 가능성도 염두에 두긴 했지만— 어느 쪽이든 간에, 방치해두는 것보다는 나을 거라고 생각했지.”

"자, 잠깐만요. 무슨 말씀이신지 모르겠는데요……."

"아, 미안해. 그가 사람들 사이로 섞일 수 있도록 도와주라고 너에게 부탁한 것 말이야."

선배는 별일 아니라는 투로 말했다.

"프레젠테이션 때부터, 그가 집단에 섞이는 걸 좋아하지 않는 타입이라는 건 눈치챘지. 하지만, 독불장군이어선 효율에 지장이 생기거든. 그 같은 유능한 인재를 방치해둘 수는 없으니, 너에게 다리 역할을 부탁한 거다. —실은 외로움을 탈 뿐일 가능성도 있지만, 예상대로 사람들에게 둘러싸이는 것에서 스트레스를 느끼는 타입인가 보군. 급료를 주는 것도 아닌데 불편한 환경 속에서 지내도록 강요해서 미안한걸."

"선배는…… 알고 있었던 건가요? 처음부터……."

나는…… 눈치채지 못했다. 그저 외로움을 타는 것뿐이라고 생각했다……. 하지만, 선배는—.

"눈치챈 건 내가 아냐."

"네?"

쿠레나이 선배는 자조 섞인 미소를 머금었다.

"아무래도 나는 꽤 거만한 타입 같거든. 타인을 이해하지 못한다고나 할까— 무슨 일이든『자기가 하는 편이 빠르다』고 생각하는 타입이지. 자각은 하고 있지만, 고쳐지지 않아."

"네……."

“그래서, 그런 부분은 죠에게 맡기고 있어. 네 동생을 분석한 것도, 내가 아니라 죠다.”

죠……라면, 학생회 회계인 하바 선배?

부회장의 오른팔이자 존재감이 없는 그 선배는 지금도 회의실 구석에서, 홀로 주스를 홀짝이고 있었다.

쿠레나이 선배는 그를 쳐다보며 말을 이었다.

“그의 대화 능력은 문명인이라는 게 믿어지지 않을 만큼 퇴화했지만, 대신 눈썰미가 참 좋지. 인간 관찰의 달인이다. 타인의 장점을 찾는 데는, 그를 넘어설 사람이 없을걸?”

마치 자랑하는 듯한 투였다.

내가 맞장구를 칠 틈도 주지 않으며, 쿠레나이 선배는 유창하게 이야기를 이어갔다.

“그래서 그런지, 자기를 극단적으로 낮게 평가하는 게 옥에 티야. 이리도 미즈토 군에 대해서도, 『자신의 상위호환을 보는 것 같아서 열받아요』라고 평가했지. 나는 전혀 그렇게 생각하지 않는데 말이야.”

아냐. 미즈토가 훨씬 멋져.

반사적으로 그렇게 생각했지만, 말하지는 않았다. 이게 바로 사교성이다.

“어쩌면 그래서 그를 다른 실행위원과 친해지게 하자는 말을 한 걸지도 모르겠는걸. 죠는 『실은 외로움쟁이』 타입이라, 마음속으로 공감한 걸지도 몰라. 죠가 대응에 실패하는 건

드문 일이지만, 그를 자기와 같은 타입이라고 생각했다면—."

이야기를 듣고, 혹시, 하고 생각했다.

나를 통해 다른 실행위원과 미즈토를 가까워지게 만들려 한 이는 하바 선배였다. 그것이 하바 선배답지 않은 실수였다면—.

"저기…… 혹시 말이에요."

"응?"

"떼어 놓고 싶었던 게 아닐까요……? 쿠레나이 선배가 미즈토에게 계속 치근덕거렸으니까요."

"……음?"

쿠레나이 선배는 어리둥절한 표정을 지으며 고개를 갸웃거렸다. 이 선배의 이런 표정은 처음 봤다.

"떼어 놓고 싶어……? 누구와 누구를?"

"미즈토와, 선배를…… 아닐, 까요……."

"으응???"

더, 더 자세하게 설명하고 싶지 않은데……!

"그러니까…… 하바 선배는 미즈토를 자기 상위호환 같다고 말했다면서요? 그런 남자가 갑자기 나타난 데다, 쿠레나이 선배가 적극적으로 관심을 표하는 걸 보고 불안해진 게 아닐까 싶은데요……."

"불안? 죠가? 왜?"

"지, 질투심을 느낀 거예요!"

하아, 정말! 말을 하는 내가 더 부끄럽네!

쿠레나이 선배는 고개를 갸웃거리면서…….

"질투…… 질투……?"

"아, 네."

"죠가…… 나 때문에?"

"그런 것 같아요……."

"……이야, 하하하. 말도 안 되는 소리군."

되게 감질나네에에에에—!!

"질투한 게 틀림없어요! 하바 선배는 감정을 겉으로 드러내지 않는 사람이지만, 아까 빈 교실에서는 귀까지 발개졌잖아요!"

"—응? ……자, 잠깐만."

"어? 네."

"너…… 본 거야? 빈 교실에서의 일을……."

"……아."

아차. 무심코……!

"죄, 죄송해요……! 교실을 나선 후에, 두 사람의 목소리가 들려서……!"

쿠레나이 선배는 고개를 돌려서 자신의 표정을 숨겼다.

"……아니, 개의치 마. 따지자면 숨어 있었던 우리 잘못이니 말이야."

그리고, 평소와 다름없는 목소리로 그렇게 말했다. —하지만, 나는 눈치챘다. 그때의 하바 선배 못지않게, 쿠레나이 선배의 귀도 빨개졌다는 것을 말이다.

"혹시나 해서 말해두는 건데! 나는 원래 그런 발랑 까진 여자가 아니다! ……하지만, 내가 아무리 구애를 해도 죠가 반응을 안 보이니까……."

……여자애구나…….

어쩌면 당연한 거겠지만, 천재라 불릴 만큼 머리가 좋은 사람도 부끄러워할 때가 있는가 하면 얼굴을 붉힐 때도 있다. —아니, 그 빈 교실에서 하바 선배와 있었던 일을 부끄럽게 여기고 있는 것이다.

……그럼 하바 선배의 앞에서만, 그런 캐릭터를 연기하는 걸까?

"저기…… 외람된 질문을 드려도 될까요?"

"……뭐지?"

"왜, 하바 선배를 좋아하는 거죠?"

쿠레나이 선배는 여전히 벌건 얼굴로 나를 돌아보았다.

"……딱히 좋아한다고 말한 적은 없는데?"

"으음…… 그럼, 같이 다니게 된 계기라도 알려주면 안 될까요?"

빈 교실에서 『반한 남성』이라고 말했던 것을 기억하고 있지만, 괜히 지적하지 않는 편이 나을 것 같았다.

그 빈 교실에서는 이상이 어쩌고 같은 것을 설명했었다.

하지만 그것이 하바 선배를 위해 연기한 캐릭터라면, …… 더 진실된 이유가 따로 있을 것이다.

현실도피를 하고 싶은 걸까. ……지금은, 다른 사람의 사랑 이야기가 정말 듣고 싶었다.

선배는 반쯤 녹은 얼음이 들어 있는 잔을 가볍게 흔들었다.

"……계기 같은 건, 별거 아냐. 그저, 존재감이 없는 소년이 있었어. 그 소년의 유능함을 우연히 알게 된 소녀가 있었지. 그 『우연』에, 미숙하고 오만한 여자는 현혹되고 말았다. 그저, 그뿐이야."

……미숙하고, 오만한…….

마치, 지금의 나 같다.

"나는 중학생 때, 큰 실패를 겪었어. 그 원인은, 내가 나 자신을 완벽하며 올바르다고 착각한 점이었지. 뭐, 사춘기 때 흔히 겪는, 자의식의 비대화란 거야. 그래서 나는 그 결점을 보완해줄 존재를 찾아다니게 됐어. 그러던 와중에…… 계속 마음이 쓰이던 외톨이 아싸가, 바로 나에게 이런 식으로 말하지 뭐야."

—당신은 완전히 틀렸어요. 저는 그냥 내버려 둬야 마땅한 존재라는 걸, 당신 이외의 모두가 알죠. 공부도 잘하면서, 겨우 그런 것도 모르는 건가요?

"『나만은 알고 있다』고 여겼는데, 거꾸로 『나만 모른다』는 말을 들었지. 충격이 컸어……. 무엇보다, 충격을 받았다는 사실 자체가 가장 충격적이었지. 내 마음 깊숙한 곳에 있는, 연약한 부분에 꽂힌 듯한 느낌이 든 거야……."

"……그래도, 거리를 두지는 않았던 건가요?"

"당연하지. 열받았거든! 남과 제대로 이야기도 나누지 못하면서, 감히 나한테 맞서다니 말이야! ……동시에, 이 동급생이야말로 내가 찾던 존재라는 걸 깨달은 거야. 그래서 미인계든 뭐든 써서 손에 넣으려고……."

쿠레나이 선배의 시선이 슬며시 움직였다.

하바 선배는 존재감이 없기에, 이렇게 많은 이들이 모인 자리에서는 찾기 어렵다.

하지만, 쿠레나이 선배는 헤매지 않았다. 찾지 않았다.

이제까지 몇 번이나 그래왔듯이, 순식간에 찾아내는 것이다.

수백 수천의 인간 사이에서도 매몰되지 않는, 그 얼굴을……

"……정말, 열받는다니깐. 내 시선을 이렇게 눈치 못 채는 건, 저 녀석뿐일 거야."

쿠레나이 선배가 삐친 듯한 어조로 그렇게 말하자, 나는 빙그레 미소 지었다.

내 옆에 있는 이는 선배도 천재도 아닌, 첫사랑에 휘둘리고 있는 한 명의 소녀였다.

"하아, 정말! 후배 앞에서 부끄러운 이야기를 해버렸어!"

들고 있는 주스를 벌컥벌컥 들이켜는 선배를 향해, 나는 말했다.

"부끄러워할 필요는 없지 않을까요? 이 세상의 누구나 겪는 일이니까요."

"……그렇다면, 나는 모든 인류를 존경해야겠군."

하아, 정말…….

이렇게 머리가 좋은 사람도 뜻대로 하지 못하는 걸 보면—자기 뜻대로 이뤄내는 사람은, 이 세상에 단 한 명도 없을지 모른다.

설령 그 상대가, 전에 사귄 적이 있는 이일지라도…….

"오! 슬슬 시작하나 보네~!"

창밖을 보고 있던 누군가가 그렇게 말했다. 그 말을 계기로 창가에 사람들이 모여들었고, 몇몇은 서둘러 회의실 밖으로 나갔다.

교정 쪽의 창문이 붉은빛에 물들어 있었다. 캠프파이어가 시작된 것이다.

나는 그 모습을 보면서, 선배에게 말했다.

"선배도 하바 선배와 같이 가보는 게 어때요? 『실은 외로움쟁이』……라면서요?"

"……유메 양. 너, 나를 깔보기 시작한 것 아냐?"

"친근감을 느끼기 시작했다고 말해줬으면 좋겠네요."

하아, 하고 한숨을 내쉰 쿠레나이 선배가 자리에서 일어났다.

"뭐…… 이런 후배가 한 명쯤 있는 것도 괜찮겠지."

"네?"

"나는 말이지. 이런 사랑 이야기를 나누기 위해, 너한테 말을 건 게 아냐."

선배는 자리에 앉아있는 나를 쳐다보며, 말했다.

"유메 양— 차기 학생회장으로서, 너에게 부탁할 일이 있다."

그 『부탁』을 듣고, 나는 자신의 『운명』이 옛날 옛적에 변했다는 것을 깨달았다.

◆ 이리도 미즈토 ◆

"오오……."

문을 열지미자, 이사나는 주위를 빙글 돌아본 후에 밤하늘을 올려다보았다.

가을 밤바람이 조용히 불고 있다. 소란과 불빛과도, 사람의 숨결과도 동떨어진 장소.

건물 옥상이다.

"옥상에 처음 와봐요. 실존했군요~."

"평소에는 잠겨 있거든. 하지만, 지금은 실행위원만 출입할 수 있어. 오늘 아침에 와봤더니, 여기서도 캠프파이어가 보이겠다 싶더라고."

낙하 방지용 철조망에 다가가자, 교정 한복판에 설치된 커다란 화톳불을 내려다볼 수 있었다.

마침 불을 피우기 시작한 것 같았다. 치직치직 타들어 가는 소리를 내며, 쌓여 있는 목재 안에서 붉은 불꽃이 피어올랐다.

"가까이에서 보는 것보다 작아 보일지도 모르지만, 대신 여기는 조용하잖아? 게다가, 괜히 소문 거리가 될 일도 없어."

"맞아요~. 저는 여기가 더 편해요. 후후후! 인간이 쓰레기 같구나!"

"흥분했나 보네."

조용한 건 좋지만, 쌀쌀한 게 옥에 티다. 나는 「자」 하며 자판기에서 뽑아온 핫 밀크티를 이사나에게 건네줬다. 이사나는 「고마워요」 하고 말하면서 뚜껑을 열었다. 그리고 캔을 양손으로 감싸 쥐더니, 홀짝이기 시작했다.

나도 캔 커피를 따서 목을 축이며 교정을 내려다봤다. 캠프파이어 주위에 사람들이 모여 있었다. 쓰레기 같……지는 않지만, 여기서는 누가 누구인지 분간이 안 됐다.

"문화제, 꽤 즐겼네요. 이렇게 제대로 즐긴 건 처음일지도 몰라요."

"제대로 즐겼다는 게 무슨 소리야?"

"뭐랄까요. 이런 분위기를 이방인의 입장에서 관찰하는 것만으로도, 꽤 재미있잖아요. 행사에 참가하지 않더라도요."

"……너는 진짜 나와 마음이 잘 맞아."

나도 연대감을 강요하지만 않는다면, 문화제를 딱히 싫어하지 않는다. 비일상적인 분위기에 사로잡힌 학교를 살펴보는 건, 나름대로 재미있다. 방관자 같다고나 할까, 동물을 관찰하는 것 같은 감각에 사로잡히는 것을 세간에서 긍정적으로 여기지 않겠지만 말이다.

"너는 중학생 때, 문화제를 어떤 식으로 보냈어?"

"거의 교실에서 라이트노벨이나 읽었어요. 미즈토 씨는요?"

"나도 교실에서 소설을 읽었어. 유메노 큐사쿠의 작품이었을 거야."

"작년에는 서적화 안 된 인터넷 소설을 읽었죠."

"너한테는 그런 것도 라이트노벨이구나."

"맞아요~. 문화제 때는 읽은 적 없는 소설보다 좋아하는 소설을 다시 읽고 싶더라니까요. 어째서일까요?"

"……글쎄. 문화제란 환경 속에서, 자기 자신을 잃지 않기 위해서 아닐까?"

"그리고, 약간 개성적이고 마이너한 취향의 작품을 읽고 싶어요. 어째서일 것 같아요?"

"그걸 어떻게 알아. 너의 소소한 자기주장 같은 거 아냐?"

"스마트폰으로 인터넷 소설을 읽어도, 남들이 보기엔 뭐 하는 건지 알 수 없을 텐데 말이에요……."

나는 기억을 떠올려봤다. 문화제에서 유메노 큐사쿠의 작품을 읽은 게 언제였을까.

작년은, 아니다. 저자의 이름이 별로니까 말이다.

그런 상황에서…… 『유메』라는 글자는 분명 꼴도 보기 싫었을 것이다.

그러니, 그로부터 1년 전.

중2 때— 그 여자와, 사귀기 시작한 직후의 일이다.

교제 사실을 주위 사람에게 숨기기로 한 우리는, 문화제를 함께 돌아볼 수 없었다.

하지만…… 처음으로 연인과 함께 하는 문화제에, 아무런 기대도 품지 않았다면 거짓말일 것이다.

분명 마음속으로는, 동경했다.

그래서, 어쩌면…… 소소한, 자기주장이었을지도 모른다.

유메노 큐사쿠라고 표지에 인쇄된 책을, 보란 듯이 펼쳐 들고 있었던 것은—.

"—그건 그렇고, 미즈토 씨."

이사나의 목소리와 시선에, 나는 혼자만의 생각에서 벗어났다.

"유메 양은, 언제 오나요?"

이어지는 질문에, 온몸이 얼어붙는 듯한 느낌을 받았다.

어째서인지는, 알 수 없다. ……그래, 그렇다. 이사나로서는 이상한 질문이 아니다. 나는 단둘이서 캠프파이어를 볼 거라고 말하지 않았으니, 문화제를 함께 돌아봤던 유메도 이 자리에 올 거라고 생각하는 게 당연했다.

하지만, 왜, 아픈 곳을 찔린 듯한 느낌이 드는 걸까?

"……말하는 걸 깜빡했네. 그 녀석은 안 와. 실행위원회의 뒤풀이에 갔거든."

"그런가요. ……으음……."

이사나는 밀크티 캔을 내려다보면서 뭔가 할 말이 있는 듯한 반응을 보였지만, ……결국, 그대로 입을 다물었다.

나는 그녀가 무슨 말을 하려다 만 건지, 손바닥 보듯 알 수 있었다.

"방금…… 너는 왜 뒤풀이에 안 간 거냐고 말하려다 말았지?"

"그렇긴 한데…… 제가 미즈토 씨라면 안 갈 거란 생각이 들었거든요. 딱히 재미있을 것 같지도 않고요."

……역시, 이 녀석은 나를 잘 안다니깐.

진짜로, 고마웠다. 이 학교에 이사나가 다니고, 반이 다르지만 친해진 것은 나에게 있어 무엇보다 큰 행운이다—.

"……하지만."

—그와, 동시에…….

"유메 양은, 쓸쓸하지 않을까요?"

무엇보다 큰, 시련이기도 했다.

누구보다 나를 이해하고, 누구보다 나와 공감하는, 그녀만은…… 나 자신을 속이며 필사적으로 숨겨온 것조차도, 간단히 파헤치고 마는 것이다.

얼마 전의 그녀라면, 이런 말은 하지 않았을지도 모른다.

하지만 얼마 전에, 내가 직접 증명하고 말았다. 나와 너는 별반 다르지 않다는 것을, 그러니 망설일 필요가 없다는 것을…….

“유메 양이라면 거기서도 잘하고 있겠죠. 그러니 뒤풀이에서도 즐거운 시간을 보낼 거예요. ……하지만 진짜로 함께 있고 싶은 사람이 없다면, 분명 쓸쓸할 거예요.”

“……그게, 나라는 거야?”

“알고 있지 않나요? 그저 인정하지 않을 뿐이잖아요.”

그럴지도 모른다.

그렇지 않을지도 모른다.

하지만…….

“그러니, 가고 싶지도 않은 모임에 나보고 가라는 거야? 너를 혼자 돌려보내고?”

“그게…… 싫은가요?”

“당연하지. 말해두겠는데, 나는 너를 꽤 소중히 생각해.”

“……헤헤. 그건, 기쁘네요.”

이사나는 밀크티 캔에, 입술을 댔다.

“하지만…… 유메 양은 이 몇 주 동안 함께 노력한 미즈토 씨와, 같이 있고 싶지 않을까…… 하는 생각이 들어요. 어디까지나, 제 상상이지만요.”

“……만약, 그렇더라도…….”

검은 밤하늘에, 시뻘건 불꽃이 어렴풋이 드리워졌다.

"그 쓸쓸함도…… 극복해야만 한다고, 생각해."

◆ 이리도 유메 ◆

실행위원들 사이에 섞여서, 나는 홀로 교정으로 나갔다.

새빨간 불꽃이 교정 한복판에서 피어오르며, 별처럼 빛나는 불똥을 밤하늘에 흩뿌리고 있다.

인파 뒤편에서 묵묵히 그것을 보던 내 시야 가장자리에, 아는 사람의 얼굴이 비쳤다.

아카츠키 양이다.

나는 말을 걸려고 입을 열었다.

"아—."

하지만, 곧 눈치챘다.

그녀의 옆에는 카와나미가 있었다.

두 사람은 무슨 이야기를 나누며, 나란히 서 있었다. 손을 잡지도 않은 채, 서로의 숨결과 체온을 희미하게 느낄 수 있는 거리에 서 있었다.

말을 할 때는 서로의 눈을 똑바로 바라봤다. 말이 끝나면, 불꽃을 향해 시선을 돌렸다.

하지만, 옆에서 보는 나만은 알 수 있었다.

카와나미가 불꽃을 쳐다볼 때, 아카츠키 양은 카와나미를 쳐다봤다.

아카츠키 양이 불꽃을 쳐다볼 때, 카와나미는 아카츠키 양을 쳐다봤다.

불꽃에 비친, 서로의 얼굴을…….

◆ 이리도 미즈토 ◆

"그게 유메 양을 위한 일이라고, 미즈토 씨는 생각하는 건가요?"

이사나가 직설적으로 묻자, 퇴로가 막힌 나는 순순히 고개를 끄덕일 수밖에 없었다.

"나와 그 녀석은, 근본적으로 다른 인간이야."

피어오른 불똥이 사라지는 것을 보며…….

"그저 표면적으로만 잘 맞는 것처럼 보일 뿐이었어. 우리 둘 다 책을 좋아하지만 취향은 딴판이고, 혼자 있는 걸 좋아하는 나와 다르게 그 녀석은 혼자가 될 수밖에 없었을 뿐이야. 스킬만 갖춰지면, 다른 커뮤니티로 옮겨가서 나와 멀어지는 건 필연적인 일이지. 우리는 어쩌다 보니, 우연히, 일시적으로, 같은 장소에 있었을 뿐인 인간이야."

그런 건, 1년 전에 이미 깨달았다.

인정하고 싶지 않았다. 발버둥 치고 싶었다.

하지만 나는 아무리 괴롭더라도, 자기 자신을 바꿀 마음이 없었다.

"소설을 보면 성장하는 주인공이 있지? 외톨이였지만 수많은 친구가 생기기도 하고, 무능하다며 멸시당하던 인간이 정점에 서기도 해. 나는 언제나, 그런 주인공에게 공감하지 못했어. 왜냐하면, 그들이 성장이라 부르는 건 명백한 자기 파괴야. 자기를 망가뜨리면서까지 친구를 만들고 싶은 거야? 정점에 서고 싶은 거야? 그런 게 성장이라면, 친구가 없다는 것에 만족한 나는 뭐지? 밑바닥에 있는데도 개의치 않은 나는 뭐냔 말이야. ―인간은 꼭 그렇게 『성장』해야만 하는 거야?"

나에게는 파괴할 자기 자신이 없다.

성장시킬 스테이터스가 없다.

항상 생각한다. 나에게는 이상이 없다. 이게 아니라는 위화감뿐이며, 이래야만 한다는 이상이 없다. 그렇게 수많은 소설을 읽었는데, 그런 걸 쓰고 싶다는 욕구가 샘솟지도 않았다. 자신에게서 샘솟는 것이 무엇 하나 없었다.

전부, 짜깁기다.

읽은 소설에서, 타인의 인생에서 훔쳐서 만든, 누더기 인간.

레벨을 지니지 못한 인간은, 레벨업을 하지 않는다. 주인공의 성장을 그리는 수많은 소설에서는, 절대 그려지지 않는다. **성장하는 재능**을, 지니지 못한 인간을 말이다.

누구라도 그렇게 될 수 있다고 말하면서…….

그 『누구라도』에 포함되지 않는 인간도 있다는 것을, 알아주지 않았다.

"나는 원래, 그런 인간이었어. 숙달은 되지만, 성장은 못 해. 자기 자신을 바꿀 수가 없는 거야. **그것이 잘못되었다고 생각하지 않아.** 자기가 그런 인간으로 태어났다는 것을, 내 평생의 절반을 들여서 이해했어……."

생일에, 크리스마스에, 밸런타인에…….

아무것도 하지 않아도, 아무렇지 않은 자기 자신을 발견했을 때…… 정신이 번쩍 든 것처럼 이해했다.

나와 아야이가, 다른 인간이라는 것을 말이다.

"미안하다고는 생각 안 해. 뒤떨어진다고도 생각 안 해. **그저, 다른 거야.** ……이사나, 너라면 이해하지? 그런 인간도 있다는 걸 말이야. 그리고 그런 인간은 그렇지 않은 인간을 근본적으로 이해하지도, 이해받지도 못 해."

"……네. 알아요."

이사나는 주저 없이 고개를 끄덕였다. 그것이, 나에게 있어 가장 큰 구원이었다.

"저도, 수도 없이 상처 입었어요. 『다르다』는 사실에…… 『다르다』는 것을, 이해받지 못한다는 사실에요. 미즈토 씨와 만날 때까지……."

"그렇지? 그러니까—."

"하지만. ……하지만 말이죠?"

이사나는 내 눈동자를, 지그시 응시했다.

말이, 결코, 흘러나오지 못하도록.

"확실히, 미즈토 씨와 유메 양은 『다른』 사람이라고 생각해요. 사고방식이, 삶의 방식이, 매사를 파악하는 방식이, 근본적으로 다르다고 생각해요. 맞는 사람과 결혼해야 한다는 엄마의 말에 따르자면, 두 사람은 절대 결혼해선 안 된다고 생각해요. ……하지만, 그런 사람을 좋아해선 안 된다고 볼 수는 없지 않을까요?"

"……어째서야?"

"만약 미즈토 씨가, 혹은 유메 양이, 다른 사람을 이해하지 못하는 배타적인 인간이라면 성립되지 않겠죠. 하지만, 이성애자와 동성애자는 친구로 함께 지낼 수 있어요. 서로를 공감할 수 없을지도 모르지만, 이해는 해줄 수 있죠. 안 그런가요?"

"……그렇긴, 해."

예를 들어— 나는, 유메만큼 추리 소설을 좋아하지 않는다.

하지만, 유메가 들려주는 추리 소설 이야기를 들어줄 수는 있다. 그녀가 느낀 재미를 전부 공감할 수는 없다. —하지만. 그래도. 그 시간은, 결코…….

"태어난 장소와 살아온 환경, 사고방식과 삶의 방식이 전혀 다른 인간끼리 맺어지는 일 같은 건 조사해보면 얼마든지 알 수 있잖아요? 미즈토 씨가 읽은 소설에도, 얼마든지 나오지 않나요? 그런데, 왜 자기는 할 수 없다고 생각하는 건가요?"

"……."

아아, 이사나— 네 말이 맞아.

네가 나토라 씨의 딸이라는 걸 실감할 정도로— 네 말은, 지당하기 그지없어.

하지만, ……그렇기에, 알 수 있는 거야.

자신이란 인간이, 지당하기 그지없는 정론으로는 납득하지 못할 만큼, 비틀려 있다는 것을…….

"—저기, 이사나. 『좋아한다』는 건, 대체 뭐야?"

그것은, 분명, 내가 나 자신으로부터 숨겨온 의문이다.

"다른 인간도 좋아할 수 있다고, 너는 말하지만— 『좋아한다』는 게 뭔지 모르는 인간도, 그런 걸까?"

◆ 이리도 유메 ◆

캠프파이어의 주위에서 각자의 시간을 보내는 학생들을, 나는 교정 구석에 있는 벤치에서 쳐다보았다.

아카츠키 양과 카와나미가 있었다.

쿠레나이 선배와 하바 선배도 있었다.

시끌벅적하게 떠들며, 두런두런 이야기를 나누며, 그들은 바라보고 있다.

피어오르는 불꽃을.

옆에 선 사람을.

◆ 이리도 미즈토 ◆

거짓말이 아니다.

아야이와 함께 한 시간. 그녀에게 품은 감정. 그 모든 것은, 분명 거짓이 아니리라.

하지만…… 충분했다.

망각하기에, 충분했다.

좋아했던 사람 때문에 짜증이 났다. 얼굴을 마주할 때마다 고통스러웠다.

그렇게 보낸 반년은…… 과거에 알고 있었던 그 감정을, 망각하기에 충분했다.

나는 철조망 너머로, 활활 타오르는 불꽃을 내려다봤다.

그 주위에 모인, 학생들을 내려다봤다.

"……이것만은, 너도 모를 거야. 바보처럼 느껴져. 이제까지 해온 게 뭐였나 싶어지면서…… 전부, 하찮게 느껴지는 거야. 그렇게 되면 끝이야. 돌이킬 수 없어. 제대로 이해하지를 못해. 의심할 수밖에 없는 거야. 이 감정이 진짜인지—아니면, 마음의 흔들림에 지나지 않는지……."

생각하면 할수록 알 수가 없었다.

되풀이하면 할수록 알 수가 없었다.

이해하거나, 이해되거나 같은 이야기가 아니다.

내가, 나를, 이해할 수 없는 것이다.

"이사나, 너는 대답할 수 있어……? 사람들이 툭하면 입에 담는 『좋아한다』는 녀석이, 대체 어떤 것인지— 설명할 수 있는 거야?"

할 수 있을 리가 없다. 하고 돌려서 말할 생각이었다.

하지만, 이사나는 밤하늘을 올려다보며 「으음~」 하고 낮은 신음을 흘렸다.

나는, 망각하고 있었던 것이다.

이 녀석과 나는, 동류지만, ……결코, 동일하지는 않다는 것을.

"그럼, 제 이야기를 들려줄게요."

"……, 뭐?"

"제가, 미즈토 씨를 좋아한다는 걸, 깨달았을 때의 이야기예요. ……그리고 부끄러우니까, 질문은 사양할게요."

나는 그 말을 듣고 입을 다물었다.

이사나는 밤하늘을 올려다보며, 담담히 이야기를 시작했다.

"사실 그 마음을 명확하게 깨달은 건, 유메 양과 미나미 양에게 지적을 받았을 때예요. 아~, 듣고 보니 미즈토 씨와 데이트하거나 야한 짓을 하고 싶더라니까요. ……하지만 유심히 생각해 보니, 그때 제 뇌리를 스친 게 있어요."

"……"

"그건…… 옆얼굴이었어요. 미즈토 씨의, 옆얼굴 말이에요. 도서실에서 같이 책을 볼 때— 같이 하교할 때— 저도 놀랄 만큼, 미즈토 씨의 많은 옆얼굴을 알고 있었어요. 그만큼, 저를 쳐다보지 않는 미즈토 씨의 옆얼굴을, 보고 있었던 거예요."

—잘 어울리는 근대풍 의상을 입고, 긴장한 표정으로 스마트폰의 렌즈를 보고 있다.

—학급의 기획을 위해, 밤늦게까지 책상 앞에서 자료를 조사했다.

"그래서…… 단순한 걸지도 모르지만요."

—진지한 표정으로, 데이터가 표시되는 컴퓨터를 노려보고 있다.

—포스터를 끌어안고, 친근한 표정으로 선배와 이야기를 나누고 있다.

—귀신의 집에서 연인처럼 깍지를 끼고, 놀리듯 빙긋 웃었다.

—걸음을 멈춘 순간, 어딘가 아픈 듯이 인상을 살짝 찡그렸다.

"좋아하는 사람이란, 자기가 옆얼굴을 가장 많이 쳐다본 사람이 분명하다고, 생각해요."

◆ 이리도 유메 ◆

—아무것도 하지 않으며, 철조망 너머에서 교정을 내려다보고 있다.

—어두워서 잘 보이지 않지만, 포옹을 한 여운이 남아있는 것처럼 귀가 새빨갰다.

하나하나, 떠올려봤다.

오늘 본, 미즈토의 옆얼굴을.

—담담한 표정으로, 부츠 탓에 까진 내 발을 살폈다.

—평소와 다르게 영업 스마일을 지으며, 접객을 하고 있다.

전부, 정답인 건 아닐지도 모른다.

하지만, 오늘 하루 동안 이렇게 많은 모습을 봤다.

그렇다면—.

—마도카 씨에게 놀림을 당하고, 약간 미간을 찌푸렸다.

—히가시라 양의 코스프레를 보고, 어찌 된 건지 약간 분한 듯한 반응을 보였다.

—탈출 게임의 문제를 보고, 태연한 표정으로 생각에 잠겼다.

◆ 이리도 미즈토 ◆

—버거워하면서도, 성실히 접객을 했다.

—마토카 씨가 데려온 치쿠마를, 친누나 같은 눈길로 바라봤다.

—탈출 게임의 문제를 노려보며, 어려운 듯이 미간을 찌푸렸다.

노도처럼 기억이 샘솟았다.

기억하고 있다. 기억하고 있다. 기억하고 있다.

기억하려고 한 것도 아닌데, 기억하고 있다.

쳐다보지도 않는데, 내가 쳐다봤다.

멋대로. 일방적으로. 불필요하게.

나는— 이렇게나, 그녀를 보고 있었다.

어질어질했다.

시야가 어두워졌다.

어쩌지.

아아— 어쩌지. 어쩌지. 어쩌지.

어쩌면 좋을지, 모르겠다.

그것도 그럴 것이, 모르는 게 당연했다.

나는…… 아무것도 안 했으니 말이다.

"저기, 미즈토 씨…… 실은 아까 물어보려다 만 질문이 있는데요."

이사나는 철조망에 등을 맡기며 불쑥 입을 열었다.

"중학생 때, 미즈토 씨와 유메 양 중에서 먼저 고백한 사람은 누구인가요?"

나는 자조 섞인 웃음을 흘렸다.

"……내가 고백 같은 걸 할 사람처럼 보여?"

"그럼 첫 데이트를 하자고 말한 사람은요?"

"……상대방이야."

"첫 키스는요?"

"……분위기를 만든 건, 상대방이었어."

"첫 성관—."

"안 했다고 말했잖아."

정확히는— 하려고 했지만, 실패했다.

상황을 준비하고도, 결국 아무것도 못 한 사람은…… 나다.

"……나는, 시종일관 수동적이었구나."

입에서 흘러나온 건, 참회의 말이었다.

"나는, 아무것도 하지 않았어. 그저, 그 녀석의 노력한 결과를 누렸을 뿐이야. 그 녀석이 차려준 상황을 즐겼을 뿐이야. 사이가 나빠졌을 때도, 그 녀석은 끝까지 우리 관계를 회복시키려고 했지만…… 나는, 아무것도 하지 않았어."

기나긴 자해 행위.

이런 자신이 인정받지 못해서. 이런 자신이 용서받는 것을 용서할 수 없어서. 그런 자기혐오에 그녀를 끌어들이고 만 것을, 더욱 용서할 수 없어서.

이제 와서 생각해보면, 어리광을 부리고 있었다.

그녀의 노력에 어리광을 부렸다. 그녀의 상냥함에 어리광을 부렸다. 그래서— 친구에 지나지 않을지라도, 그것이 타인에게 향하는 것을 받아들이지 못한 걸지도 모른다.

아야이 유메의 남친이었던 1년 반 동안— 나는 무엇 하나, 이뤄내지 못했다.

"으음…… 죄송한데, 하나만 더 물어봐도 될까요?"

이사나는 드라마 속 형사 같은 말투로, 말했다.

"처음 말을 건 건— 어느 쪽이었나요?"

—추리 소설을 좋아해?

기억한다.

잊을 리가 없다.

"……으, 큭……."

나한테 있어, 가장 지긋지긋한 기억이자— 가장 버릴 수 없는 기억.

신이 설치한 함정.

즉, 운명이 송곳니를 드러낸 순간이자— 꿈을 보여준 순간.

"……크, 윽……!"

그렇다.

그렇다.

그렇다.

설령 우연일지라도, 모든 것을 시작한 건—.

"……나야……."

그건…… 나였다.

그것만은…… 내가, 한 일이었다.

아무것도 할 수 없었던 나도, 그것만은…….

"우헤헤…… 저 때와 똑같았던 거네요."

이사나는 왠지 기쁘다는 듯이 배시시 웃었다.

"그럼 아쉽네요. 만약 유메 양과 먼저 만나지만 않았다면, 저와 사귀었을지도 모르잖아요."

나는, 목 깊숙한 곳에서 치밀어 오르는 것을 곱씹었다.

쭉— 쭉, 쭉, 쭉, 실패였다고 생각했다.

그 1년 반은, 돌이킬 수 없는 내 실패였다고 생각했다.

유메가 용기를 내서 한 고백을. 성장을. 행복을. ……내가, 한심한 독점욕에 사로잡혀 망쳐버린, 그런 실패에 지나지 않는다고, 쭉…….

하지만.

그 한 마디가 없었다면, 지금은 존재하지 않았다.

이 학교에 들어오는 일도 없었고, 이사나와 만나지도 못했다.

서로에 대해 잘 알지 못한 채, 그 녀석과 의붓남매가 됐을 것이다.

그렇게 되지 않은 건.

지금, 이렇게 친구의 상냥함을 접하고, 이렇게 그녀의 옆얼굴을 떠올리며, 이렇게 기쁨에 사로잡혀 있는 건.

내가— 그녀에게, 말을 걸었기 때문이다.

그것만은, 나도 할 수 있었던 것이다.

밀려오는 감정을 삼키며, 나는 철조망 너머로 바라보았다.

전부 합치면 수백 명은 될 것이다. 분간이 될 리 없는, 수많은 학생 사이에서.

이 세상에서 가장 잘 아는— 옆얼굴을 찾았다.

"……이사나."

나는, 최고의 절친에게, 최고의 절친이기에 할 수 있는 그 말을 건넸다.

"이 빚은, 다음에 꼭 갚겠어."

"헤헤~♪ 기대하고 있을게요!"

그리고 나는, 옥상에서 내려갔다.

그때 하지 못했던 말—이 아니다.

지금, 내가 그녀에게, 전해야 할 말을 전하기 위해서…….

◆ 이리도 유메 ◆

그렇게 거대했던 불꽃도, 결국 사그라지려 했다.

이것으로, 문화제는 끝난다.

준비에 쫓기던 몇 주가, 진정으로 끝난다.

생각해보면 이렇게 대규모의 일을 해낸 건, 태어나서 처음일지도 모른다. ……그렇게 생각하니, 곤두서 있던 신경이 누그러지는 느낌이 들었다.

내일은 뒷정리를 해야 하고, 잠시 후에는 본격적인 뒤풀이를 하러 갈 건데 말이야. 달성감에 사로잡히기엔, 아직 이른데…….

자, 마음을 다잡자.

여기서 혼자 더 있어봤자, 몸만 차가워질 뿐이다. 집합 시간에 늦지 않도록, 다른 사람들이 있는 곳으로—.

그렇게 생각했을 때, ……발소리가, 들려왔다.

그 누군가는 내 옆에서 차분히 멈춰서더니…… 내가 앉은 벤치에, 손바닥 두 개 정도 떨어져서 앉았다.

그 틈을 메우듯, 그가 손을 뒀다.

나 또한, 그 옆에 내 손을 뒀다.

서로가 손을 뻗으면, 손이 포개질 것이다. 하지만 뻗지 않는다면, 차가운 벤치에 손을 대고 있을 뿐이다.

생각해보면 우리는, 항상 이 거리를 유지해왔다.

앞으로도, 쭉 이렇게 지낼 거라고 생각했다.

하지만— 하지만.

새끼손가락, 끝.

체온을 느끼기엔 너무 미세한, 약간의 접촉이었다.

하지만— 우리는, 한쪽이 손을 치우지 않으며, 손가락 끝을, 분명 맞대고 있었다.

"……너무 늦었잖아. 불, 곧 꺼질 거야."

활활 타오르는 캠프파이어를 쳐다보며, 나는 말했다.

"불구경을 딱히 즐기진 않거든. ……그저, 미뤄둔 숙제를 하러 왔어."

평소처럼 퉁명한 어조로, 그는 말했다.

저것도, 나에게 맞춰주기 위해 만든 가면인 걸까.

그렇다면…… 저 표정은, 너무나도 어설펐다.

"고마워."

미즈토는 말했다.

평소 같으면, 순순히 입에 담지 않을 말을…….

"……뭐가?"

"이런저런 일들 말이야. **이제까지 있었던** 이런저런 일들. 실행위원회에서 나를 신경 써준 것, 집에서도 나를 배려해 준 것— 그리고, 유니 씨가 말했어."

"엄마가?"

"내가 감기에 걸렸을 때, 네가 간병해줬잖아. 고맙다는 말을 하래."

나는 눈을 깜빡이며, 무심코 옆을 쳐다봤다.

미즈토의 옆얼굴은, 다시 펼쳐지고 있는 밤의 어둠에 덮여 있었다.

"그건…… 한 달도 더 지난 일 아냐?"

"그게 문제라도 돼?"

"나한테 고맙다는 말을 하는 게 얼마나 싫었던 거야……."

단 한 마디. 단 세 글자.

……그 말을 하기 위해, 얼마나 큰 각오가 필요했던 걸까.

"문화제 실행위원회에서 내가 괜히 신경 써준 바람에, 귀찮았던 것 아니었어?"

"결과가 어찌 됐든 간에, 말이지. ……생각해 보니, 나는 이제까지 이 말을 너무 안 했던 것이 아닌가…… 싶었어."

거꾸로 생각하면…….

한 달 넘게 타이밍을 놓쳤던 말을, 이제야 입에 담았다.

각오를 다지고, 말해준 것이다.

그것만으로도— 응. 기뻐하기에 충분하지 않을까.

"나야말로, 고마워. 실행위원을 하면서 너한테 도움을 많이 받았고…… 1학기 때, 내가 감기 걸렸을 때는 네가 간병해줬잖아. 비긴 것 아닐까?"

"응…… 그러니까…… 이제부터 말하는 건, 미뤄왔던 말이 아냐."

그때. ……나는 눈치챘다.

미즈토의 얼굴을 수도 없이 쳐다본, 나이기에 눈치챘다.

아주 약간, 입가가 굳어졌다는 것을— 다른 사람도 아니고 미즈토가, 긴장했다는 사실을.

"하나만…… 억지를 부려도 될까?"

새끼손가락 끝이, 포개졌다.

"응. ……뭔데?"

"나중에……."

미즈토는 목에 뭔가가 걸린 것처럼 침을 삼키더니, 메마른 입술을 혀로 핥았다.

그리고 고개를 숙이면서, ……쥐어짜 낸 듯한 목소리로 말했다.

"……나중에, 뒤풀이에 가지 말고— 나와, 함께 집에 돌아가자."

나는 무심코, 입술을 벌렸다.

왜 그런 건지, 정확히는 모르겠다.

하지만, 이것이, 매우 기뻐할 일이라고 생각했다.

실은 목청껏 환성을 지르고 싶을 만큼, 대단한 일이란 생각이 들었다.

하지만…… 지금의 나는, 분별력 있는 어른이다.

벌어진 입술에, 여유 넘치는 미소를 덧씌웠다.

"어쩔 수 없네. 이번만이야."

그렇게 말하자, 미즈토는 작게 한숨을 내쉬었다.

딱딱하게 굳어 있던 입술이, 안도한 것처럼 부드러워지더

니…….

처음으로 내 얼굴을 똑바로 바라보며, 다시, 입을 열었다.

"……**고마워.**"

오늘이란 날은, 학교 문화제가 열린 날만이 아니다.

그것과는 다른, 이름을 붙이기 어려운, 매우 매우 특별한, 기념일이 아닐까 하고 생각했다.

◆ 이리도 미즈토 ◆

지나가는 차량의 불빛에, 두 사람의 그림자가 생겨났다.

익숙한 통학로는, 밤이 됐을 뿐인데 딴판이 됐다. ……어쩌면, 다른 이유 때문일지도 모른다. 참 흔한 현상이다. 눈에 보이는 모든 게 새롭게 보인다는 건…….

"힘들긴 했지만, 즐거웠어."

배부르게 식사한 후에 내쉬는 숨결처럼, 유메는 그런 말을 입 밖으로 토했다.

"다들 협력해서, 이런저런 일을 했잖아……. 결국 들어가지 않았지만, 부활동이 그런 느낌일까?"

"글쎄. 나는 그냥 피곤할 뿐이야."

"수고했어. 오늘부터는 마음껏, 외톨이를 즐겨."

웃음을 흘리는 유메의 얼굴을, 나는 옆에서 쳐다보았다.

관자놀이에서 흘러내린 머리카락이, 볼에 그림자를 만들

었다. 온종일 일을 했는데도, 얼굴에서는 피로가 느껴지지 않았다.

그런 그녀의 얼굴을, 나는 언제부터인가 멀찍이서 봐야 하는 것이라 여겼다.

존재하지도 않는 벽을, 저 얼굴과 자신 사이에 만들었다.

하지만.

지금은— 손을 뻗으면 닿는다는 것을, 알고 있다.

"—어어?"

유메는 갑자기 놀라면서, 자신의 왼손을 내려다보았다.

내 오른손에 붙잡힌, 자신의 왼손을…….

"어? 어? ……뭐, 뭐야?"

"……어둡잖아. 길을 잃을까 싶어서 말이지."

"그런 건 사람이 붐비는 데서만 하면 되거든?!"

유메는 그렇게 말하면서도 손을 떨쳐내지 않았다.

그게 전부였다.

그런 사소한, 행동으로도, ……나는 함성을 지르고 싶을 정도로 안도했다.

나란 인간은 정말 별로야. 이렇게 약해빠진 녀석일 줄은 몰랐어.

하지만— 이제 두렵지는 않다.

그런 자신과 싸울 각오를, 다진 것이다.

"……저기."

"응?"

손을 맞잡은 채, 한동안 걸었을 즈음이었다. 유메가, 내 얼굴을 살피듯 쳐다보며 말했다.

"뭐 하나, 상의해도 돼?"

"……뭔데?"

"저기…… 쿠레나이 선배한테, 부탁을 받았어."

"부탁?"

"응."

별일 아니라는 투의 목소리에 어린 결의 같은 것이 느껴지자, 나는 유메의 목소리에 귀를 기울였다.

유메는 눈에 익은 밤하늘을 올려다보며, 우리가 『다르다』는 것을 증명하는, 결정적인 사실을 고했다.

"—학생회에 들어와달래."

……아아.

뜻밖일 정도로, 나는 납득했다.

지금의 학생회는, 이 문화제를 끝으로 해산된다. 부회장인 쿠레나이 선배가 문화제 실행위원장이었던 건, 차기 회장으로서의 연수 같은 것이라고 들었다.

그렇다면, ……문화제 실행위원 중에서 새로운 학생회 임원이 될 사람을 뽑는 것은 전혀 이상할 일이 아니다.

그녀의 눈에, 유메가 든 것도 말이다.

"……어떻게 생각해?"

나를 쳐다보는 유메의 눈동자에는, 이미 답이 적혀 있었다.

그렇다면, 나는 그저 그녀의 등을 밀어줄 뿐이다.

"해보고 싶은 거잖아?"

유메는 잠시 뜸을 들였다.

"……응."

"그럼 해봐. 망설일 필요 없어."

"응……."

유메는 슬며시 앞을 향해 고개를 돌렸다.

"참고로…… 너도 영입하고 싶댔어."

"안 해. 적성에 안 맞거든."

그것도 그럴 것이, 이미 쿠레나이 선배가 있다. ……그 사람은 능숙하게 숨기고 있을 뿐, 나나 이사나와 같은 타입이다. 분명 자신과 다른 타입을 후계자로 삼고 싶다고 생각할 것이다.

"그래……."

유메가 한숨 섞인 목소리로 그렇게 말하자, 나는 약간 기뻤다.

그녀도, 나와 비슷한 고민을 안고 있을지도 모른다…… 착각에 지나지 않을지도 모르지만, 그런 생각이 들었다.

그래서, 나는 그녀의 손을 움켜쥐며 말했다.

“내가 없으면 불안한 거야?”

웃으면서, 놀리듯이.

그 축제 날 이후로, 그녀가 하듯이.

유메는 나를 힐끔 쳐다보더니, 삐친 듯이 입술을 삐죽 내밀었다.

“……어린애 취급하지 마. 실행위원회에서는 대부분 처음 해보는 일이라 허둥댔지만, 이제는 괜찮아.”

“흐음. 그럼 다행이지만 말이야.”

“진짜로 괜찮다니깐 그러네!”

그렇다, 괜찮을 것이다.

손을 뻗으면 닿는다는 것을 이제는 안다.

내가 움켜쥐면, 그녀도 마주 움켜쥔다는 것을 안다.

설령 우리가, 사고방식도, 삶의 방식도, 행동 방식도, 전부 다른 인간이며, 전혀 다른 방향의 인생을 향해 걸어갈지라도.

나는, 움켜쥔 이 손을 놓지 않을 것이다.

놓고 싶지 않다.

■작가 후기

『다르다』는 것의 이해— 즉, 다양성의 이해는 세월이 흐를수록 그 폭이 넓어져 간다고 믿습니다. 하지만 낯가림이라는 것은 아무리 시간이 흘러도 개성으로 받아들여지지 않으며, 그저 커뮤니케이션 능력의 부족으로 취급되는 듯한 느낌이 듭니다.

뭐, 커뮤니케이션 능력이 부족하단 것은 사실일 겁니다. 그리고 사회 또한 커뮤니케이션 능력이 없으면 실무적인 면에서 곤란해지는 결점을 갖추고 있으니 어쩔 수 없습니다. —작가라고 하는 세상에서 가장 커뮤니케이션 능력이 필요 없을 듯한 직업조차도, 메일 첫머리에 『수고 많으십니다』라고 적을 커뮤니케이션 능력이 필요하니까요.

그러니, 낯가림을 하는 사람이라도 일정 수준의 커뮤니케이션 능력을 갖추는 편이 세상을 편리하게 살 수 있는 건 틀림없습니다. —하지만 그것은 스킬적인 문제이자, 기능적 성장이며, 숙달이자 습득에 지나지 않습니다. 『어려운 한자를 쓸 수 있다』, 『컴퓨터를 다룰 줄 안다』와 같은 카테고리에 속하는 이야기이며, 그것만을 가지고 인간적 성장을 논

할 수는 없습니다.

그럼 『성장』이란 무엇일까요?

픽션에서의 성장은 전투력이 상승하거나 친구가 생기는 것을 가리킵니다만, 그것은 엔터테인먼트로서 간략화된 것입니다. 그에 따라 충족감을 느끼는 사람도 있으며, 본작의 유메는 거기에 해당하지만 미즈토는 그렇지 않죠. —이번 권에서의 가장 큰 문제는 바로 그것이었습니다.

이상—이란 표현이 작품 안에서 쓰였습니다만, 그것은 『성장』의 끝에 있는 것 — 언젠가 도달해야만 하는 자기 자신의 이미지 — 그것이 상대와 다를 때, 처음에는 문제가 없는 것처럼 보여도 언젠가 틀림없이 알력이 생기고 맙니다. 왜냐하면 그것은 선악을 정하는 윤리조차 다르다는 의미니까요.

이번 6권에서 제가 한 일은, 미즈토가 그 차이를 극복하기 위한 용기와 욕심을 갖추게 만드는 것입니다. 딱딱하게 굳어버린 그의 자의식을 안이하게 파괴하며 변화시키는 게 아니라, 그가 자기 자신을 인정하게 만들 필요가 있었습니다.

딱히 강해지거나, 친구가 늘어나는 건 아닙니다. 그저 자신의 존재를 받아들이게 하는 것 — 이제까지의 자신을 부정하는 게 아니라, 긍정하는 것 — 얼추 이해가 되실 테지만, 『누군가를 자신의 것으로 만들고 싶다』는 감정은 자기 자신이 잘났다는 인식이 있어야 비로소 겉으로 드러낼 수 있습니다.

그런 탓에, 이번에도 정말 고전했습니다. 하지만 이제 난관을 돌파했으니, 다음 권부터는 느긋하게 동시 짝사랑 남녀 편에 돌입할 생각입니다. 그럼 이제까지는 짝사랑을 하지 않았던 거냐고요? 1권 시점에서 두 사람은 진심으로 서로를 싫어했습니다. 몰랐나요?

일러스트를 맡아주신 타카야Ki 선생님, 코미컬라이즈를 맡아주신 쿠사카베 레이 선생님, 카도카와 스니커 문고의 담당 편집자님, 그리고 이 책의 발간에 관여해주신 모든 분께 감사드립니다. 툭하면 마감에 쫓기는 버릇을 좀 고치고 싶습니다.

저, 카미시로 쿄스케의 『새 엄마가 데려온 딸이 전 여친이었다 6 그때 하지 못했던 여섯 가지 말』을 전해드렸습니다. 학생회의 남은 멤버는 아직 정하지 않았습니다!

■역자 후기

안녕하십니까. 근로청년 번역가 이승원입니다.

『새 엄마가 데려온 딸이 전 여친이었다』 6권을 구매해주셔서 진심으로 감사드립니다.

본격적으로 여름이 시작되려는 건지, 날씨가 꽤 덥습니다.

선풍기 안 켜면 힘들 지경이고, 오후가 되면 실내온도가 30도를 넘어서(옥탑방 작업실의 비애ㅠㅜ) 에어컨을 안 켜면 땀이 줄줄 납니다.

이대로는 안 되겠다 싶어서 선풍기와 에어컨 청소를 해줬는데…… 너무 더럽더군요. 농담 좀 보태서 폐수처리장에서 일하던 시절이 생각났습니다.^^

그래도 청소를 마치니 여름 준비를 마친 것 같아서 뿌듯합니다. 독자 여러분께서도 여름 대비 잘 하시길!

그럼 『새 엄마가 데려온 딸이 전 여친이었다』 6권에 관해 이야기를 좀 해볼까 합니다.

스포일러가 포함되어 있을 수도 있으니 본편을 안 읽으신

분은 유의해주시길!

『새 엄마가 데려온 딸이 전 여친이었다』 6권의 주인공은 이리도 미즈토였습니다.

이미 자신의 마음을 정하고 한창 짝사랑 중인 유메와 달리, 미즈토는 마음을 정하지 못한 채 상황에 휘둘리고 있었습니다.

그런 그가 문화제 실행위원을 유메와 함께 하면서, 그녀를 향한 자신의 마음을 깨달아 가는 것이 6권의 핵심적인 내용이었습니다.

유메와 미즈토, 그리고 여러 캐릭터를 통해 문화제 이벤트를 그려나가며, 미즈토가 유메와 사귀던 시절과 지금의 내면이 그려지고 있습니다. 겉보기에는 무슨 일이든 수월하게 해내며 여친을 도와주는 멋진 남친인 것 같은 미즈토. 하지만 그는 존재 방식 자체가 자신과 다른 여친 때문에 고뇌하면서, 그녀에 대한 독점욕을 느끼는 평범한 인간이었습니다.

결국 유메와 자신이 다른 타입이라는 것을 깨닫고 그녀와 멀어지는 길을 택하려 한 미즈토에게 마음을 바꿀 계기를 준 건, 다름 아닌 이사나였습니다.

5권에서의 일을 통해 성장한 이사나가 미즈토에게 다른 관점을 제시해줬고, 그것이 그가 전 여친이자 의붓남매에게 다가서려 하는 계기가 된 거죠.

이번 6권은 청춘 러브 코미디로서 매우 높은 완성도를 지녔다고 봅니다. 문화제에서의 꽁냥꽁냥을 그린 후에 단순한 해결책을 제시할 수도 있었습니다만, 거기에 참신한 감칠맛을 더해서 상황을 더 극적으로 느껴지게 만들었습니다. 충격적인 반전이나 전개가 없는데도 몰입감을 자아낸 6권, 그 결과물은 동시 짝사랑 의붓남매 결성! ……음, 좋군요. 너무 좋습니다, AHAHA.

그럼 이만 줄이겠습니다.

항상 재미있는 작품을 맡겨주시는 L노벨 편집부 여러분에게 진심으로 감사드립니다. 앞으로도 잘 부탁드립니다!

지방 공장으로 일하러 가는 악우여. 거기서도 잘 지내라. 증정본은 원룸으로 보내줄 테니, 다음에 놀러 가면 맛난 거 부탁혀~.

마지막으로 언제나 제게 버팀목이 되어주시는 어머니와 『새 엄마가 데려온 딸이 전 여친이었다』를 읽어주신 모든 분께 진심으로 감사드립니다.

학생회에 들어간 유메의 좌충우돌 학생회 적응기(정말?)가 그려질 7권 역자 후기 코너에서 다시 뵙겠습니다!

2022년 5월 말

역자 이승원 올림

새 엄마가 데려온 딸이 전 여친이었다 6

1판 1쇄 발행 2022년 8월 10일
1판 2쇄 발행 2022년 9월 16일

지은이_ Kyosuke Kamishiro
일러스트_ TakayaKi
옮긴이_ 이승원

발행인_ 신현호
편집장_ 김승신
편집진행_ 권세라 · 최혁수 · 김경민 · 최정민
편집디자인_ 양우연
관리 · 영업_ 김민원

펴낸곳_ (주)디앤씨미디어
등록_ 2002년 4월 25일 제20-260호
주소_ 서울시 구로구 디지털로 26길 111 JnK디지털타워 503호
전화_ 02-333-2513(대표)
팩시밀리_ 02-333-2514
이메일_ lnovellove@naver.com
L노벨 공식 카페_ http://cafe.naver.com/lnovel11

ISBN 979-11-278-6513-9 04830
ISBN 979-11-278-6075-2 (세트)

값 7,800원

의매생활 1권

미카와 고스트 지음 | Hiten 일러스트 | 박경용 옮김

고교생 아사무라 유우타는 부모의 재혼을 계기로,
학년 제일의 미소녀 아야세 사키와 남매로서 한 지붕 아래 살게 됐다.
너무 다가가지 않고, 대립하지도 않으며, 적절한 거리감을 유지하자고 약속한 두 사람.
가족의 애정에 굶주린 고독 속에서 노력을 거듭해왔기에
다른 사람에게 어리광 부리는 방법을 모르는 사키와,
그녀의 오빠로서 어떻게 대해야 할지 몰라 당황하는 유우타.
어쩐지 닮은 구석이 있는 두 사람은,
같이 생활하면서 차츰 편안함을 느끼게 되는데…….
이것은 언젠가 사랑에 빠질지도 모르는 이야기.

완전한 남이었던 남녀의 관계가 조금씩 가까워지며
천천히 변해가는 나날을 적은, 연애 생활 소설.

NOVEL